MiLan KuNderA

写作，多么古怪的想法！

«Écrire, quelle drôle d'idée ! »

[法] 弗洛朗斯·努瓦维尔 著

袁筱一 译

上海译文出版社

那些对生活做出总结的作品总是让我感到非常恼火。只有场景。一连串不间断的、流淌的场景，没有开始，也没有结束。但我们总是倾向于赋予一切以更高的意义，就好像这样才能让我们松口气。

德拉甘·维利基奇[1]《俄罗斯之窗》

小说家学会把世界当作一个问题来看待。这种态度中包含着智慧和宽容。

米兰·昆德拉，
参见菲利普·罗斯《行话：一个作家和他的同行及其作品》

① Dragan Velikić（1953— ），塞尔维亚作家、外交官。

目　录

“尽量设法让后人相信，你不曾活在世上”　/ 1

2020 年，一个午后，雷卡米埃大街　/ 5

“一个个体可以歪斜变形到什么程度而依然是自己?”　/ 10

2000 年，蒜香蛙配炸芹菜　/ 11

Smrt，一个没有元音的奇怪的词　/ 13

1980 年，我们和世界之间的一堵玻璃幕墙　/ 17

鲁特西亚饭店的相遇　/ 19

2003 年，“欢迎来到这个没有幽默只有笑的世界”　/ 21

1929 年，布尔诺，先锋的十字路口　/ 24

1929 年，中欧文学的遗产　/ 27

1934 年，无与伦比的耳朵　/ 33

2021 年，旅行日志　/ 36

普基诺娃街 6 号　/ 37

在这个家里，艺术和知识是最重要的　/ 39

“去饭桌底下”，或要警惕媚俗　/ 42

1947 年，第一首诗：《纪念帕维尔·哈斯》　/ 44

2021 年，旅行日志：特雷津 / 48
1949 年，奥尔加、尿布和第一次交媾 / 49
缺失的拼图 / 51
1988 年，“我最初的想法都是有节奏的” / 53
2006 年，最后，他就只剩了一句话：“真奇怪。” / 55
“现在我明白了！” / 57
在死亡之前就已经结束 / 58
2020 年，从重和愚蠢中解脱出来 / 59
2020 年，当我们忘记一切后留下来的 / 61
1950 年，从音乐家到诗人 / 63
1939 年，奈兹瓦尔，或诗歌的撞击 / 65
1953—1957 年，作者肖像：一个激愤的年轻诗人 / 68
2021 年，旅行日志：布尔诺 / 70
抒情主义？您说的是抒情主义吗？ / 72
1958 年，“呜呼！终于结束了！” / 74
2020 年，时光消逝，他还在这里 / 76
1947—1948 年，从共和国到布拉格政变 / 78
2021 年，不顾一切？ / 81
1948 年：布拉格，知识分子知道什么？ / 83
无法愈合的伤口 / 86
1948 年，被党和大学开除 / 87
缺失的拼图 / 89

1948 年，大审判的开始　/　90
一个误会……一连串误会当中的一个　/　91
1952 年，“要写得让别人拍不了”　/　93
1979 年，捍卫真正的作者　/　99
超越所有人的费里尼　/　100
1960—1967 年，“我生命中最幸福的时光”　/　101
1963 年，“我的老天，这个昆德拉是多么有趣啊，而生活是多么令人悲伤!”　/　104
一切都没有意义，让我们笑吧!　/　107
2021 年，我与安娜·卡列尼娜的约会　/　109
60 年代，解冻，希望和创造的激奋　/　110
1967 年，“我承认我曾经活过”　/　113
1967 年，在危机四伏的作家大会上，作家以身试险　/　117
从性友谊到“炫目的薇拉”　/　121
高尔基的抒情诗　/　124
列宁街的一夜……　/　126
“一次不算数”，或“成不了画的草图”　/　129
1967 年，婚礼？一场嬉闹而已!　/　132
就像橡树与椴树般无法分离　/　133
1967 年，从嬉闹到玩笑　/　134
上帝的笑声和小说的智慧　/　140
1995 年，玩笑、游戏、偶然，事故……　/　142

人，这一地球上生命的伟大意外 / 144
1967 年，元小说的诞生 / 146
1968 年，两个昆德拉，或理想的玩笑 / 147
文化，有生命力的价值 / 149
以文化抵抗专制 / 151
从桂冠作家到被逐出党的作家 / 152
2021 年，在国家安全局的档案里 / 154
2022 年，旅行日志：布拉格 / 162
2021 年，重回国家安全局 / 164
1972 年，从神殿到塔尔珀伊亚岩石 / 168
1972 年，“令人惊讶的转世”，或当昆德拉转向星相 / 170
成千上万份星相算命 / 172
1971 年，雅克和他的主人 / 175
“你瞧，为什么我会和你说到一种精神状态” / 182
擦除严肃与非严肃之间的界线 / 184
1974 年，米兰感到害怕的一天 / 186
2021 年，两个半生 / 189
2022 年，旅行日志：布拉格 / 191
对不成熟的痛恨 / 193
解脱的年龄 / 196
“你们法国人，你们对于米兰·昆德拉的阅读过于顺畅了！” / 200
为什么 / 203

关于诺贝尔文学奖 / 207
米兰·昆德拉是否在“虐待”他笔下的女性人物？ / 209
揭示存在不为人所知的一面 / 211
“同情，至高无上的感情” / 213
1971—1972 年，永别了路德维克 / 217
R 和屠刀 / 220
“就像培根的画一样粗暴” / 222
关于诺贝尔文学奖 II / 225
2022 年，旅行日志：布拉格 / 226
2021 年，旅行日志：马林巴德 / 227
1972 年，告别圆舞曲，对终结的预见 / 229
1973 年，用捷克语写作的法国作家 / 234
克洛德·伽里玛，“欧洲文化史上的伟大人物” / 235
一幅晦暗不明的自画像 / 237
1975 年，生活在别处：在雷恩…… / 239
1975 年，永别布拉格，半生的终结 / 241
“小天蝎，你不会死在波希米亚的” / 242
寂静的美妙 / 244
雷恩，布尔诺大道 / 246
流放的幸福 / 248
“我们在法国最美好的四年生活” / 250
忘记“遗忘” / 256

旅行日志：亚布洛内茨和波希米亚珠子 / 258
《笑忘录》：一种构建叙事的新方式 / 260
磨坊主，你睡了吗？ / 263
力脱思特 / 265
可笑的鸟人 / 268
拇指和食指之间的眼睛 / 270
“就好像喜剧是一个独立的领地” / 272
影子与重荷 / 274
昆德拉和超现实主义 / 276
巴巴罗萨行动 / 278
“我觉得自己是属于中欧的” / 281
有组织的遗忘 / 283
回归的不可能 / 285
2022 年 8 月，纽约州 / 287
2021 年夏，图书借阅证 / 289
与世界的日渐狭隘作斗争 / 290
2022 年，“在小说这个相对性的世界里，没有仇恨的位置” / 292
1980 年，反对“人类确定性的愚蠢噪音” / 293
1984 年，“基于荒诞，我们可以造就轻、有趣和美” / 297
“华丽的怀疑主义，既不排除欢乐，也不排除温情” / 300
罗斯、尤内斯库、富恩特斯和其他人 / 302
1968 年，“《玩笑》的译者让我的小说变得狭隘了” / 307

“只有经过作者审校的译本才具有和捷克语原文同等的价值” / 310
1984年，“受够了这些鸟人”II / 312
1990年，《不朽》，或“昆德拉方法”的神化 / 314
一切都将被撕毁，一切都将消散 / 315
当“没有任何人可以躲藏起来”，当“每个人都只能由其他人摆布” / 316
承认自身的局限性 / 318
“将世界变成游戏的对象” / 320
1989年，墙的倒塌 / 322
……天鹅绒革命 / 324
缺少的拼图 / 325
回不去了 / 326
1989年，“像哈维尔之类的人痛恨他的离开” / 327
t意味着trahison（背叛）？ / 329
t意味着trauma（梦魇）？ / 331
2022年，无止境的敌意 / 335
2008年，我记得《尊重》杂志事件 / 336
检察官的年代，或“流言蜚语变成了真实” / 338
1993年，“为什么作家必须要成为单一语言的囚徒？” / 339
1995年，“法语，就像是葛丽泰·嘉宝” / 341
1995年，“请你做一个幸福的人……” / 343

2011 年，陶醉于创造自己的语言 / 346
躲在马提尼克的幸福 / 348
“一对惶惶不安却紧密相连的伴侣，身边围绕着孤寂” / 350
“真理动摇之时，便是昆德拉的幽默开始之际” / 351
“我们以为，我们是通过这些神圣的价值来理解我们的生活和我们的时代” / 353
2003 年，《无知》与“大回归”的神话 / 354
1990 年，“人人都在追捕罪犯，人人也都成了追捕的对象” / 355
2021 年，旅行日志：卡尔斯巴德 / 358
东欧综合征永远都没有办法治愈吗？ / 360
1981—2018 年，“两个 t 和两个 r” / 362
“最后阶段”的自由 / 364
深入到一个笑话的黑色深处 / 366
2014 年，《庆祝无意义》 / 367
作为存在本质的无意义 / 369
向薇拉致敬：“这个女人真了不起！” / 372
撕毁自己作品的作家 / 374
一切都将被撕毁，一切都将被遗忘…… / 376
2022 年，笔记，巴黎 / 377
2022 年，一股强大的气息，不协和而忧伤 / 380
2022 年，1 分 21 秒的绝对幸福 / 382

记忆、音乐与死亡　/ 384
2021 年，旅行日志：布尔诺，路德维克·昆德拉广场　/ 386
1983—2022 年，俄国，一个反西方的存在　/ 387
给游移不定的年轻艺术家的建议　/ 389
与无意义嬉戏　/ 391
2022 年秋，当书重新变成南瓜　/ 392
生时的终结　/ 394
布尔诺，2023 年 4 月 1 日　/ 395
如微风般轻盈　/ 397

致　谢　/ 398

“尽量设法让后人相信，你不曾活在世上”

“让人难以置信的是，虽然想到可能有人会为自己作传，这个念头竟然没有让任何人放弃生活。”埃米尔·齐奥朗曾经玩笑道。而另一位同样来自中欧的作家，米兰·昆德拉，却让这句罗马尼亚虚无主义者著名的俏皮话成功地沦为谎言。因为他同等地痛恨由“传”字开头的一切——传记作者、传记——《不能承受的生命之轻》的作者总是努力让自己的存在变得不可见。原因很简单，在《小说的艺术》中，他如是预言道：“一旦卡夫卡本人开始比约瑟夫·K吸引更多的关注，那么，卡夫卡去世后再一次死亡的过程就开始了。”①

在我们这样一个资讯发达、文化快捷消费的时代，昆德拉这句话的意义显而易见。在我作为文学批评者的一生之中，我不断地遇到读者、记者，有时甚至就是批评家，他们想的首先是如何尽快地了解一个新作家。当然，这个作家的私生活越是刺激，越是神秘，越是能够震惊或搅动网络，他就越是“有趣的”。这些人会去读杂志上的人物素写、充斥着吹捧之词的报道，在这里或那里读到一句引文，然后就好像明白作家“究竟说了些什么”。

不需要读其他东西，作家的书不读也无所谓。这就是昆德拉所谓的“再一次死亡的过程”。在曾经的捷克斯洛伐克，他经历过一段艰难的岁月，文学书写因为会遭到查禁而变得尤其珍贵和稀有。那是地下出版的时代，人们只能偷偷传阅所欲之物。这就是为什么他不断地重申这一简单的信息：忘掉我的一生，打开我的书。

文学史上，这一姿态并不罕见。很多作家都试图在其作品之后销声匿迹。“只有作品才是最重要的，而不是作者，”波兰裔诺贝尔文学奖得主艾萨克·巴什维斯·辛格强调说，“重要的是作品本身，而不是作者。”接着他开玩笑地补充道，“当一个人很饿的时候，只有面包是重要的，才不会去管什么面包师傅的一生呢。”

米兰·昆德拉则走得更远。二十世纪八十年代中期以来，他一直努力抹去自身的存在。没有公开演讲，没有采访。他的“真实生活”没有在公众面前留下任何痕迹。昆德拉夫妇的碎纸机运转得很好。在米兰的身后，除了书，什么也不应该留下。剩余的一切，未完成的手稿、私人信件、通信、日记、照片，这一切应该全部销毁。“尽量设法让后人相信，你不曾活在世上。”如福楼拜所言。如昆德拉所想。

---

① 本书引用米兰·昆德拉作品处均采用上海译文出版社“米兰·昆德拉作品系列”译文。

“你瞧，从这里到那里……还有这整个书架……这一切都将化为纸屑。”有一天，昆德拉的妻子薇拉对我说。

一场庆祝存在无意义、庆祝存在之轻的纸屑雨？

不完全是。因为如果你仔细观察，真正的存在从来未曾消失。它已经融入他小说的肌理之中，被转化、被塑造。这就是这份存在的真相。对于昆德拉来说，唯一有重量的生活是被作品“反映”出来的生活：

> 照一个著名比喻的说法，小说家毁掉他生活的房子，然后用拆下的砖头建起另一座房子：他小说的房子。所以一个小说家的传记作者是将小说家建立起来的重新拆除，重新建立小说家已经拆除的。传记作者的工作从艺术角度来说纯粹是消极的，既不能阐明一部小说的价值，也不能阐明它的意义。
>
> ——《小说的艺术》

这是关于昆德拉的一个很大的误解（一系列误解当中的第一个）。人们觉得昆德拉过于执着地将自己的生活和作品区分开来。这样做未免矫情，甚至可疑。他是为了遮掩什么吗？他不知对我说过多少次：“一切都在我的书里。”这可不仅仅是说说而已。他的生活被灌注入他的书里。你只需要在这座“特别的房子”里漫步就能找到他，或者说与他相似的那些主人公的碎片。每个房间里都有他。就像所有灵巧的泥瓦匠一样，他把砖头混在一起。来自他身上的砖头和来自其他地方的砖头。给人带来启发的，是这个框架。

当然，作为批评家，探寻生活环境——我们所知的那一部分——在作品中变成什么样子也无可厚非。看一看昆德拉是如何使用这些原始的砖头的。他是不是进行了裁切，他又是如何勾缝的。他用什么样的石灰把这一切美妙地“粘”在了一起。

所以，我们将会在这些纸屑下面发现某几块砖头。把某些美好和神秘的部分汇聚在一起，只有一个目的：激起（重新）发现一位二十世纪最伟大的艺术家的欲望。这位反讽与幻灭的大师告诉我们，用来滋养我们所有梦想与谎言的——宏伟计划、乌托邦、事业、宗教、理想和激情——是怎样的玩笑。

2020 年，一个午后，雷卡米埃大街

“Cim se zivite[①]？”

“说法语，米兰。说法语……”

薇拉叹了口气，表示抱歉：“这段时间以来，他只说捷克语……”

这天下午的阳光很好，我们在雷卡米埃大街公寓的大客厅里。冬日阳光颇有一分邪恶的味道，斜斜地照射在露·拉姆的一幅作品上。我一直看到这幅画作置于三十三格排列得整整齐齐的书堆之上。露，古巴画家林飞龙[②]的最后一任妻子，画了一头困于笼子铁栏之后的公牛——是弥诺陶洛斯吗？——上面用白色的颜料写着标题：生活在别处。

我喜欢这幅画，我一直很喜欢，但是今天它让我感到浑身发冷。生活在别处。精神、心境、生气，都在别处了。目光也在别处。就像是干涸的河床，空空如也。米兰·昆德拉不在这里了。从此之后，他的存在就彻底变成了不在，神秘而无法捉摸。

“Cim se zivite？”

露·拉姆，《生活在别处》

“他问你是做什么的。你瞧，就连你，就连亚布洛内茨[3]的小伙子，他也认不出来了。”（自从发现我丈夫的祖先是波希米亚人，她高兴极了，从此只叫他亚布洛内茨的小伙子。）

尽管我知道这段时间以来他的病日益严重，但是他提出的这

---

① 捷克语，意为你是做什么的。

② Wifredo Lam（1902—1982），音译为维尔弗雷多·拉姆，古巴画家，其父亲是清末移居古巴的广东人，他与超现实主义诗人们过从甚密。

③ Jablonec，捷克北部城市，靠近波兰边境，曾经是波希米亚地区的一部分。

个问题还是让我感到措手不及。它就这样跳了出来，作家直愣愣地看着我，从此之后都是这样，带着一丝人们所谓的好奇。

这是二〇二〇年的十二月：我正准备出发前往摩拉维亚和波希米亚，与亚布洛内茨的小伙子一起。昆德拉的朝圣之旅！地址，电话，米兰最喜欢的漫步路线，斯弗拉特卡小河沿岸，卡罗维发利[①]这座以前被称作卡尔斯巴德的温泉城不容错过的普普大饭店，神秘的马林巴德……我把一切都记了下来。甚至——尤其是——米兰和薇拉最喜欢的甜点的名字，Karlovarské Oplatky，传统捷克温泉饼。可别带错了。“请你捎两盒给我们……”

我是做什么的？

是不是正因为这个问题太过简单，又太过深刻，它才会让我感到如此困扰？还是因为，这个问题是由一个已经走到存在尽头的人提出的，走到存在尽头，但是已经不知道自己究竟是用什么将这份存在填满的？或者是因为，如果这个人知道我正在写一本关于他的书，他或许会皱起眉头？

由于他正定定地看着我的活页记事本，就是我记下 Karlovarské Oplatky 的那本，于是我把笔竖起来说：

“嗯，米兰……我写作……”

惊讶的目光，甚至可以说是觉得有趣。接着，长久的沉默之

---

① Karlovy Vary，捷克西部城市。

后，他说：

“写作，多么古怪的想法！”

所有人都笑了，包括正在等换班的护士。我想起了——为什么恰恰在这个时刻呢？——《帷幕》中的这句话：

> 他会知道没有一个人是他自以为的那个人，知道这一误会是普遍性的、根本性的，从此他会知道……将喜剧性的柔光投射到人的身上。

有几秒钟的时间，这道柔光略略驱散了悲剧性的阴霾。然后，作家从我手中拿过笔，最后一次在我的活页记事本上一个字母一个字母地落下他的名字。颤抖的名字，到了最后一笔，他调皮地连上一根线，线的末端画了一只眼睛。

最后一次一个字母一个字母地落下他的名字

线和眼睛让我想起风筝。在《身份》的开头，有这样一段凄婉的描写，一对情人在诺曼底的海边沙滩上相互找寻，沙滩上到处是帆车，还有就是风筝：

> 风筝，一块有颜色的布料撑在一个硬得可怕的骨架上，随风而起；靠两根绳子，一手一根，可以控制不同的方向，可以让它升降、转圈，像一只巨大的牛虻那样发出阵阵可怕的声音，时不时地像一架坠落的飞机，鼻子向下，倒栽在沙地上。

除非——这是一位朋友提出的另一种诠释——这只位于他名字之上的眼睛只是简单地在说："一只盯着我的眼睛……你不是正在对我的生活感兴趣吗？"

“一个个体可以歪斜变形到什么程度而依然是自己？”

这个问题，有关“自我”的边界问题，米兰·昆德拉早在很久以前就已经预先提出来了。

在《相遇》中，在谈到他崇敬的画家弗朗西斯·培根的肖像画时，昆德拉说：

> 培根的肖像画是对于“我”的界限的质问。一个个体可以歪斜变形到什么程度而依然是自己？一个被爱的生命体可以歪斜变形到什么程度而依然是一个被爱的生命体？一张可亲的脸在疾病里，在疯狂里，在仇恨里，在死亡里渐行渐远，这张脸依然可辨吗？“我”不再是“我”的边界在哪里？

2000 年，蒜香蛙配炸芹菜

我的丈夫和我，我们有幸在“我不再是我”之前就结识了昆德拉夫妇。和他们的交往带给我们许多幸福的回忆。我仿佛又看到了那辆牌照号为 62 的灰色小车行驶在加来海峡省的公路上。我们的车子乖乖地跟在后面。我们能看到米兰和薇拉高高的背影，带领我们向拉马德莱恩苏蒙特勒伊驶去。薇拉坐在驾驶位上，黑色皮夹克，一头比平常剪得还要短的黑发。“头儿”——这是薇拉对米兰的称呼——坐在她的右手边，为她指路。

在勒图凯，我们到昆德拉夫妇的公寓里和他们会合，每年夏天他们都在这里度假。“让我们咀嚼吧！”薇拉快乐地叫道，她总是擅长出其不意的表达。米兰微笑着。他们精神焕发。

我们前往昆德拉最喜欢的餐厅，“蛙池”。这是他们的避风港，是他们别致的食堂——就像在巴黎时是雷卡米埃餐厅，就在他们家楼下。餐厅的主厨与他们相识已久。“柠檬蛙配面包丁还是蒜香蛙配炸芹菜？”米兰倾向于后一种。对话围绕《悲惨世界》展开：“因为冉阿让就藏在这里，在拉马德莱恩苏蒙特勒伊，化名为马德兰先生。你们是否记得？……”

但是很快，谈话的主题就变成了青蛙，因为在小说家的生活中，所有的一切，包括无辜的两栖动物，都是故事的由头。这些故事都必然会把我们带往他的内心深处。

Smrt，一个没有元音的奇怪的词

雅纳切克，《摩拉维亚民歌钢琴曲》

在那一天，昆德拉回到了他所谓的“初恋”，捷克作曲家莱奥什·雅纳切克。他谈起了“在所有歌剧作品中最具乡愁的”《狡猾母狐狸》的结尾。这部作品在一九二五年创作于布尔诺，昆德拉的家乡，在摩拉维亚。正好是昆德拉出生的四年前。这部作品一直令他感动。一部关于时间流逝和人类愚蠢的杰作。

“和青蛙有什么关系?”

“嗯……故事是从一个猎人开始的，他抓住了一只狐狸，想要像驯服其他动物一样驯服它。当然，这是不可能的。为了进一步挫败猎人的计划，雅纳切克在作品开始和结束的地方安插了一只青蛙，它跳到猎人的鼻子上，让他感到很恼火。”

“马车上的苍蝇[①]吗?”

“是的。但更让人恼火的是，它还聒噪，甚至总是结巴。一只像人类历史那样结结巴巴的青蛙。终极的嘲讽：在这出歌剧里，却是由青蛙来完成最后的台词，”昆德拉吮了吮自己的食指，接着说，“正是这个把卡夫卡的朋友马克斯·布洛德给搞抓狂了。”

“为什么?”

“因为在布洛德看来，雅纳切克应该用更为普世的评论来收尾，谈谈时光的流逝。一声铙钹，给人留下强烈的印象。可是不，雅纳切克情愿把这只可笑的小青蛙一直保留到最后。”

---

① *La mouche du coche*，出自拉封丹寓言《马车与蝇虫》，讲的是马拉着车子在铺满沙石的上坡路上艰难前行，苍蝇在旁边嗡嗡飞个不停，最后马成功了，苍蝇则抢着邀功。因此产生了“马车上的苍蝇”这一表述，指的是无用，甚至有害，并将他人的成功归于自身的人。

“……”

在小说家看来，布洛德和雅纳切克之间的争论具有很强的象征意义。它充分展示了对于艺术与生活两种截然不同的观念。一边是布洛德无可救药的浪漫主义，甚至媚俗。另一边，在昆德拉看来，是中欧艺术家的力量所在：他们对于某种西欧浪漫主义遗产激烈地反抗，拒绝向浮夸和多愁善感让步。

“……”

“青蛙，就是反浪漫主义，一种不严肃的精神。”

“……”

接着，他在自己的盘子上挥舞着一只肉乎乎的蛙腿：

“就是一切就这样结束的想法。”

他笑了，漫不经心，觉得很好玩的样子。

“狐狸呢?”

“它最后成了猎人未婚妻的皮裘手笼!”

现在再想起那天的对话，我对自己说，对话的真正主题，既不是雅纳切克，也不是对于艺术的观念。真正的主题，是时间流逝，抵达尽头，是捷克人称为 smrt 的东西，一个没有元音的奇怪单词，按照罗曼·加里的说法，就像蛞蝓一样黏糊糊的。Smrt，在捷克语中，就是死亡。米兰说在《狡猾母狐狸》的最后一幕，所有的人物都感到厌倦，甚至一只老狗也因为爪子痛，不愿意往前走。

> 我没看过哪个歌剧场景的对话无趣到这种地步，我也没看过哪个场景有比这更令人心碎、更真实的悲伤。
>
> ——《相遇》

在《相遇》中，昆德拉谈及在一家客栈里无关紧要的闲聊中所包含的令人无法承受的乡愁。这正是我们那天在加来海峡省所经历的。告别的仪式。没有铙钹，也没有小号，面前只有一盘蒜香蛙配炸芹菜。

1980 年，我们和世界之间的一堵玻璃幕墙

“你是怎么遇到他的?”有一位朋友问我。

“通过书。这是唯一真正的相遇。至少在他看来如此。”

我想起在巴黎拉丁区的时光。我坐在祖父笨重的办公桌前，他是查理曼中学的文学老师。我的手里拿着铅笔，一边读《小说的艺术》一边记笔记。我在页边留白处画上叉形标记，遇到印象深刻的段落就画两个叉，我疯狂地在段落下画线。我当时正在读预科。是不是学校布置的阅读作业？也许吧。但是最重要的——最难忘的——是这种一页页翻过之后的狂喜之情。在课上，我们还要读别的小说理论，卢卡奇的，还有萨特的《什么是文学?》，以及林林总总多少有些面目可憎的关于新小说实验的思考。然而，突然间，我被这本书深深吸引了，欣喜若狂。在米兰·昆德拉笔下，深刻与明晰的结合给了我一种无比美妙的印象，我觉得我都读懂了，虽然也许是虚幻的。作家这种把所有东西都联系在一起的方式，仿佛能够在文学、音乐、绘画之间，在旧时代的艺术与现代艺术之间，在传统与先锋之间抽出一条无形的线。这一切都给人一种兴奋的感觉，觉得读完之后自己也得到了成长。我爱上了他

的风格，严峻、简洁，十八世纪的风格。我喜欢他的节奏、轻盈与透明。这种写作也拒绝张扬，不遵循范式，不落俗套，主张微妙的差别、多义性与模糊性，充满复杂性与矛盾。

这种写作尤其是在告诉我们：要注意，正是这些价值让我们成为文明人。然而，这些价值很脆弱。它们正在消失。要小心。

后来，在我的小床上，我再也无法离开他带给我的“启示”。我沉浸在米兰·昆德拉的文字里,这一次不是作为随笔作家的昆德拉，而是作为小说家的昆德拉。再一次，《不能承受的生命之轻》里的“不解之词”迷住了我，告诉我，在何等程度上，同样的词可以让主人公特蕾莎和托马斯走向完全相反的想象，彼此不能兼容；在何等程度上，言语让他们渐行渐远，而不是“和睦相处”；在何等程度上，词语、符号、符码、象征不仅不能将我们与世界联系在一起，而且在世界和我们之间竖起了一堵玻璃幕墙。

自此之后，这个念头就一直萦绕在我的脑海里：人与人之间的所有关系或许都是建立在误会之上？

鲁特西亚饭店的相遇

是昆德拉的一位朋友，作家伯努瓦·迪特尔特介绍我们认识的，那已经是在我读到昆德拉很多年以后了。我邀请他来参加一档文学节目——现在已经停播了——我当时是节目的电视评论员。我知道伯努瓦认识米兰，于是请他帮我传个话：他愿意到电视台来谈谈他的新书吗？

我知道《玩笑》的作者自二十世纪八十年代中期之后就不再接受采访。他对记者相当不信任，甚至给他们起了个绰号，轻蔑地叫他们“嗅探犬”。但是……无论如何我还是想试试。

出乎我的意料，我们还真在一个夜晚约在了鲁特西亚饭店的酒吧。上电视免谈，但是《世界报》文学增刊《书的世界》，不妨试试？

我不喜欢记者。他们往往很肤浅，又废话连篇，而且百无禁忌，加之埃莱娜代表的不是报纸而是广播电台，这只能使我更加兴趣索然。因为我认为，报纸本身有个变通，而且还相当严重：它们是不出声的，它们虽然无用倒也安安静静，不能强制人看，还可能被塞进垃圾桶里去。广播虽同样无用，但并不具有这一变通；它追随我们到咖啡馆、餐厅，甚至有些人已经到了若是耳朵里缺少这种源源不断的精神营养就不能活下去的地步，所以我们到这些人家串门时也得听着。

——《玩笑》

一切就是这样开始的。米兰·昆德拉给了我几篇当时并未发表的文章，用在《世界报》文学增刊上，其中就有那篇关于笑的绝妙文章，后来被收入了《相遇》中。

2003 年，“欢迎来到这个没有幽默只有笑的世界”

在这篇文章里，我发现了从陀思妥耶夫斯基的《白痴》里选出的关于笑的片段。我还发现了一点，那就是笑得最厉害的人物事实上都是没有什么想法的。就像这个他饶有趣味地描写的“很吵”的电视节目场景：

> 有几个主持人、演员、明星、作家、歌手、模特儿、国会议员、部长、部长夫人，不管他们拿什么当借口，总之每个人都张大了嘴，发出很大的声音，做出很夸张的手势。换句话说，他们在笑。
>
> ——《相遇》

他们在笑，是的，但是笑得“龇牙咧嘴”，盲从的笑，“缺乏滑稽的理由”，而这正是具有悲剧性的可笑之处。《滑稽理由的滑稽缺席》[①]，这是他文章的标题。接下来也同样可笑，昆德拉想象着巴甫洛维奇[②]，陀思妥耶夫斯基笔下的主人公，正在观看这场可悲的“演出”。他先是目瞪口呆，接着爆发出大笑。那些在笑的人于是把他当成了自己人。又是一场误会。接着昆德拉也笑了，不乏苦涩，他如此收尾：“欢迎来到这个没有幽默只有笑的世界，而这正是我们注定要生活的世界。”

他是故意把这篇文章给我的吗？让我意识到，我竟然胆敢邀请他上电视节目，因为这与他嘲讽得最厉害的东西相差无几——当然没有部长，但是肯定不乏喧闹与手势——他深恶痛绝的那类节目、充斥表演的社交场合，以及什么都有就是不真正谈论书的地方？

不过不管怎么说，他并没有因此对我怀恨在心。在好几年的时间里，我们定期见面，在鲁特西亚饭店的酒吧。当时，这座宏伟的巴黎殿堂还没有改造，“我们”的小桌子一直归我们使用，在狭长酒吧的一角，走廊的尽头。

米兰·昆德拉从来不会错失一次开玩笑的机会，我们在鲁特西亚的聚会总是沉浸在轻松欢悦的幽默气氛里。

除了他谈起尤内斯库的那个晚上，他坚持说，在他看来，法国观众很难理解《犀牛》的作者。他说尤内斯库的滑稽完全是中欧的，也就是说，是悲剧性的。

渐渐地，我们的谈话蒙上了一层阴影，作家也神色黯然。天

---

① 《滑稽理由的滑稽缺席》首先在《世界报》文学增刊上刊载，2007 年 5 月 24 日。——原注

② 陀思妥耶夫斯基《卡拉马佐夫兄弟》中的人物。

知道，他平素并不喜欢倾诉，但是这天晚上，他向我倾吐他的恐惧。他为自己的健康感到担忧。他担心自己会患上失语症。失语症，这是他使用的词。他说，他越来越频繁地需要找寻词语。这让他感到非常害怕。由于我抗议说，我根本没有发觉，他又点了杯伏特加，讲起他父亲的故事。

就这样，我平生第一次来到了布尔诺。

1929 年，布尔诺，先锋的十字路口

布尔诺，摩拉维亚的首府。布尔诺，开始的地方。一九二九年，正是在这座名字都很难发音的城市，捷克人把它念成“布——尔——尔——勒诺”，昆德拉出生了。这个国家还很年轻。捷克斯洛伐克共和国建立才仅仅十年。在一九一八年，布尔诺还属于奥匈帝国——控制整个中欧的“二元君主制”帝国，延续了半个世纪的时间，直到第一次世界大战爆发。

这片土地西至现在属于意大利的特伦蒂诺，东至俄罗斯帝国边缘的东加利西亚①。东拼西凑的地区和民族。弗兰茨·约瑟夫一世统治着十二个民族。这里讲德语、意大利语、捷克语、斯洛伐克语、乌克兰语、保加利亚语、斯洛文尼亚语、卢森尼亚语、塞尔维亚 - 克罗地亚语、罗马尼亚语、匈牙利语、意第绪语……而正是在这一片混乱的嗡嗡声中，这块土地的创造力到达了顶峰。

的确，在世纪之交，首都维也纳——与布达佩斯一起——光彩夺目。欧洲文化汇聚于此，维也纳在众多不同文化的滋养下，新思想层出不穷。从西格蒙德·弗洛伊德到古斯塔夫·克里姆特，

从赫尔曼·布洛赫到斯特凡·茨威格，维也纳到处都是思想家和创造者。还有音乐家。正是在这里，马勒对古典交响乐有了新的思考，勋伯格发明了十二音体系，韦伯恩[2]和阿尔班·贝尔格[3]取得了胜利。

布尔诺离维也纳并不远。拿上一张地图，一路向北，我们就来到了布尔诺，差不多一百五十公里的距离。比起布拉格，布尔诺离维也纳更近，这座城市的艺术生活一直都很丰富。一七六七年，当年轻的莫扎特在布尔诺演奏他的第三部交响曲时，只有十一岁。正是在卷心菜市场广场上的瑞都塔剧院，这是中欧最古老的剧院。为了躲避在维也纳蔓延的天花，莫扎特和父母逃到了这里……但是极为讽刺的是，他恰恰就是在布尔诺感染了天花，在距离布尔诺不算太远的一座明媚小城奥洛穆茨接受治疗。（据说他浑身长满了脓疱，差点双目失明，但是这没有妨碍他完成第六交响曲。）

两个世纪之后，莱奥什·雅纳切克来到卷心菜市场广场，听市场的商贩吹口哨、唱歌、喝骂他们的老主顾，从中汲取灵感。

---

① Galicia，旧地区名，在今波兰的东南境，曾经被奥匈帝国占领，第一次世界大战后奥匈帝国解体，归还波兰。

② Anton Webern（1883—1945），奥地利作曲家、指挥家。

③ Alban Berg（1885—1935），奥地利作曲家。

布尔诺的莱奥什·雅纳切克雕像

雅纳切克所有的首演都是在马亨剧院举行的。如今，在剧院旁边，我们可以漫步在各种风格的建筑之间。除了巴洛克风格的建筑，还有文艺复兴和新文艺复兴时期的建筑、共产党执政时期的遗迹，以及许多布尔诺在二十世纪初艺术活力的惊人见证，例如现代主义建筑师恩斯特·威斯纳设计的 KB 银行大楼，还有建于一九二九年，建筑师密斯·凡·德·罗①设计的图根哈特别墅。后者是一座具有极致精炼美学的惊人建筑，简直称得上划时代的革命！

① Mies van der Rohe（1886—1969），德国建筑师。

1929年，中欧文学的遗产

布尔诺，一八九一年，奥地利作家罗伯特·穆齐尔来到这座城市定居。那还是奥匈帝国的时代，而这座城市用的还是德语名字，Brünn。穆齐尔在这里起草了小说《没有个性的人》的初稿，托马斯·曼认为这部小说（与普鲁斯特的《追忆似水年华》和乔伊斯的《尤利西斯》一起）开创了二十世纪小说的先河。

《没有个性的人》出版于一九三〇年，也就是说，差不多在昆德拉出生时。

具有象征意义的巧合。正是在这种文学现代性、中欧现代性的征兆之下，作家诞生。他得到滋养并且一生珍视的文学就是中欧文学。但并非那些特别擅长讲故事的人（斯特凡·茨威格、约瑟夫·罗特[①]、艾萨克·巴什维斯·辛格……）的中欧。不是重现“昨日的世界”——奥匈帝国或意第绪语世界——的中欧。不，昆德拉感兴趣的中欧是在废墟之上找寻、革新和进行各种实验的中欧，是文学上的勋伯格和密斯·凡·德·罗，是它的前沿与先锋……除了罗伯特·穆齐尔（1880—1942），还有他的同胞赫尔曼·布洛赫（1886—1951）、波兰人维托尔德·贡布罗维奇（1904—

1969），当然，还有布拉格的弗兰茨·卡夫卡（1883—1924）。昆德拉将这四个人称为“中欧伟大小说家的七星诗社”，昆德拉感觉一生都与这样的中欧紧密相连。他是这一传统的继承者，仿若“蜗牛依附于壳”一般与之相依。

这四位伟大作家具有四个共同特征：他们的作品都是在一个衰落的世界中建立起来的；他们不会被任何东西蒙蔽；嘲讽就是他们的武器；他们想要绝对现代。

让我们进一步来看看。

一、除了贡布罗维奇以外，穆齐尔、卡夫卡和布洛赫都是同时代人，前者应该算是他们的后辈。从他们所生活的中欧开始，他们经历了一连串的摧毁和动荡：第一次世界大战、俄国革命、奥匈帝国的崩塌。总的来说，在二十八岁到三十四岁之间，他们的世界分崩离析。更不要说他们中的幸存者从二十世纪三十年代开始亲身经历的一切：希特勒上台、法西斯、纳粹、第二次世界大战。

想要更好地理解他们的精神以及时代精神，只需要看一眼赫尔曼·布洛赫作品的标题就足够了，他笔下的主人公都是梦游者，徒劳地寻找一个分崩离析的世界的逻辑。《没有个性的人》的主人公乌尔里希在某种程度上也是一个梦游者。他仿佛是通过相机在看这个世界，相机在不停地移动，根本无法分辨照片上图像的精

① Joseph Roth（1894—1939），奥地利作家，著有《拉德茨基进行曲》等。

确轮廓。贡布罗维奇《费尔迪杜凯》的叙述者尤瑟夫也是一样，他从一个地方游荡到另一个地方，被一种超然的、荒诞的、他已经放弃理解的力量所驱使。这个迷宫有出口吗？还能够逃向光明吗？对于这些问题，卡夫卡在他一九二二年的《日记》里已经有所回答："真相就是，你将脑袋抵在一间既没有窗也没有门的单人囚室的墙上。"

二、这四个人在追求清醒的同时，也保持着一种谨慎。在《小说的艺术》中，昆德拉强调了他们四个人对历史、对"颂扬未来"的"不信任"。贡布罗维奇对技术和工业进步持"不信任"的态度，在他看来，正是这种进步使得人们处于"幼稚和愚昧的状态"。布洛赫不信任"这个没有本质、不再稳定的世界，这个世界除了不断提高速度之外再也找不到、再也维持不了平衡，它疯狂的步伐变成了人类的一种伪活动"。他们都要把装饰背后的东西呈现出来，要揭开表面的帷幕，让我们看到隐藏在其背后的东西。而隐藏在背后的，正是我们将要遇到的东西，距离今天的世界并不遥远。例如布洛赫这句令人震惊的预言："除了数字，除了法令，我们什么也没能剩下！"这是一个算法和法令的世界。

三、面对这一切，除了（黑色）幽默和嘲讽之外，我们还能有什么更好的武器呢？《没有个性的人》的第一章就从一个笑话开始。在《费尔迪杜凯》中，当尤瑟夫描述一个三十来岁的男人如何变成少年的场景时，他毫不犹豫地承袭了拉伯雷和塞万提斯意义上的"喜剧"小说传统。甚至卡夫卡，一直以来他在西方都被当作噩梦小说的作者，然而，据说他在把《审判》的第一章读给朋友们听的时候，也曾放声大笑。而且，这种嘲讽的艺术在捷克的流行文化中并不罕见，例如，布拉格的幽默大师、作家雅洛斯拉夫·哈谢克伟大的讽刺作品《好兵帅克》。哈谢克是真正意义上的卡夫卡的同代人，昆德拉也非常欣赏他。

总之，对于这一“中欧的七星诗社”——但同样还有辛格、尤内斯库和其他很多人——而言，占据主导地位的是反讽和疏离的幽默，甚至到了荒诞、反意义的地步，也就是昆德拉一直非常珍视的“无意义”。或许，正是因为中欧作家的血管里流淌着这种“不严肃”的精神，昆德拉才把玩笑开得如此之大，选择了在四月一日愚人节这天出生。说起这个他总是会笑：“我出生于四月一日，这在形而上的层面上并非没有影响。”

四、这些作家都绝对现代。他们同样都很厌恶先于他们存在的浪漫主义。他们一向蔑视任何自我陶醉的写作形式，过分沉溺于感情或者感官当中。（如果拿音乐家来类比，就是比起肖邦，更崇尚巴托克①。）他们的风格反映了一个各种事物彼此交错的混乱世界。因此布洛赫将文学和哲学放置在同一部作品里。他的叙事越来越多地与诗歌段落、戏剧对话，以及关于历史、建筑和宗教的随笔交织在一起，碎裂成片……通常，他笔下的人物和约瑟夫·K

① Béla Viktor János Bartók（1881—1945），匈牙利作曲家、钢琴家、民间音乐家。

一样，没有姓氏，没有面孔，就像布朗库西[①]的雕塑一样光滑，仍然是白纸一张，但好景不长：通过小说，作者将他们扔进了他的时代（“一个完全祭献给死神和地狱的时代”[②]）。接着，他观察他们在这熔炉中挣扎。他们是向我们揭示了人类境况中的某种新的东西吗？是我们自己身上尚不为我们所知的一部分吗？这一实验性的方法，米兰·昆德拉完全用在了他自己的创作上。他用一句精辟的话概括了这种方法，他说他的人物都是一些“假设”，“是已经变成陷阱的这个世界当中的人的可能性”。[③]

是陷阱，但我们不要忘了，也是实验室。这看起来似乎有些矛盾，但是的确如此，在二十世纪初，布尔诺就是这样一个先锋艺术家汇聚的十字路口，正是在这个“中欧”，创造力达到了沸点。从苏黎世到柏林，罗马尼亚裔法国诗人特里斯唐·查拉[④]所命名的达达主义在二十世纪二十年代达到高潮。一九二四年，达达主义让位于超现实主义，后者同样涉及所有表达形式，在捷克艺术家手中产生了格外令人瞩目的飞跃。超现实主义在捷克的代表——诗人卡雷尔·泰格[⑤]、雅罗斯拉夫·塞弗尔特[⑥]、维特兹斯拉

① Constantin Brancusi（1876—1957），罗马尼亚雕塑家、画家、摄影师，1904年移居巴黎。

② 参见弗兰茨·卡夫卡《日记》。

③ 参见米兰·昆德拉《小说的艺术》。

④ Tristan Tzara（1896—1963），罗马尼亚裔法国诗人，达达主义的创始人。

⑤ Karel Teige（1900—1951），捷克艺术家、批评家。

⑥ Jaroslav Seifert（1901—1986），捷克诗人。

夫·奈兹瓦尔[①]——尤其值得一提。特别是最后一位奈兹瓦尔，菲利普·苏波[②]曾盛赞其大胆的意象。奈兹瓦尔给年轻的昆德拉留下了深刻的印象，一个夏日，昆德拉在摩拉维亚的乡村深处发现了他，为之深深迷醉。

正是在布尔诺这个大熔炉里，昆德拉渐渐成长起来。他沉浸在书中，但开始的时候，他更多是沉浸在音乐之中。因为他挚爱的父亲路德维克是名职业钢琴家。他是在节拍器的节奏中长大的，在他的偶像路德维克·昆德拉的严格注视下。

① Vítězslav Nezval（1900—1958），捷克诗人、小说家、记者。

② Philippe Soupault（1897—1990），法国诗人，超现实主义的代表性人物之一。

1934 年，无与伦比的耳朵

“哆、咪、降 B……注意分句，米兰……从这里重新开始，最后三拍……”

我们能够想象小米兰坐在钢琴凳上的样子。他五岁，瘦长的双腿晃荡着，离踏板很远。但是他已经显现出有一双无与伦比的耳朵。绝对音准。他的父亲也是一样。很自然，是他，路德维克承担起了年幼的儿子的音乐教育。

路德维克是最好的老师，擅长教学，很有创造力。他找到了千万种极具趣味性和想象力的方法让儿子懂得音符的作用。他甚至能够为儿子编一个小故事来展现和音的规律。

> 下面是我五岁的时候爸爸给我讲的：每一个音调都是一个小小的王宫。在里面发号施令的是国王（第一级），他配有两个侍从官（第五级和第四级）。听从他们吩咐的有四个大臣，每个大臣都与国王和侍从官们保持着特殊的关系。此外，宫里还住着其他五个被称为半音的音符。他们在

其他的音调里肯定占据着显要的位置，但在这里他们只是宾客。

——《笑忘录》

我的父亲，这个英雄。如果我们不花时间了解父亲，就不可能理解儿子。奇怪的是，作家几乎从来不曾提到他的母亲，美丽的米拉达·亚诺希科娃（1902—1984），曾任雅纳切克音乐艺术学院秘书。但是父亲始终是他的坐标。啊，当别人在作家面前提起这个如此受人爱戴的人时，他是多么神采奕奕。这是一个对他产生深刻影响的人。滋养了他的人。

也许路德维克原本希望他唯一的儿子能和他一样，成为一名职业音乐家。米兰在后来的日子里也的确尝试过……有一段时间，他打算以作曲为业，甚至已经尝试写一些钢琴曲的小作品——在十四岁！——来开始自己创作者的生涯。接下来是一首四重奏曲。钢琴，中提琴，单簧管和打击乐器。

但是我们还是回到路德维克吧。回到一九二九年，米兰出生时，路德维克三十八岁，在布尔诺音乐学院教书。他本人也是在这座城市出生的，那是一八九一年八月十九日。他跟着《狡猾母狐狸》的作者莱奥什·雅纳切克上过钢琴课，甚至成了雅纳切克的朋友。但是第一次世界大战耽搁了他的事业。作为独奏音乐家和室内乐演奏家，路德维克直到一九二三年才崭露头角。他对各种新的创作形式都很好奇，除了老师和朋友雅纳切克的作品之外，他还演奏巴托克和勋伯格的作品。他在维也纳、莫斯科、基辅和科隆都举办过演奏会。

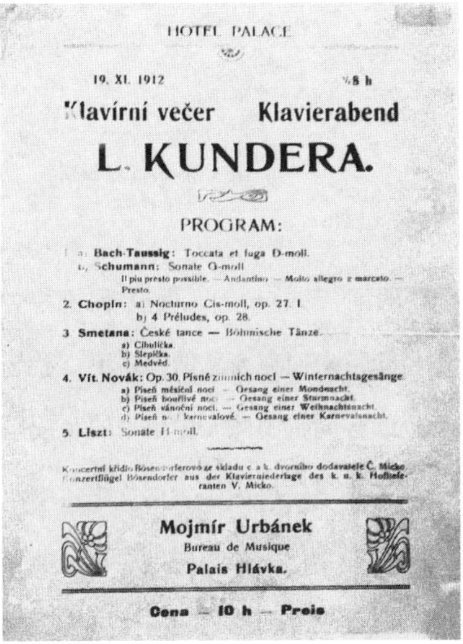

HOTEL PALACE

19. XI. 1912 ½8 h

Klavírní večer Klavierabend

L. KUNDERA.

PROGRAM:

1. a) Bach-Taussig: Toccata et fuga D-moll.
b) Schumann: Sonate G-moll
Il piu presto possible. — Andantino — Molto allegro e marcato. — Presto.
2. Chopin: a) Nocturno Cis-moll, op. 27. I.
b) 4 Préludes, op. 28.
3. Smetana: České tance — Böhmische Tänze.
a) Cibulička.
b) Slepička.
c) Medvěd.
4. Vít. Novák: Op. 30. Písně zimních nocí — Winternachtsgesänge.
a) Píseň měsíční noci — Gesang einer Mondnacht.
b) Píseň bouřlivé noci — Gesang einer Sturmnacht.
c) Píseň vánoční noci. — Gesang einer Weihnachtsnacht.
d) Píseň noci karnevalové. — Gesang einer Karnevalsnacht.
5. Liszt: Sonate H-moll.

Koncertní křídlo Bösendorferovo ze skladu c. a k. dvorního dodavatele Č. Micko.
Konzertflügel Bösendorfer aus der Klavierniederlage des k. u. k. Hoflieferanten V. Micko.

Mojmír Urbánek
Bureau de Musique
Palais Hlávka.

Cena — 10 h — Preis

路德维克·昆德拉演奏会节目单，
1912 年 11 月 19 日

身着军装的路德维克

第二次世界大战终结了路德维克的演奏生涯。一九四五年之后，路德维克·昆德拉专注于音乐学，负责布尔诺音乐学院的管理工作。他创办了 JAMU——雅纳切克音乐艺术学院，直至一九六一年，他一直担任音乐艺术学院的院长。这样一来，他得以有更多的时间。在布尔诺的家里，路德维克满怀热情地投入到对独子的音乐教育中。

2021 年，旅行日志

Utulny。

“捷克语里有一个无法翻译的词，” 有一天，薇拉·昆德拉对我说，“不是力脱思特这个著名的带来捷克乡愁的词，不。我想说的是 utulny（ utulny 是一个形容词，由此派生出来的名词是 utulnost ）。来到法国之后，我因为这个词纠结了很多年，因为在法语中没有对应的词。然而，在其他所有语言里都能找到这个词，比如德语里的 gemütlich，英语里的 cosy……这些都是带有情感色彩的词语，所有这些词语。utulny，对于一个地方来说，就是一个避处，一个可以藏起来、可以保护自己的小地方。你明白吗?”

“你可以给我一个例子……”

“很简单。巴黎非常宏伟，但是一点也不 utulny。对于我来说，能够谈得上 utulny 的是布拉格的老城。我们可以蜷缩在城里，就像小鸟蜷缩在鸟巢里一样。而对于米兰来说，utulny 的地方就是布尔诺。他也把布尔诺称作 domu，家，最近这段时间他不停地提起它。他想要回家。”

普基诺娃街 6 号

我们于是在二〇二一年九月的一天来到了这座房子前。小楼和别的小楼连在一起，位于布尔诺质朴的国王马球场街区的普基诺娃街 6 号。米兰出生的时候，父母就已经在这里生活，米兰也在这座房子里度过了他的童年和青少年。甚至在结婚前的五年时间里，他和薇拉也在这里生活。

以前，国王马球场街区就是一个村庄，四周都是农田。一切都是如今才建起来的，着实有点丑。但是房子没有变。一个简单的立方体，漆成米黄色，附带有车库。临街的那一边，是从意大利带回来的一棵玉兰树，米拉达亲手种下，赠给了薇拉。这一天，树上开满了花。这棵树如今很是壮观，已经遮住一部分墙面。

里面的情况如何呢？在巴黎的时候，薇拉对我说过："你们别去，里面住的人可不是朋友。"一九八四年，米兰的母亲去世时，米兰和薇拉已经流亡到法国。家里的远亲接管了房子。但是原先昆德拉一家的装饰一点儿也没有被保留下来。一九九〇年，柏林墙倒塌之后，米兰和薇拉第一次回到家乡，看到这个样子，他们心里十分难过。“我们进屋的时候就明白了，他们的所作所为是当我们已经死了。我们的任何东西都没有留下。米兰藏书的珍本、绘画、图片，甚至连一只花瓶都没有留下：他们清理了一切。当然，我们也不能因此责备他们，但是我们觉得自己仿佛是从坟墓中爬出来的。”

普基诺娃街 6 号，米兰·昆德拉青少年时代的家

在这个家里，艺术和知识是最重要的

米拉达和路德维克，米兰的父母

然而，位于普基诺娃街 6 号的这幢房子曾是一个绝佳的“快意”之地。热情、开放，面向世界。“昆德拉家里有一种激发精神创造的氛围，”米兰的朋友、音乐学家米洛斯·什捷德龙证实，“在这个家里，艺术和知识是最重要的。当然首先是音乐，但还有文学。我去他们家的时候，看到图书室的藏书如此丰富，印象着实很深。米兰正是在这种氛围中长大的。他的母亲，Maminka[1]照料着两个男人，父亲和儿子。小米兰参加路德维克所有的演奏会。有一张照片，当时米兰十一岁，路德维克在一个很有名的温泉城市开演奏会。米兰总是和父亲一起到处旅行，对他非常崇拜。不仅仅因为路德维克是雅纳切克的得意门生。第一次世界大战期间，他在苏联待过好几年——在托马斯·加里格·马萨里克[2]创建的捷克军团中服役——对俄罗斯先锋派一见钟情。后来他去德国学习，渐渐热爱上了贝多芬。而且，在一九二九年到一九三一年间，他参加了音乐学院在巴黎举办的夏季课程，拜阿尔弗雷德·科尔托[3]为师……”

在布尔诺的一个小公园里，面前摆着杯啤酒，米洛斯·什捷德龙滔滔不绝，充满激情。

“捷克斯洛伐克共和国成立之后，这里成立了摩拉维亚作曲家俱乐部，雅纳切克担任主席，他的左膀右臂路德维克·昆德拉协助他处理各项事务。他们俩都对当时最为前沿的作曲十分感兴趣，

---

① Maminka，捷克语，意为小妈妈。

② Tomáš Garrigue Masaryk（1850—1937），捷克教育家、社会学家、哲学家，1918 年担任捷克斯洛伐克共和国首任总统。——原注

③ Alfred Cortot（1877—1962），法国钢琴家、指挥家，巴黎高等音乐师范学校的创建者之一。

从一九二五年开始，他们陆续邀请贝拉·巴托克和谢尔盖·普罗科菲耶夫[①]来布尔诺演出。一九三八年，他们组织了普罗科菲耶夫芭蕾舞剧《罗密欧与朱丽叶》的世界首演。在第二次世界大战之后，摩拉维亚作曲家俱乐部还邀请了德米特里·肖斯塔科维奇[②]和奥利维耶·梅西安[③]。您可以想象，小米兰，路德维克的独子，和父母一起沉浸在这个世界中，这个欧洲的世界，大家不断讨论的是新的艺术形式、创造和发现。在这个世界里，成日接触的都是音乐家、指挥家、戏剧家、画家和作家！因为布尔诺不是一座很大的城市，在这里，大家都彼此熟识……这就是米兰·昆德拉的童年！”[④]

---

① Sergei Prokofiev（1891—1953），苏联作曲家、钢琴家、指挥家。

② Dmitri Shostakovich（1906—1975），苏联作曲家，苏联乐派的代表人物。

③ Olivier Messiaen（1908—1992），法国作曲家、风琴家、鸟类学家。

④ 对米洛斯·什捷德龙的采访，布尔诺，2021 年 7 月。——原注

“去饭桌底下”，或要警惕媚俗

然而，并非任何意义上的欧洲。必须在合适的学校……和路德维克在一起，米兰就有了最好的选择。他要求严格，有时甚至有点不好说话。时间流逝，孩子长大了，父亲不能忍受他偷懒浪费天赋。有一天，这个神童处在一种心醉神迷之中。

> 我坐在钢琴前，醉心于即兴乱弹，一个用最强音无休止地奏出的 c 音上的小三和弦与下属音 f 音上的小三和弦的叠置，就足以使我欣喜若狂。不断重复的两种和弦以及富有旋律性的原始乐思使我体验到了一股强烈的冲动，任何一段肖邦、任何一段贝多芬都从来没有激起我如此的冲动。
>
> ——《被背叛的遗嘱》

但是我们必须明白，米兰的和弦在父亲听来毫无价值。过于老套了吗？过于浪漫了吗？过于自大了吗？路德维克无法压制自己的怒火。

（他）怒气冲冲地跑进我的房间——在此前此后，我从未见他发过火——把我从琴凳上抱走，强忍着怒火把我带到饭厅，塞在饭桌底下。

——《被背叛的遗嘱》

瞧，这就是医治青春期过剩多愁善感的办法。去饭桌底下，米兰！

学会逃离媚俗：昆德拉永远不会忘记这堂课。

1947 年，第一首诗：《纪念帕维尔·哈斯*》

莱奥什·雅纳切克在学生的簇拥下，

路德维克·昆德拉和帕维尔·哈斯也在

除了路德维克，还有其他老师将年轻的米兰收入麾下，比如犹太作曲家帕维尔·哈斯。哈斯也是雅纳切克的学生，是路德维克为米兰选择了自己的朋友哈斯。帕维尔·哈斯——他也是捷克斯洛伐克著名演员雨果·哈斯①的哥哥——对昆德拉的一生影响深远。他在小男孩的脑海中长久地留下了自己的印记："这是我们国家最为杰出的作曲家之一，尽管很少人知道这一点。当时我十一岁。（学习作曲）对我来说更像是一种游戏，而非严肃的训练，但是哈斯在我的世界里已经成为神一般的存在。"

可惜时间并不长。一九四〇年，哈斯藏身布尔诺。他和其他被追捕的犹太人一起，住在临时搭建的合租房里。从一间公寓搬到另一间公寓，躲在阁楼里，他在难以忍受的贫苦中偷生，但仍在继续教书。穿着短裤的小米兰夹着五线谱练习册一直跟随着他。直到一九四一年的那一天，哈斯遭到纳粹逮捕，被送到布拉格西部的特雷津集中营。在那里他又存活了三年。他甚至出现在纳粹一部名为《元首赐予犹太人一座城》的宣传片中（一部非常可怕的影片，哈斯坐在轮椅上，严重营养不良，然而还能站起身来，指挥自己的一部作品）。

三年之后，他被送往奥斯威辛集中营，在一九四四年十月十六日前往奥斯威辛的倒数第二辆列车里。他再也没能从奥斯威辛回来。

当昆德拉决定放弃音乐转向写作时，他首先选择的是诗歌。一九四七年（他十八岁），他发表的第一首诗歌，就是献给这位他非常喜爱的作曲老师的。后来，他解释说："我对他的这份爱戴，

---

* Pavel Haas（1899—1944），捷克作曲家。

① Hugo Haas（1901—1968），捷克导演、演员。

也是我对那些命运多舛、前途未卜的艺术家的特殊感情。”

这份特殊的感情，同样也适用于在二十世纪的转折关头为中欧贡献良多的犹太艺术家和知识分子，科柯施卡[①]、弗洛伊德、勋伯格、贝尔格、库斯勒[②]、施尼茨勒……还有其他很多人。他们是米兰·昆德拉将永远怀念的中欧的跳动的心脏。

> 世界上没有哪个地方如此强烈地留下了犹太天才的印记。犹太人总是超越于民族纷争之上。二十世纪，他们成了中欧主要的世界化整合元素，是中欧知识分子的黏合剂，精神上的聚集者，精神统一体的创造者。这也是为什么我热爱他们，我带着热情和怀旧依恋他们的文化遗产，就像是自己的个人遗产一样……对中欧犹太人的打击因此触及了欧洲文化的核心。战争即将结束时，罗贝尔·德斯诺斯[③]病逝于特雷津，这是一个具有隐喻性质的偶然：伟大的超现实主义诗人前往现代艺术的“痛苦之都”寻求死亡。
>
> ——《一个被劫持的西方或中欧的悲剧》

---

① Oskar Kokoschka（1886—1980），奥地利剧作家、画家。

② Arthur Koestler（1905—1983），英籍匈牙利作家。

③ Robert Desnos（1900—1945），法国超现实主义诗人，第二次世界大战期间法国抵抗组织成员，1944 年遭纳粹逮捕后被送往特雷津集中营，1945 年解放后一个月病逝于此。

Milan Kundera

ZA SKLADATELEM PAVLEM HAASEM

„Hledaje svou sílu proměňuji se v hebounký sláček“
Viď chceš ujet naproti k notám flákajícím se
po dalekém papíře „A hlavně naproti
krabici do níž se odspávám
v přestávkách mezi nelítostí zedních vachmanů“

Kdybych byl očitým svědkem tohoto rozhovoru
chraň mne má vůle před útěšným pádem
do řeky mateřských písků
a počátečních měkkotin
k červům a ptáčkům
k ženám — zámotkům
k brouzdajícím se bezrozumkům v teplém plénkoví
„Zvečeru zase lehký klepot
úst mého dalekého domova Stůl žena její hlas
stojící a tělesný, můj potkáváčku“

米兰·昆德拉献给帕维尔·哈斯的诗

2021年，旅行日志：特雷津

循着帕维尔·哈斯在特雷津的足迹而去。一座哈布斯堡王朝时期建造的奇特卫城，为纪念玛丽亚·特蕾莎女大公而被命名为特莱西恩施塔特。刺杀奥匈帝国王储斐迪南大公、既而引发第一次世界大战的加夫里洛·普林西普曾被囚禁于此。斑驳的街道上毫无生气。一片死寂。整座城市就像是一座集中营。

1949 年，奥尔加、尿布和第一次交媾

如果说帕维尔·哈斯对米兰·昆德拉的一生影响深远，那不仅仅是作为一个艺术家的影响，同时也有作为一个男人的影响。在被遣送到集中营之前，他娶了索尼娅·费尔德曼。这位来自莫斯科的女医生是语言学家罗曼·雅各布森的第一任妻子。帕维尔和索尼娅有一个女儿，奥尔加，日后成为米兰·昆德拉的第一任妻子。

虽然帕维尔·哈斯没能逃脱纳粹的魔爪，索尼娅却成功假借俄罗斯东正教徒的身份隐瞒了自己的犹太出身。就这样，母亲和女儿得以逃生。

对于奥尔加·哈斯·昆德拉（捷克人使用的是“昆德洛娃”，用以表明此为夫姓），我们知之甚少。奥尔加比米兰·昆德拉小八岁，她也是一名音乐家。轻歌剧歌唱演员。两个人自打孩提时代就认识，米兰·昆德拉在哈斯家上课的时候，二人常常见面。后来，捷克的一份报纸上登过她的几张照片：《舞台上的奥尔加·昆德洛娃》。但除此之外就没有更多的了。他们究竟是在什么情况下结的婚，为什么昆德拉从来没有谈起过她、写到过她，他们分手的原因是什么……所有这一切，大家都不知道。

布尔诺，比斯库普斯卡广场

据说有个捷克的传记作家曾在调查的时候送花给奥尔加，希望能从她那里套取秘密。但是他遭到了拒绝。她回复："无需再费心机，都是徒劳。我对米兰说过，不会谈论我们的生活，我许诺过的。"

"是真的吗？为什么米兰会这样要求奥尔加？"我斗胆问过薇拉。"他从来没有要求过奥尔加这样的事情！！！从来没有！！！奥尔加是我的朋友。都是谣传！"接着她平静下来，对我解释说，奥尔加已经八十多岁了，在一家养老院里生活，说我不能去看她，还说她们俩每周要通好几次电话。有趣的是，薇拉成了这对旧时夫妻的纽带。"这很奇怪，但就是这样……我告诉她米兰的近况。"

缺失的拼图

“奥尔加？我想米兰应该很喜欢她，但是不喜欢她在音乐上的作为。”米洛斯·什捷德龙暗示道。就这样了。在昆德拉大拼图中，总是少几块。奥尔加就是其中之一。但是对于理解作家的世界来说，这当真重要吗？

在《相遇》中，米兰·昆德拉讲述过一则轶事，弗拉迪米尔·赫佛特的故事。赫佛特是布尔诺大学的教授，他也很迷恋雅纳切克，准备写一部“全集四卷的巨型专论”。“雅纳切克于一九二八年辞世，十年后，赫佛特在长期的研究之后完成了第一卷。那时是一九三八年，慕尼黑会议，德国占领，战争。赫佛特被关进集中营，和平降临未久即辞世。至于论文，他只留下第一卷，而在这份论文的最后，雅纳切克才三十五岁，还没有任何成气候的作品。”

但是最有趣的地方在于，稍早一些，一九二四年，马克斯·布洛德，卡夫卡的朋友，也写了关于雅纳切克的评论。“赫佛特立刻攻击他，他认为布洛德缺乏严肃的科学精神！证据是，有些雅纳切克年轻时作的曲子，布洛德甚至不知道这些作品的存在！雅纳切克替布洛德辩护：听这些无关紧要的东西干什么？为什么要拿作曲家自己觉得不重要，甚至烧掉一大部分的东西来评判他？”

> 一种新的风格，一种新的美学，这些东西如何捕捉？像历史学家喜欢的做法，努力回溯，找到艺术家年轻的时候，找到他的第一次交媾，找到他包过的尿布？还是，像艺术实践者，关心作品本身，关心作品的结构，并且去分析、剥解、比较、对照？
>
> ——《相遇》

米兰·昆德拉不喜欢伪“文学批评”。就是那些不去分析、比较、对照，而是情愿搜寻尿布和评论第一次交媾的批评。

在布尔诺，我没有尝试去见奥尔加。我情愿在作品中与她相识，在米兰的诗歌中，尤其是他的《独白》。

后来，在二〇二三年的一月一日，新年来临，我们拥抱了米兰和薇拉，薇拉说：“上个月，十二月，奥尔加给我来过电话。四天后，她去世了。”薇拉给我看了两张照片，一张是在歌剧舞台上与别人共舞的奥尔加。还有一张侧影，长圆的脸型，非常纯粹的鹅蛋脸。

她又补充说，米兰和奥尔加的婚姻只维持了八个月的时间。“是她离开的。他们在六月分手，我们是十一月认识的。”

1988 年，“我最初的想法都是有节奏的”

> 道路：这是人们在上面漫步的狭长土地。公路有别于道路，不仅因为可以在公路上驱车，而且因为公路不过是将一点与另一点联结起来的普通路线。公路本身没有丝毫意义；唯有公路联结的两点才有意义。而道路是对空间表示的敬意。每一段路本身都具有一种含义，催促我们歇歇脚。①

我们在道路上，所以就停下来歇歇脚吧。要特别强调一下，对于米兰·昆德拉来说，音乐这种语言和母语——或许在这种情况下音乐可以算作他的“父语”——同样重要。它对他的作品产生了巨大的影响，昆德拉几乎所有小说的潜在结构都受到音乐的启发。我们只举一个例子：在《生活在别处》中，寒冷这一动机贯穿书的始终。在雅罗米尔周围，一切都冻成了冰。寒冷就是主题，被冰冻的变奏围绕，作品完全按照连续的七种速度设计（中速，小快板，快板，极快，中速，柔板，急板）。在某种意义上，我们甚至可以说，昆德拉的作品既是用来看的，也同样是用来听的。

布尔诺，雅纳切克音乐艺术学院的门面

“我最初的想法都是有节奏的，”有一天他对我说，“我的小说，我能够听到它们。”

父亲的影子难以摆脱。昆德拉大概是为数不多的“双语”作家之一。就好像儿子的语言与父亲的语言融汇在一起。就好像在词语的表象之下，路德维克的小国王和他的侍从官、大臣们依旧隐秘地统治着一切。就好像与卡夫卡恰恰相反，昆德拉的作品可以被当作一封漫长的、充满赞美的《致父亲的信》。

---

① 参见米兰·昆德拉《不朽》。

2006年，最后，他就只剩了一句话：“真奇怪。”

那天，在鲁特西亚饭店，米兰·昆德拉对我讲述了路德维克生命最后几年的时光。十年间，他渐渐丧失了使用言语的能力。他的描述与《笑忘录》里对“父亲”这个人物的描述非常相似：

> 这一切是慢慢发生的。开始的时候，他会把一个词当成另一个词，这有时会让他觉得好笑，接着，慢慢地，他再也不能正确说出事物的名称或是表达他的想法。一切沉入了无底的虚空之中。我是唯一能够从他那漫无边际的无语中重现出一点什么的人。我们经常一起散步。绕着同一群建筑走，不会走出更远，因为他已经很虚弱了。在这之前我从来没有问过他太多的问题，但是从此之后，我的脑海中总是冒出成打的问题。我们谈论音乐。但这是很奇怪的对话，因为其中的一个人一无所知却掌握着大量的词语，而另一个人无所不晓却一个词也说不出……最后，他就只剩了一句话：“真奇怪。”

那一天是米兰唯一一次对我提及他父亲的病，唯一一次流露出恐惧。骤然流逝的生命力。他又看到路德维克的蓝眼睛，“瞪得跟他的惊奇一样大”。的确很奇怪。米兰把伏特加饮尽，眼睛盯着杯底深处的东西，包裹在力脱思特当中。然后，我看着他颀长优雅的身影忧郁地穿过塞弗尔街，消失在雷卡米埃大街的棕榈树后。

“现在我明白了！”

对于这个处于病中的父亲，在《笑忘录》中有非常动人的描写。

在他病中的这十年间，爸爸在写一本关于贝多芬的奏鸣曲的巨著。他写的时候似乎比说的时候要好一些，但即便是在写作中，他也越来越难以找到他的词句，他写的文稿也就变得难以理解，因为它是由不存在的词组成的。

一天，他在他房间里叫我。他在钢琴上打开了奏鸣曲作品第111号的变奏曲。他指着乐谱……对我说“你看”，他又重复说“你看”，并且在做出长久的努力后终于说出：“现在我明白了！”他一直试图向我解释什么重要的事情……看到我没听懂他说的东西，他便惊讶地看着我，说：“真奇怪。”

在死亡之前就已经结束

……这时我心里顿有一个想法：命运常常在死亡之前就已经结束，收场的时刻并非一定就是死亡的时刻。

——《玩笑》

2020 年，从重和愚蠢中解脱出来

他一向偏好沉默。我们第一次见面的时候，我还真是被吓着了。我想要说一点什么显示智慧的东西。填补空白。但我很快明白这根本是徒劳的。我也明白了他的这份偏好源自何处。路德维克也有同样的偏好，因为他拥有自己的语言——音乐，他没什么好说的。仍然是在《笑忘录》中，我们能够看到他们俩绕着同样的一个建筑群散步。那是在一九七〇年，路德维克去世前一年。捷克仍然笼罩在一九六八年华沙条约组织入侵布拉格的阴影之下。然而，城市里到处回响着毫无价值的歌曲和音乐。“人们越是悲伤，扬声器就越是为他们演奏，”昆德拉写道，“它们请被占领的国家忘掉苦难的历史，投入到生活的欢乐之中。”有一刻，路德维克停了下来，抬头看着扬声器的方向，他做出了巨大的努力，这一次他没有说“真奇怪”，而是说了谜一般的五个字：“音乐的愚蠢。”

昆德拉在想，这样难解的话出自一个钢琴家之口，究竟想要表达什么意思，最终昆德拉得出的结论是，在音乐的历史，或者更确切地说是在音乐的史前史上，存在着一种“原始状态”，要

早于“第一次有动机、有主题的组合的状态”。至少，他认为这是父亲想要和他说的。“音乐的这一原始状态（即没有思想的音乐），反映着与人类共生的愚蠢。”为了将音乐从这一原始的愚蠢中提升起来，昆德拉呼唤“在精神和心灵上的巨大努力”。从重和愚蠢中解脱出来。对于昆德拉来说，这“跨越几个世纪欧洲历史的一道壮丽的曲线”① 有一个名字，即欧洲文化。

这一曲线，昆德拉从来没有停止过歌唱它的灿烂，但是它也脆弱得不可救药。正因为这样，人们觉得昆德拉是反对进步的。但人们错了。就这点而言，尤瑟纳尔也曾经对我们有所教益：“落后者的战斗难道不是明天的战斗吗?”

雷卡米埃大街，二〇二〇年三月。米兰，薇拉，安托万·伽里玛和我。我们庆祝米兰双腿恢复（过去的几个月里，他因为股骨骨折被困在客厅的一张护理床上）。西尔维娅·芬基尔克劳带来了巧克力甜点，薇拉跪着在客厅的矮桌上把它切成条。

大家都对点心发表了评论。米兰点点头。他基本没怎么说话，看到他，我情不自禁地想起在鲁特西亚饭店的那一幕。想到他的忧惧，令人揪心的、预感性的忧惧。但还想到他对于沉默和玩笑传奇般的爱好。于是，每每他眨眼的时候，我就在想，他在，虽然他什么都没有说，但是他的思考并不少。

① 参见米兰·昆德拉《笑忘录》。

2020 年，当我们忘记一切后留下来的

很长一段时间里，我还抱有希望。但是在二〇二〇年十二月，已经毋庸置疑了。

语言和记忆如退潮的海水一般，越退越远。

然而，还是会有奇迹发生。有一天，我们在公寓里一起走了几步，在电钢琴前停了下来。钢琴上，是与路德维克相关的几个杯垫。一张黑白照片。一九一二年十一月十九日音乐会的节目单：巴赫、肖邦、斯美塔那[①]、诺瓦克[②]和李斯特。一张莱奥什·雅纳切克的照片，周围是他的学生，其中就有昆德拉的父亲和帕维尔·哈斯。在键盘上方是一本乐谱，封面上有一只小鸟：雅纳切克的《摩拉维亚民歌钢琴曲》。我们在钢琴前坐了下来，突然，出乎意料地，米兰伸出了右手。他几乎出于本能地将手放在琴键之上。法——索——升拉——索。没有任何犹豫。手未见丝毫颤抖。钢琴家的手依然保持着完美的弧度。

音乐，这就是当我们忘记一切后留下来的？

是手势在使用我们：我们是它们的工具，是它们的傀儡，是它们的替身。[3]

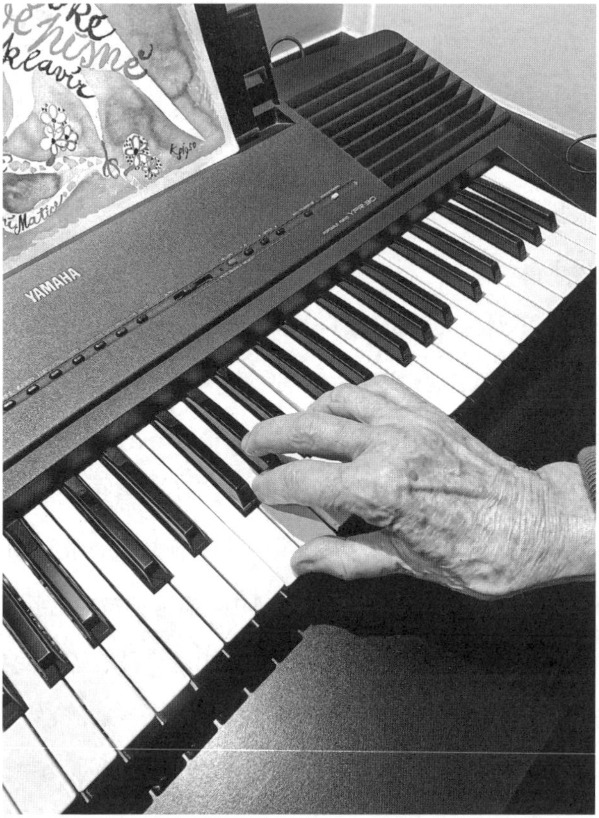

置于钢琴之上的米兰·昆德拉的手

---

① Bedřich Smetana（1824—1884），捷克作曲家。

② Vítězslav Novák（1870—1949），捷克作曲家。

③ 参见米兰·昆德拉《不朽》。

1950 年，从音乐家到诗人

米兰·昆德拉十八岁了。一九四七年，他口袋里揣着业士文凭，离开布尔诺，前往布拉格，在文学系注册。为什么是文学呢？为什么他放弃了音乐的道路？是为了走自己的路，而不再追随父亲的脚步吗？我们不妨这样想。因为即便路德维克是个伟大的钢琴家，他作为演奏家的事业却并未给他带来真正的满足。后来在一家法国电视台的访谈节目中，米兰·昆德拉透露过，他那时候已经觉得父亲是个“不幸的钢琴家”：“我认为他是一个出色的钢琴家。但是也许只有我知道，或者说，只有我这么想。因为他是一个不幸的钢琴家。不幸，因为他一生致力于现代音乐的传播：斯特拉文斯基、勋伯格、巴托克、雅纳切克……也就是说那种观众寥寥的艺术。那种反潮流、反传统的艺术。”

为什么年轻的米兰没有继续这项“开辟”和“传播”的工作？为什么他没有继续作曲？在布尔诺，在离昆德拉完成基础阶段学业的中学不远的一个花园里，音乐学家米洛斯·什捷德龙耸了耸肩膀：“我一直觉得米兰·昆德拉和鲍利斯·帕斯捷尔纳克很像。《日瓦戈医生》的作者是一个作家和画家，但是他本来也很可能成为一个作曲家。”

演奏，作曲，写作，绘画，素写……就像帕斯捷尔纳克或是保罗·克利[①]一样，昆德拉也是那种无所不能的“单人管弦乐队”。有一天，在伦敦，钢琴家阿尔弗雷德·布伦德尔对我说，在音乐评论方面，昆德拉可以说是他“所见过的最敏锐的头脑之一”。（布伦德尔也来自摩拉维亚，他本人也是无所不能：演奏，绘画，写诗。看来，那个中欧仍然是真正的人文主义者的最后摇篮。）

但是年轻的米兰完全没有考虑选择音乐学院。这年大学的开学季，他转而去了文学系。在音符与词语之间，他选择了自己最初的方式：写作。形式是：诗歌。

---

① Paul Klee（1879—1940），瑞士画家、小说家，也是业余小提琴手。

1939 年，奈兹瓦尔，或诗歌的撞击

我们不妨在此做一个简单的回溯，强调一下诗歌在昆德拉的一生中始终起到关键作用。况且这种影响对于普遍意义上的捷克人是一样的。昆德拉是如何发现诗歌的呢？十岁。一九三九年，在希特勒的部队入侵捷克斯洛伐克几个月后，当时的波希米亚－摩拉维亚被置于德国的保护之下，小米兰在摩拉维亚的一个村庄度夏。一见钟情。第一次，他听到了诗歌。是捷克伟大的超现实主义诗人维特兹斯拉夫·奈兹瓦尔的诗。这位摩拉维亚小学教师的儿子歌唱乡村世界里无忧无虑的少年时光，这个世界具体、简朴，奈兹瓦尔对此一直保有温柔的记忆。

时间是绿色的，眼睛是蓝色的
眼睛像一簇簇紫罗兰
小伙子和姑娘互相搂着腰
紫罗兰的蓝一直向上弥漫到他们的脑袋上[①]

小米兰感到心醉神迷。奈兹瓦尔将现实主义与人文主义并

置。他喜欢具体的意象，他说一个“诗人若是一味排除‘大蒜’这个词，那就未免显得没有人味儿”。他赋予自然、女性、波希米亚-摩拉维亚的土地以神圣的意味；他为创造、奇幻和先锋欢呼……这些恰恰都是让米兰·昆德拉大快朵颐的事物。更不要说在一九二〇年，奈兹瓦尔发现了法国诗歌——纪尧姆·阿波利奈尔。稍晚一些，奈兹瓦尔与法国超现实主义诗人有所接触，邀请他们到布拉格来作讲座。安德烈·布勒东和保罗·艾吕雅。在这个时期，他到莫斯科参加了苏联第一届作家代表大会。在一九四八年布拉格政变之后，奈兹瓦尔还一度和当局走得很近。二十世纪五十年代，他成为捷克斯洛伐克共产主义体制的官方诗人代表。一九五八年奈兹瓦尔去世之时，阿拉贡对他做了如下评价：

> 今晚的广播谈到了奈兹瓦尔
>
> 说他自此沉默……
>
> 布拉格失去了它的灵魂和它的诗人……
>
> 它的心碎了，就像被扔掉的玻璃杯。②

让我们走入十岁的小米兰的内心。这些诗句正因为是由那些比他大一些的年轻人——“成人”——传颂的，才让他更加印象深

---

① 维特兹斯拉夫·奈兹瓦尔，《爱》，收入《雨中的布拉格》，巴黎：联合出版社，1960年。——原注

② 路易·阿拉贡，《奈兹瓦尔散文》，巴黎：伽里玛出版社，1960年。——原注

刻！而且他们都能信口背诵！大学生，回到乡村度假的农民的儿子女儿，他们在闷热的夏天，在夜晚大声朗诵。“他们就像是着了魔。”他回忆道。他们的热情是多么有感染力啊！年轻的小米兰被吸引了。

多亏了这次开创性的相遇，多亏了奈兹瓦尔——在二十世纪五十年代中期，米兰还写了一篇关于奈兹瓦尔的文章——他一下子受到了双重启蒙。一则是诗性和感性的启蒙，另一则是政治的启蒙。因为诗人的诗句中充满了正义的理想。诗句道出了对新社会的憧憬以及奈兹瓦尔对他所谓的“进步”和“战后文明”的信仰。奈兹瓦尔白纸黑字写下了这些：他相信“马克思主义和俄国十月革命所激发的丰富思想以及对于未来社会的展望”[①]。他相信，也让人相信。

① 维特兹斯拉夫·奈兹瓦尔，《诗选》，巴黎：塞格尔出版社，1954年。——原注

1953—1957年，作者肖像：一个激愤的年轻诗人

一九四七年，发生了两件具有象征意义的事情。米兰·昆德拉十八岁了，就在十八岁生日那天，他成为一名捷克共产党党员。接着，就像我们看到的那样，他“进入了文坛”，凭借那首献给作曲老师帕维尔·哈斯的诗。这一巧合具有非常重要的意义。年轻的昆德拉也下决心要投入对新世界的建设，就像他的偶像维特兹斯拉夫·奈兹瓦尔一样，他决定“通过诗歌”来实现这一目标。

布拉格政变五年后，一九五三年，他出版了第一部诗集《人：一座广阔的花园》。一九五五年，他又出版了《最后的五月》，献给被纳粹杀害的共产党员、捷克抵抗组织成员尤里乌斯·伏契克[①]，著名的《绞刑架下的报告》的作者。《绞刑架下的报告》是伏契克在一九四三年——被执行枪决的那一年——在监狱里完成的。一九五七年，昆德拉的第三部诗集《独白》问世。

二十世纪五十年代，米兰·昆德拉还不满三十岁，他发表的作

品完全与他的政治活动同步。他信仰共产主义。十年后，一九六三年，他甚至凭借剧作《钥匙的主人》获得了克莱门特·哥特瓦尔德奖。大家都知道，在那个时代，只有最忠于体制的艺术家才能获此殊荣。

① Julius Fučík（1903—1943），捷克作家、文艺评论家。

2021年，旅行日志：布尔诺

这个夏天，在布尔诺，我问摩拉维亚国立图书馆的馆长托马斯·库比切克，昆德拉的诗歌是否遵守社会主义的现实主义标准。

“这很复杂，”库比切克说，“我觉得他的社会现实主义深受当时先锋派的影响。什么是禁忌话题，昆德拉毫不在意。在一个集体至上、群众至上的时代，给自己的诗集取名为《独白》，这已经带有几分颠覆的意味了，要知道那时候个人的内心活动也是不能谈的……而且，在当时那个充斥宣传套话的时代，昆德拉已经在为重新赋予词语以意义而斗争。我们必须注意到，昆德拉是在二十世纪五十年代决定从事写作的。在当时的背景下，一切都是为了宣传，词语不仅失去了真正的意义，甚至是危险的。”

也许正是出于这样的原因，米兰·昆德拉的诗歌很快大受欢迎。二十世纪五十年代，在捷克，他取得了巨大的成功。在他的诗歌中已经能够找到日后贯穿他作品主线的主题的萌芽：个人、责任、男女之间的关系、艺术和文化的重要性……然而，昆德拉对此并不是很满意。他知道公众的支持并不一定是质量的保证。

1953 年，他出版了第一部诗集《人：一座广阔的花园》，

1955 年，他又出版了《最后的五月》

也许他想起了父亲给他的教训，他最终被塞在饭桌底下正是因为那时所作的钢琴曲过于激扬，过于抒情。

这就是为什么，随着时间的流逝，他远离了诗歌。但同时这也是他并没有禁止谈论，没有摧毁它们的原因——“昆德拉并没有对此进行审查，这部分作品在布尔诺摩拉维亚国立图书馆都能查阅到。”托马斯·库比切克强调道——他日后也只是决定不把这部分诗歌收入自己的文集。所有这些诗歌都没有被译成法语。

抒情主义？您说的是抒情主义吗？

让我们暂停一下，在非常昆德拉式的主题上耽搁一会儿：抒情主义。作家在他的作品中不断地回到这个主题。抒情主义或者其他接近的主题，例如媚俗或是迷醉……所有这一切几乎指向同样的事情……“青春时代的伟大错误”。不仅仅是关乎创作的，而且是关乎存在的。昆德拉认为他的诗歌是一种面对生活的态度。在他看来，这种态度是青春时代特有的，其根本就在于会把人类的存在和存在所挑起的情感混为一谈。在不同的背景之下，别人也许会称之为浪漫主义。昆德拉认为，所谓的抒情就是“把自己和自己的情感等同对待”。相反，

> 所谓的反抒情主义，就是对自己的情感和他人的情感持怀疑态度。反抒情主义的态度，就是确信在我们所认为的自己和事实上的自己之间存在距离，在事情想要变成的那个样子，或者自认为的样子与它们事实上的样子之间有无尽的距离。抓住这一差距，就是打破抒情主义的幻象。

抓住这一距离，就是反讽的艺术。而反讽，就是小说的视角。[1]

---

① 1979年，昆德拉在加拿大杂志《自由》中进一步明确阐释了这个问题：诺曼·比隆，《米兰·昆德拉访谈》，载《自由》，第21期，1979年第1期。——原注

1958年，“呜呼！终于结束了！”

一九五八年，还没到谈论小说的时候。但是，三十岁生日即将来临，米兰·昆德拉决定自此之后要摆脱艺术和生活中的抒情方式。没有人怀疑，他已经抓住了在他所认为的捷克共产主义与实际情况之间的“无限距离”。他不再喜欢（他说得更漂亮，说是他“脱离了喜欢”）最初那几本诗集里的诗句，他觉得——他是有道理的——这些诗句过于“亲共”。以至于当他遇到少年时代的小伙伴时，他不得不假装。他让他们相信的那个昆德拉，他自己也不认识，只不过是同名罢了！他不仅仅不再喜欢这些诗句，而且像弗朗索瓦·里卡尔在七星文库版《米兰·昆德拉文集》中所说的那样，“他不再喜欢那个写下这些诗句的人。他不再能够认同那个自己”。

于是他改变了。他首先尝试剧本写作。四年里他写了两个剧本：《钥匙的主人》（一九六三年）和《愚蠢》（一九六七年）。但是，这一次也是一样，后来，他认为这两个剧本和他的诗歌一样，都不值得收录进他最终的文集里。不仅仅因为它们还称不上是“作品”，甚至构不成他的历史，只能成为他的“前史”。

米兰·昆德拉一直在深入思考这样一个问题：一个艺术家的作品究竟是从哪里开始的？从什么时候开始，艺术家才成为真正的自己？在这个问题上，我们间接地回到了他在谈论弗朗西斯·培根时涉及的“自我”边界的问题。昆德拉并没有放弃戏剧创作。一九七一年，他写了一个非常出色的剧本——灵感来自狄德罗，由尼古拉·布里昂松[①]导演——《雅克和他的主人》。但是相反，他再也没有重新开始写诗。他甚至向捷克公共知识分子安东宁·利姆[②]倾诉道：“当我意识到自己再也写不出一句诗的那一刻，我长舒一口气，呜呼！真是如释重负，终于结束了！”[③]

---

① Nicolas Briançon（1962—　），法国戏剧和电影导演、演员。

② Antonín Liehm（1924—2020），捷克记者、电影评论家、电影史专家，1969年移民法国。

③ 安东宁·利姆，《三代人：关于捷克斯洛伐克文化现象的访谈》，巴黎：伽里玛出版社，1970年。——原注

2020年，时光消逝，他还在这里

这当然不是说米兰·昆德拉不喜欢诗歌。相反，这一主要的文学体裁仍然在他的生活中扮演着重要角色。这不仅仅因为他曾经译介过许多诗人。一九六三年，他翻译出版了一本奈兹瓦尔诗选（《高贵的魔法师》）。一九六五年，他和朋友阿道尔夫·克鲁帕一起翻译了阿波利奈尔的《醇酒集》……

就像音乐一样，哪怕一切都被摧毁了，诗歌仍然会留存下来。我永远都不会忘记和薇拉的那通电话，那会儿她刚给米兰读完他翻译的阿波利奈尔的诗歌。

“他听出来了吗？”

“他听出了《米拉波桥》的最后几个词，Ja zustavam……我还在这里。”

“我还在这里……捷克语是这样说的吗……Ja zustavam？”

所有的一切都消逝之时，荒诞地停留在“这里”。对于二〇二〇年到二〇二一年间这个冬天的暗淡时光，还有比这更好的描述吗？封城，分裂。时光消逝，他还在这里。

薇拉继续说：

“你知道当时出这本书的塞克斯洛文斯基·斯皮索瓦泰尔出版社卖了多少册吗？将近三万！一个翻译过来的外国诗人！我们忘了，在当时的体制下，从文化的角度来说，其实也有不少好东西。但是关于这些，我们今天都不能提了，也听不到了。记忆是会随着时间改变的。就像政治一样。”

1947—1948 年，从共和国到布拉格政变

一九四七年九月。米兰·昆德拉十八岁，在布拉格的查理大学艺术学院注册。他选择了文学和美学系。教学楼正对着伏尔塔瓦河（德语里叫莫尔道河）。布拉格艺术与建筑学院和鲁道夫音乐厅坐落在河两岸，在广场上可以看到音乐厅的德沃夏克雕像。昆德拉很幸福，他可以一解音乐会的饥渴了。而且一切艺术都在布拉格沸腾，不仅仅是音乐。他沉浸在美妙的首都的魅力中，充满了创造力、向世界开放的首都。

布拉格查理大学

一九四七年九月，当他进入文学系的时候——他在那里只待了一年不到的时间——这个国家还具有民主国家的一切表征。在温塞斯拉斯广场，可以买到所有报纸，包括外国报纸杂志，甚至非常保守的伦敦《每日邮报》。在布拉迪斯拉发的电影院里可以看到好莱坞电影，例如《公民凯恩》或《大独裁者》……但是一九四八年二月，一切都变了。西方人称之为“布拉格政变”，苏联人则叫作“二月胜利”。

短短几天内究竟发生了什么？克莱门特·哥特瓦尔德和鲁道夫·斯兰斯基上台，捷克斯洛伐克突然成了东欧集团的一部分，处于苏联的控制之下。除了一九四九年秋成立的民主德国之外，捷克斯洛伐克算是最后一个加入苏联阵营的欧洲国家。在西方，欧洲还没回过神来。十年之后，就连莱昂·布鲁姆[①]也无法想明白这一切：“没有任何迹象……这一系列灾难性事件仍然是个谜。”[②]

谜？对于米兰·昆德拉来说并非如此：

> 一九三九年，德国军队进入波希米亚，捷克国家不复存在。一九四五年，俄国军队进入波希米亚，国家重新被称作独立的共和国。人们为赶走了德国人的俄国欢欣鼓舞，并且，由于将捷克共产党看成俄国人忠实的臂膀，人们就把自己的

① André Léon Blum（1872—1950），法国左派政治家、作家、文学和戏剧评论家。

② 莱昂·布鲁姆，《莱昂·布鲁姆作品集》，巴黎：阿尔班·米歇尔出版社，1958年。——原注

好感转移到后者身上。正是因为如此，当共产党人于一九四八年二月夺取政权的时候，既没有流血也没有暴力，而是得到了半个民族的欢呼致意。

——《笑忘录》

2021年，不顾一切？

“欢呼致意”，这个词让我陷入沉思。

日历上的巧合。今天早上，布尔乔亚出版社的专送给我送来一本非常可怕的书，书的作者叫欧弗洛西尼亚·凯尔斯诺夫斯卡娅，一个出生在敖德萨的年轻姑娘，她讲述了自己怎么眼睁睁地看着苏联人在上世纪四十年代入侵她的家乡比萨拉比亚[①]。资产全部被征收，强迫劳动，流放，逃跑，步行几千公里，监狱，集中营，死刑，接着，又是西伯利亚十年的牢狱生活……这本书以图文并茂的方式记录了她在古拉格的生活。沉重的见证，让人想起格罗斯曼[②]、曼德尔施塔姆[③]和索尔仁尼琴的作品……但是作品插图的现实感和叙事的简洁中蕴含着某种让人着迷的东西。

但丁的地狱有九层。而内务人民委员部的集中营系统更多。最后一层是传染病房。多数病人住院时被诊断为痢疾……但在大多数情况下，这些人只是因为饥饿、寒冷、超出承受能力的劳动以及足以从身体和精神上摧毁人，摧毁人的意志、希望和生命力的生活条件而变得虚弱。[4]

这些文字写于一九四四年至一九四六年之间。奇怪的是我们却在昆德拉的作品中读到，差不多在不到一年后，即一九四八年二月，在布拉格，人们因为苏联人的到来而“欢呼雀跃”。米兰本人是否也在欢呼者之列？人道主义者米兰？他当时难道不知道吗？人们难道不知道吗？他又怎么能像他同时代的其他人一样，“不顾一切”地相信呢？

《不顾一切》，这恰恰是欧弗洛西尼亚·凯尔斯诺夫斯卡娅这本书的书名。书的封底写着：“月亮消失了。针叶林黑暗而充满敌意。我去战斗——不是为了胜利，而是为了有尊严地死去。”

---

① Bessarabia，旧地区名，德涅斯特河、普鲁特河－多瑙河和黑海形成的三角地带。1812 年沙俄夺取了这个地区之后，用这个名称来区别于摩尔多瓦的剩余领土。历史上在罗马尼亚和苏联之间几易其手。1991 年改称摩尔多瓦共和国并且通过全民公投的方式反对再度归入罗马尼亚。

② Vasily Grossman (1905—1964)，苏联作家。

③ Osip Mandelstam (1891—1938)，苏联作家。

④ 欧弗洛西尼亚·凯尔斯诺夫斯卡娅，《不顾一切》，巴黎：布尔乔亚出版社，2021 年。——原注

1948 年：布拉格，知识分子知道什么？

为了弄清楚情况，我列出了一个问题清单，主要是针对捷克知识分子，而不是针对昆德拉。我想要了解捷克知识分子在一九四八年到一九五三年间，在多大程度上对当时的残暴有所了解，我把问题寄给了研究共产党史的学者皮埃尔·里古洛。当天我就收到了他的回信。

有没有可能，当苏联人进入布拉格的时候，大多数捷克人并不知道有古拉格的存在？

> “当然！因为信息匮乏，捷克共产党非常推崇苏联，而且因为抵抗运动，共产党员当时都是头顶光环的。在法国也是差不多的情形。想想一九四九年克拉夫琴科案。法国共产党把他送上了法庭，就是因为这位来到西方的苏联官员竟敢说苏联有集中营。然而，这些集中营的存在已经有些年头了，在法国也有传言，报纸上甚至有相关的文章。这是一个引人深思的话题，即了解真相的条件究竟是什么。在那个时代，

我们不想知道打败了纳粹的苏联也有自己的集中营。我看到您采访过克洛德·朗兹曼[①]，我和他也很熟，他一直到二十世纪八十年代还拒绝相信苏联人应该对卡廷惨案[②]负责。”

那昆德拉本人呢？他当时已经加入了共产党和作家协会？

“以他当时所处的位置，可能根本没有办法了解古拉格的真相！那时只要反对苏联就是人民的敌人，只要谈论集中营就是在延续纳粹宣传。比如说在法国，像皮埃尔·戴克斯这样的好人听到克拉夫琴科的话，也要骂他，他认为苏联集中营这种事情就是人们捏造出来的，目的是反对苏联人民！”

那么在一九四八年，捷克知识分子究竟知道些什么？

“很少一点东西，他们知道的都是在可以接受的范围里进行阐释的东西。对于人民公敌的镇压，对那些怀念纳粹的人的镇压，都是必要的。直到后来大家才意识到，当梦想、希

---

① Claude Lanzmann（1925—2018），法国导演、作家。1987年凭借纪录片《浩劫》获得第40届英国电影和电视艺术学院奖弗拉哈迪纪录片奖最佳导演奖。

② 苏联秘密警察机关于1940年4月至5月间对被俘的波兰战俘、知识分子、警察及其他公务员进行的有组织的大屠杀。1943年，波兰军人尸体被发现，纳粹德国声称为苏联所为，遭到苏联否认，直至1990年苏联才正式承认。

望和在日常生活中的体验越来越碰不上的时候——还有就是以前很受尊敬的领导人遭到处决的时候。”

是不是相较于苏联治下的其他周边国家，布拉格的知识分子觉醒得还要晚一点？

“情况是不一样的。要看是否能够掌握来自西方的信息。从一九五三年开始，先是东柏林的反抗，当然被镇压了。接着是一九五六年，匈牙利，再之后是一九六八年，捷克斯洛伐克。有趣的是，关于苏联镇压的证词很早就传到了法国，从二十世纪二十年代开始，路德维克·诺多①写了《在俄国恐怖之下的监狱里》，还有俄国社会民主党人的证词《契卡》，以及雷蒙·杜凯的《红色俄国的苦役犯》，这是第一部揭露苏联集中营的书。然而仅仅出书是不够的！还需要这些书被阅读，被理解，被接受，被承认，被尊重……”

① Ludovic Naudeau（1872—1949），法国记者、作家。

无法愈合的伤口

将近六十年之后，在鲁特西亚饭店，米兰对我说的大体意思是，并非他一直坚信不疑，在某种程度上，相信是最好的。梦想的幻灭将成为他一生无法愈合的伤口。因为在他看来，这在当时并不是不可避免的。“在捷克不应该是不可避免的。”在一九六七年到一九六八年间，历史原本可以走上另一条道路。一切都取决于分岔口。

而他，他是不是也可以走上另一条道路呢？我想起了豪尔赫·森普伦的《永别了，明亮的光》。（森普伦一直到一九六四年才退党，而八年前苏联的坦克就已经开进布达佩斯，他一直致力于解释这一迟来的决裂的原因。）七十五岁的时候，森普伦承认道：

> 我曾经试着想过，如果没有全身心地投入共产主义的冒险，我的生活会是什么样子……也许没有这份疯狂，我会把精力分散在个人的小悲伤与小确幸中，日复一日度过一连串没有什么想法的时光，最终也会形成另一种生活。

1948年，被党和大学开除

但还是让我们回到一九四八年。虽然昆德拉仍然信仰共产主义，这一年却是一个转折点。他开始对苏联出现在捷克带来的后果感到失望。他没有充分估计到的是布拉格的氛围陡然间发生了转变，再也没有了欢乐的吵吵嚷嚷。在“类苏联人”的时代，人们不再欢笑，至少不再无所顾忌地笑。任何一个沉溺于不当玩笑或是调侃的人都会很快付出代价。这正是年轻的米兰所经历的，他不喜欢严肃，他喜欢肆无忌惮的热闹，并且以此为骄傲。

“让我的名字在任何人心里都不要唤起悲哀。”

这句伏契克的名言，也是路德维克——《玩笑》的主人公——的座右铭。昆德拉也可以把它算作自己的。但是这一年，他将为之付出惨痛的代价。因为“反党行为”，昆德拉被开除出捷克共产党。

“你究竟说了什么，米兰？你在这一年究竟说了什么玩笑话？”

他耸耸肩。

“一些不该说的话。”他回答我。

米雷克，《笑忘录》的主人公说的是完全一样的话。

缺失的拼图

他究竟说了什么，做了什么？这个问题一直在。薇拉在一九四八年只有十二岁，她确认自己不知道。“我不知道，”她给我发了信息，“我那时太小了。一切都在《玩笑》中。”

1948 年，大审判的开始

《玩笑》。“事情坏就坏在我那乱开玩笑的该死的癖好上。”小说的主人公路德维克坦白道。

让我们从头捋一下。为了捉弄天真的玛凯塔，一个无论对什么事情都较真、毫不犹豫地相信党所有宣传的“模范”同志，路德维克给她寄了张明信片，上面写着这样的话：“乐观主义是人民的鸦片！健康精神是冒傻气。托洛茨基万岁！”

一场灾难！这些话传到了学生会的党委书记那里。从这时开始，路德维克的命运便注定了，宣告了急转直下的将来。至于这个荒唐的事件，它解释了当时捷克斯洛伐克冰冷的氛围。恐怖的制度，很快，所有人都成了告密者，所有人都在背叛。在我们看来，昆德拉追溯到了当时的一种机制，正是这个机制让大审判成为可能。其中就包括对斯兰斯基和克莱门蒂斯的审判，他们和其他九名捷克领导人被控阴谋颠覆国家，四年后，即一九五二年被判处死刑。

一个误会……
一连串误会当中的一个

因此再也不可能回到大学了。

我被取消了学籍，也就不再享受推迟服兵役的优待，只能等着被征召。在此之前，两个劳务大队要召用我：我先要去修路……夏末，我被召去在军需工厂做季节工。最后，一个秋天的早晨，在火车上度过一个不眠之夜以后，我便到达俄斯特拉发一个丑陋的无名小镇，进入了军营。

——《玩笑》

和路德维克一样，昆德拉明白，即便是出于开玩笑写的这些，他始终都是作者。想逃避后果为时已晚——个人的责任始终是贯穿昆德拉作品的一个主题。但是他还明白了另外一件事，那就是他并不是那么信仰任何主义，他并不像别人期待的那样坚持。一只脚跨进去，另一只脚留在外面：他总是和“同志们”保持一定距离。明信片玩笑及其所带来的荒唐后果都只是奇怪的误会。一个误会，又一个误会。

昆德拉的生活和作品中有那么多的误会，因此误会几乎是作为一个“主导主题”出现的。“一个人的成功最终几乎都可被归于误会。”他后来说道。

1952 年，“要写得让别人拍不了”

干点小活儿，写诗，翻译……被放逐到远离布拉格的地方，昆德拉还是坚持了下来。直到他觉得惩罚应该要结束了。他想回布拉格。正巧是在一九五三年。斯大林和克莱门特·哥特瓦尔德先后离世，只差几天的时间。气氛缓和下来。在此期间，昆德拉申请了布拉格电影学院，他被录取了。

在布拉格电影学院，昆德拉先是学生，后来做了助教，再后来成为讲师。他的课程还是颇为令人瞩目的。他英俊、风度翩翩、幽默、极富魅力，总之是“不可错过的”。捷克演员扬·卡采尔说：“所有人都认识他，欣赏他。”所有人，也就是说，整整一代未来将成为导演的人，他们是他的学生，他对他们产生了巨大的影响。他们当中就有米洛斯·福尔曼①和阿格涅丝卡·霍兰②。导演卡雷尔·福克萨也回忆道：“他的课非常有趣。我没有选课，但是我还是会去旁听。每堂课两个小时，教室里挤满了人。没有人注意到课间休息的时间。米兰一直讲。”

为了更好地理解“布拉格电影学院的岁月”，我和卡雷尔·施泰戈瓦德——捷克著名剧作家——约好见面。他也是昆德拉的学生。我们约在一家饭店的露天庭院，离电影学院仅仅两步之遥。

布拉格电影学院

① Miloš Forman（1932—2018），导演、编剧、制片人，出生于捷克，后加入美国籍。

② Agnieszka Holland（1948— ），波兰导演、编剧。

卡雷尔·施泰戈瓦德：

“米兰经常来这里，要不就是去作协的咖啡馆。当然，现在这里的一切都变了。或许只有厕所还是原来的样子。”

“您是哪一年成为他的学生的?”

“应该是一九七一年，但是需要和薇拉核实一下，她记得所有的日子。”

“作为老师的昆德拉给您留下的最深的印象是什么?”

“他的魅力。他的魅力显而易见。他的教学有两大支柱：一是文学史——不过是经过他自由发挥的文学史，您可以想象。他跟我们讲他的偶像，卡夫卡、布洛赫，或者穆齐尔，那时的世界文学完全没有所谓的神圣化。”

“第二大支柱呢?”

“剧本艺术。不过只是课程名称而已。因为米兰把它变成了纯粹的写作课。”

“他对剧本不感兴趣吗?”

“偶尔……所以一九九〇年他和雅罗米尔·伊雷什[①]一起写了《玩笑》的剧本。但是他真正感兴趣的还是文学写作。他鼓励我们阅读，直奔最关键的东西，不要浪费时间。他常和我们开玩笑说：‘要写得让别人拍不了。’您想想，这可是在编剧课上！这让人立刻就知晓了他的趣味何在，也就是对矛盾的热爱。”

① Jaromil Jireš（1935—2001），捷克导演，捷克新浪潮电影领军人物。

“他究竟教些什么内容?”

“他带来某个著名作家的文本。我们读一个片段,接着他就发白纸,让我们写点什么东西,一个短篇,或是一个大纲,用这个作家的方式去写,什么都行。然后他就离开了,五个小时之后回来,让我们把写的东西大声读出来。开始的时候,我觉得这也太不严肃了。直到后来我才明白,模仿就是进入一部作品内部的最好方式。突然之间,作家的世界大门敞开,一切都被解释出来,他的风格、他的技巧、他的想法。这是我迄今为止上过的最好的文学课之一。”

“这对您产生了影响吗?”

“直接结果就是,我没有成为导演,而是成了剧作家,也就是说生产文本的人。在那个时代,捷克文学主要是抒情的,作家并不在意结构和构成。他带给我的是秩序、结构、各种复杂观点的并置。”

“大家经常说,他出色而独特的贡献推动了捷克的新浪潮电影。比如,说正是他关于肖代洛·德·拉克洛的《危险关系》的课启发了米洛斯·福尔曼的电影《瓦尔蒙》。”

“这很有可能。无论如何,在二十世纪七八十年代,福尔曼想要和昆德拉一起完成《不能承受的生命之轻》的剧本。最终没有成功。据福尔曼说,昆德拉在布拉格还有家人,他不愿意将他们置于危险之中。”

走出饭店，仅仅几步我们就来到了布拉格电影学院。校园里空荡荡的，正值假期。卡雷尔·施泰戈瓦德为我们打开了一间大教室的门，墙壁雪白，放下黑色百叶窗就可以投影。窗下，伏尔塔瓦河流淌着，沉静无波。

“第一学期的期末考就在这里。米兰监考。薇拉在这里（他指了指教室前排的位置）。他们是四年前结的婚。一九七一年，她三十岁出头，考试时会打扮成学生的样子，借此鼓励我们。这个小圈子里有香槟和烟。大家微醺、抽烟，这些当然是不允许的。但是您了解薇拉，她不喜欢那么乖顺。我也是在那时认识的薇拉……”

布拉格电影学院，安娜·卡列尼娜和卡雷尔·施泰戈瓦德

“薇拉说口试时，如果学生答得好，就由米兰请客，否则就是学生请。”

“无论如何，他总是和学生开玩笑。这是布拉格电影学院的黄金时代。之后不久，在我快毕业的时候，这一切就只能成为记忆了……”

“……?”

“我和您说个小故事，您就都明白了。在毕业前的最后一年，学生需要自己写个剧本。我们不去学校，在家里工作。我选了个主题，讲的是几个吉卜赛音乐家在第二次世界大战中逃亡的故事。等到一年结束，我们带着自己的剧本回到学校，简直完全认不出了，和我们曾经熟悉的学校完全是两个样子。新浪潮被禁。苏联人入侵后，大部分老师都被解雇了，米兰·昆德拉在第一批。”

“您呢?”

“我? 幸亏我运气好，还能遇到他。我遇到的是一个伟人。真正的伟人，相信我，并非满大街都是。”

1979年，捍卫真正的作者

律师乔治·基耶日曼也给出了几乎同样的评价。“热情、聪慧、敏锐”，这是他对昆德拉的评价，在巴黎，他们成为了朋友。“我很喜欢他，薇拉也一样。我们是一九七九年相识的。我当时是电影薪酬预付款委员会的主席，在这个委员会备受争议的时刻，我想要组建自己的团队——因为对委员会的主要指责是不够独立。我想到了米兰·昆德拉，他非常友善地答应了。那时他是雷恩大学的教授。当时委员会里还有电影导演科斯塔·加夫拉斯和弗洛朗斯·马尔罗。米兰非常勤奋，阅读文本细致入微，而且总是为那些本子辩护。比如说，在是否批准给克洛德·朗兹曼的电影补贴的问题上，那时他的《浩劫》正处在停滞状态，并不是所有人都支持，因为这是一部纪录片，而且已经开拍了，但是米兰从开始就非常支持……”

超越所有人的费里尼

那时，在昆德拉看来，最伟大的在世导演就是费德里科·费里尼。而对于费里尼来说，最伟大的在世作家就是米兰·昆德拉。两个人彼此欣赏，但是保持一定的距离。因为他们俩都很羞涩，他们从来没有见过面。

1960—1967 年，“我生命中最幸福的时光”

“你想要知道我对幸福的定义吗?”在雷卡米埃大街，薇拉给我看了手机里的一张照片，是头天晚上玛蒂娜·兹博日洛娃——导演米洛斯·福尔曼的最后一任妻子发来的。“两个 M，米洛斯和米兰……你看，米兰笑得多么开心!”

米洛斯·福尔曼和米兰·昆德拉

照片是在法国拍的，已经是多年以后。但是我们可以想象，同样的笑容在一九五九年也曾出现在作家的脸上。这个笑容是一个“找到自我”的艺术家的笑容。没有了疑虑。也没有恐惧和汗水。他曾经苦苦找寻过，犹豫过，摸索过，徘徊在音乐、诗歌、戏剧之间……然而，在一九五九年的某一天，有什么东西开启了。不再抵抗。于是就出现了这有力而令人愉悦的“咔嚓”一声，创作者的灵光一现，昆德拉是如此叙述的：

> 那个时候我正在创作《钥匙的主人》的剧本，备受折磨，在创作的间歇，作为一种休息和消遣，我写了我平生第一个短篇，就用了一两天的时间，十分轻松愉悦。过了一段时间之后，我才意识到，这份轻松愉悦并不意味着未经过我汗水洗礼的短篇小说就是微不足道的、边缘的，恰恰相反，我平生第一次为自己正确定位，就像人们说的那样，我找到了我的语调，找到了面对这个世界和我自己的生活时所应该保持的讽刺性的距离，总之，找到了我作为小说家的道路。[①]

“史前史”就此结束。作为作家的历史开启，在他眼中这才是最重要的。并不仅仅因为他发现了非韵文的可塑性，或是进入这个游戏的乐趣。而是在一九五九年到一九六八年间，正是在

---

① 克维托斯拉夫·切瓦提克，《米兰·昆德拉的小说世界》，巴黎：伽里玛出版社，1995 年。——原注

完成这些短篇小说的时候，他听到了正确的调性。完全是有着绝妙耳朵的音乐家所梦想的那种调性！在这个意义上，《好笑的爱》是一部具有母体意义的小说。无论是实质还是形式，这部小说已然包含了一切萌芽。正是这部小说为之后的作品奠定了基调。

1963年，“我的老天，这个昆德拉是多么有趣啊，而生活是多么令人悲伤！”

《好笑的爱》。一九七〇年，这部作品在法国出版的时候，作家克劳德·罗伊[①]在《世界报》文学增刊上的评论最为中肯：“昆德拉的短篇小说和费多[②]的作品有几分相似之处，但讲述的方式是德·拉克洛的，感觉的微妙又有如契诃夫，同时还有弗洛伊德的心理扫描。”随后他明确道：“之所以用这些人作为参照，只是为了方便理解，实际上，昆德拉只是昆德拉，和其他任何人都不同。”

昆德拉是无法模仿的，既活泼又忧伤，既明澈又模糊，既充满了嘲讽又充满了同情，既简单又复杂……通过这七部短篇小说，克劳德·罗伊总结了四个主要特质：“漫不经心的优雅、观察的精神、幽默感和温情脉脉的感受”，而这一切皆源自“一种极度的智慧，执着于拆解第一时间跳入脑海的喜剧的陷阱”。

一个为了摆脱困境的谎言却让人陷入无可名状的困境（《谁都笑不出来》）；一个沉湎于追逐姑娘的小伙子，以至于这唯一的追逐就可以让他得到满足（《永恒欲望的金苹果》）；一出五个人物之间的滑稽闹剧，关于欲望、孤独、虚荣、失败的行动、痛苦和欢笑的故事（《座谈会》）。“一切都以大笑开场，”克劳德·罗伊指出，“接下去的一切便有如闪电一般一一被照亮。小丑般的表演伴随着滑稽的音乐：我们还以为是罗西尼，然而并非如此，实际上是莫扎特。我的老天，这个昆德拉是多么有趣啊，说完这句话，还得再加一句，而生活是多么令人悲伤！但是还有一剂解药让生活显得不那么悲伤，那就是理解。在昆德拉的小说里只有一个幸福结尾：滑稽歌剧转向黑暗，但我们看得清楚。闹剧上演，但帷幕拉开，诞生了一抹光，并且持续下去。”

克劳德·罗伊说得多么有道理啊！道德小故事（但绝非说教性质的）对于昆德拉的吸引，日后我们在他的戏剧作品《雅克和他的主人》中再次感受到，这部作品的灵感来自狄德罗的《宿命论者雅克和他的主人》。作为一个敏锐的批评家，罗伊虽然还没有看到这部戏剧作品，却已然在年轻的小说家和十八世纪的作家——狄德罗、德·拉克洛、小克雷比永、写短叙事的萨德和写《明日不再来》的维旺·德农——之间建立了某种联系，罗伊总结道：“在一个可以说黑暗的世纪里，米兰·昆德拉找到了启蒙时代道德主义作家的幸福。”③

① Claude Roy（1915—1997），法国诗人、记者、作家。

② Georges Feydeau（1862—1921），法国剧作家，擅长写滑稽剧。

③ 克劳德·罗伊，《米兰·昆德拉的〈好笑的爱〉》，《世界报》文学增刊，1970 年 12 月 25 日。——原注

他告诉我们，我们是谁，我们有多么渺小，我们不应该为此哭泣，而是应该为此会心一笑。

米兰·昆德拉为《好笑的爱》法文版所作的画

一切都没有意义，让我们笑吧！

享乐与失望。我们几乎可以说，存在着两类作家。第一类是颂扬世界之美的作家，从荷马到波德莱尔，从魏尔伦到圣-琼·佩斯……还有一类是通过世界的不和谐来感受它的人：塞万提斯、拉伯雷、贝克特、卡夫卡、齐奥朗……昆德拉属于第二类，就像大部分中欧作家那样。我们会禁不住想起波兰人亨里克·艾岑贝格[①]的格言："如果我们去除那些既不相信人类也不相信人类未来的人所带来的贡献，那么我们文化里就不剩什么东西了。"

昆德拉既不相信人类也不相信人类的未来。但这并不妨碍他对生活的热爱。不妨碍他笑，因此而笑。当我想起他的时候，我想起的就是一个正在笑的人。有享乐，有愉悦，甚至在完全没有希望之时也自有一种美。

米兰·昆德拉为《好笑的爱》英文版所作的画

① Henryk Elzenberg（1887—1967），波兰哲学家。

2021年，我与安娜·卡列尼娜的约会

走出布拉格电影学院，我告别了卡雷尔·施泰戈瓦德，与安娜·卡列尼娜一起走了一段路。是的，安娜·卡列尼娜。一个有血有肉的女人！是她将米兰·昆德拉的最后一部小说《庆祝无意义》译成了捷克语。我们会觉得这是一个昆德拉式的玩笑，又一个，但并非如此。作家成功地找到了一个既真实同时又是作为双重虚构人物的译者。和我并肩走在布拉格街头的这个女人，她与世界文学中最为著名的人物，托尔斯泰的《安娜·卡列尼娜》的主人公同名，这也是《不能承受的生命之轻》中特蕾莎和托马斯给他们的小狗起的名字（中译本译作卡列宁）……一模一样！

昆德拉就是这样喜欢暧昧！他对我讲述这一切的时候，我觉得他不无骄傲。真实生活中的安娜·卡列尼娜让他觉得很有趣。“还有她真实存在这件事本身。”如果一定要赋予它意义，那就是，它展现了真正的生活就在文学之中。

60 年代，解冻，希望和创造的激奋

就这样，我和渥伦斯基的情人一起漫步在布拉格街头。

我们一边走，一边追忆着米兰的幸福岁月。

“有两个原因让他感受到幸福。第一个原因是从创造的角度说，那些年他很多产。第二个原因则是政治背景方面的，当时有了巨大的变化。空气中弥漫着冬天结束的味道。布拉格的春天来了……”

“和我说说多产的事情。”

“法国读者是否了解《小说的艺术》的初稿？这是昆德拉最早的随笔，分析了两次世界大战期间一位伟大的捷克作家——弗拉迪斯拉夫·万楚拉[①]。这个文本尤其重要，因为昆德拉在对虚构写作产生兴趣的同时，也在尝试写随笔。一九六〇年这本书在捷克出版的时候，获了数不清的奖，但更重要的是，它预示了昆德拉的其他所有作品……米兰·昆德拉已经在正式思考小说这种文学体裁，思考小说所能传达的‘智慧’。”

“从这个时期开始，他的在弦之箭也同样数量惊人。写作，诗歌，随笔，短篇小说，长篇小说……再加上他放弃了的音乐和他即将开始的绘画，这好像是一个无所不能的人。一个人就是一支乐队。”

“您还忘了戏剧！一九六二年，《钥匙的主人》在布尔诺首演，这出戏在法国不是很知名。昆德拉也没有把它收入自己的文集。但是四十年后，他同意在布尔诺再次上演。”

“另外就是，一九六二年，他开始投入第一部长篇小说《玩笑》的创作。”

“是的。他似乎想要驾驭所有的体裁，掌握创作的整个脉络。而且，在一九六五年，他重新翻译了阿波利奈尔的一些文章，其中就有那篇著名的《致露》②，还附有对现代诗的捍卫与阐释。这一切都离苏联现实主义很远……”

“但是这种创造的激奋，就像您说的那样，其实与历史背景也不无关系。在二十世纪六十年代，政治气氛有所变化。对于艺术家来说，突然之间，一切变得轻松起来……”

“这是解冻时期，是的。审查也放松了，有些被禁的作家重新露头。一九六三年，在利贝雷茨召开了一次作家研讨会，包括米兰在内的一些作家要求恢复卡夫卡的名誉。电影界也迎来了捷克的新浪潮——米洛斯·福尔曼的《黑桃A》就是在这时，在一九六四年上映的……而一年以后，米兰完成了《玩笑》，虽然他还有所担心，但是……上帝保佑，小说通过了审查——只是随着“布拉格之春”的到来，这一切都作废了。”

“文本的全部内容都通过了审查吗？”

---

① Vladislav Vančura（1891—1942），捷克作家、导演。

② *Lettre à Lou*，法国诗人阿波利奈尔写给情人露易丝（昵称为露）的情书。

“没有任何修改。一九六七年小说出版，销售了两万册，得到了作家联盟奖。总之，是真正的成功！”安娜·卡列尼娜沉思道。

“我想您应该能够感受到，那些年是充满希望的岁月。像昆德拉这样的知识分子和艺术家——未必所有人都这么想，但他的确是这么想的——以为制度是可以改良的。可以像那句很著名的表述所说的，转向‘带有人性面孔的社会主义’。文化可以成为整个民族的基石。昆德拉相信这一点。他非常坚定。这正是他一九六七年在作家大会上热烈呼吁的。”

“著名的作家大会……”

“是的，但好吧，瞧……”

布拉格，巴托洛缪街1号

1967年，“我承认我曾经活过”

我们一边聊天，一边不知不觉地走到了巴托洛缪街。现在我们就位于这条街的1号，即安娜·卡列尼娜所说的米兰·昆德拉的“单身公寓”。

“就是这里。绿色窗户的那幢房子。五楼，不过他的公寓朝向院子，所以从马路上看不到他家的窗子。”

她接着补充道：

“就是一个小房间，法语里是说‘单身公寓’吗？只有一间房的小空间？”

我们一同回想起《不能承受的生命之轻》，托马斯描述他所谓的“性友谊”时的那些话。在对女人的恐惧和欲望之间挣扎时，他对情人们说：“谁无感情投入，谁就无权干涉对方的生活和自由，唯有这种关系才能给双方带来快乐。”这种友谊千万不能让步于“爱的侵略”。因此，托马斯发明了一个无懈可击的工具，即所谓的“三原则”。

他认为这种方式无懈可击……可以在短期内去会同一个

女人，但绝对不要超过三次；也可以常年去看同一个女人，但两次幽会间至少得相隔三周。

就这样，托马斯在确保和老情人保持长期关系的同时，又能拥有许多露水情缘。在小说中，他并不总是被人理解，只有萨比娜是个例外。

在他这些女友中，只有萨比娜最理解他。她是画家。她常说："我很喜欢你，因为你是媚俗的对立面。在媚俗之王国，你会是个恶魔。在任何一部美国片或俄国片里，你都只能是那种让人嫌恶的角色。"

媚俗的王国，是令人作呕的感伤，是大众文化的陈规陋习，也是将像托马斯这样引诱女人的男人钉在示众刑柱上的世俗想法。美国人称他们为"风流坯子"。我从来没有问过米兰，他在巴托洛缪街生活的那些年，是不是也认为自己对待女性的态度就像一个"恶魔"，或是一个"让人嫌恶的角色"。但是有一天，在鲁特西亚饭店，在我们谈起电影的时候，他对我说，他很喜欢《玩笑》的电影改编，但是讨厌极了《不能承受的生命之轻》改编的电影。

"讨厌?"我问他。

"是的。除了两点：雅纳切克的音乐和身着泳衣的朱丽叶·比诺什。”

我这才敢提到他生命的这段时期。二十世纪六十年代的氛围，他英俊、聪慧，非常成功，布拉格的女人怎么会不爱他呢？他耸了耸肩膀，只是引用了聂鲁达追忆青春时的那句标题，而这句标题用西班牙语 *Confieso que he vivido* 来说会更美。他只说了这一句，“我承认我曾经活过”。

青年时代的小说家肖像

安娜·卡列尼娜把我从遐想中拉了回来。

“讽刺的是，就在米兰·昆德拉的那幢房子旁边，大概距离三十米的样子，是国家安全局，异端分子都在那里被审判。而且在捷克，巴托洛缪街就是国家安全局的代名词。就像莫斯科的卢比扬卡大街[①]一样。在这里，不需要走太远就可以在昆德拉家里安装窃听器……”

沉默。接着，安娜·卡列尼娜若有所思地再度开口：

“秘密警察，这还真不是开玩笑。我自己也在那里遭到过审问。他们指责我是一个个人主义者，有不少异端分子朋友。我可以告诉您，那可不是愉快的经历。”

---

① 卢比扬卡大街11号为俄联邦安全局。

1967 年，在危机四伏的作家大会上，作家以身试险

“是他们接近他的。他们希望他能开口说话，他接受了。他接受了，因为他想，这个时机选得很对。的确是应该发表有分量的演说的时刻了。掷地有声。与那种干巴巴的套话正相反……一切都在民主化的进程中，没有人能料到，一年之后，会发生如此戏剧化的改变……”

从布拉格城堡一路走来，导演米洛斯拉夫·斯米德马耶如此总结捷克斯洛伐克作家大会的插曲，他说一九六七年的这些时日将彻底改变米兰·昆德拉的生活。当时的气氛似乎有利于改革，接着大家鼓励他发言：这是他感到自信的两个原因。他穿着白色马球衫，无可挑剔，走向了讲台。现在他站在讲台上，面对着三个长长的、伸到他面前的话筒。在他身后，是一群神情肃然的同事。他头顶上有四个字母：SCSS，捷克斯洛伐克作家协会。

他的发言题目是：“请将质量与尊严还给文学”。他身体微倾，右手坚定地撑着讲台，完全沉浸在自己讲稿中的一种姿态，昆德拉开口道：“亲爱的同志们，即便在远古时代并没有所谓的民族，即便民族的概念是一个相对现代的概念，但是大多数民族都觉得

自己的存在不言而喻……断断续续、鲜少感到幸福的历史，让捷克民族走过了死亡的前厅，不再沉溺于欺骗性的幻觉。捷克民族的存在似乎并不显而易见，但这种非显见性才是捷克民族的最重要的品质之一。”

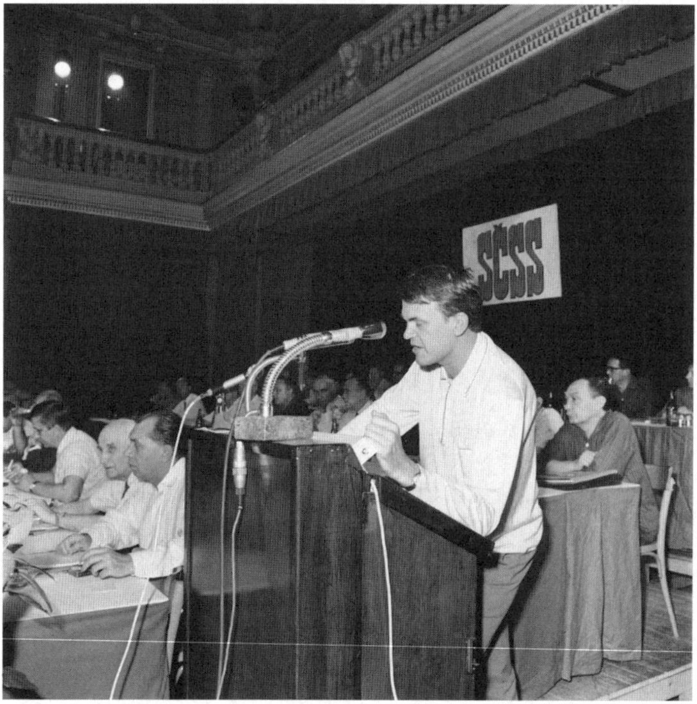

1967 年 6 月，捷克斯洛伐克作家大会上的昆德拉

他说，因为这种“非显见性”，捷克民族被迫“要提高认知与教育水平”，如此才能保持自身的声望，同时让自己得以继续生

存。只有强大的、从属于一个比自身更大的整体（即欧洲）的文化价值才能让它做到这一点。他解释道："有时，我担心当代教育会让我们失去欧洲特质，而这正是我们的人文主义者和捷克民族复兴时期的领袖们所珍视的。"

欧洲，启蒙时代的欧洲，也就是说代表着和平、宽容和创作自由的欧洲：这是那天昆德拉演讲的关键词。越往后，作家的表述就越准确。他公开批评审查制度，他说，"禁止与摧毁是一回事"。他援引伏尔泰："我不同意您说的话，但是我至死捍卫您言说的权利。"他甚至公开质疑捷克领导人，因为他们前不久禁了两部电影，原因竟是这两部电影"超越了他们理解的范围"！简直是恬不知耻，简直是胆大妄为。

最后，他总结道："任何人，如果想以偏执、对文化的破坏、文化素养的缺乏或者思想的狭隘，去阻挡捷克文化的灿烂发展，他就是阻挡捷克民族本身的生存。"①

说到这里，他实在是走得太远了。再清楚不过了：敌人，就是审查者。

一位知名作家公开谴责对文化的破坏，其他作家紧随其后，要求完全的言论自由：可以说，这绝不是莫斯科的口味。好几个作家被开除出党。昆德拉也受到了谴责。就这样，他又成了当局

---

① 1967年在捷克斯洛伐克作家大会上的讲话，其中一部分被收录进《一个被劫持的西方或中欧的悲剧》。——原注

瞄准的靶子。这种失宠持续下去，甚至成了昆德拉遭遇大麻烦的开始。三年之后，他本人也将被开除出党，开除出作协。五年之后，他被电影学院辞退。禁止出版。在书店和图书馆，他的书全部下架。

发言的时候昆德拉能够预见到这一结局吗？他知道这将是孤注一掷吗？在一九六七年六月，他究竟处在怎样的精神状态？“当他走向讲台的时候，我就站在他身边，”他的朋友米兰·乌德回忆道，“他用一种奇怪的方式看着我，好像是想对我说：‘我究竟是在干什么？’比起说教，他更喜欢幽默讽刺和摇摆不定的真理。然而，他就这样公开宣告了‘真理’。在这个时刻，他那个擅长讽刺的自我一定在反抗。”

在一九六七年反抗（但是他认为自己应该这么做，他相信）。

在一九六八年欢欣鼓舞（六月，审查制度正式取消）。

接下去，甚至对一切感到绝望，在八月二十日和二十一日，华沙条约组织的军队进入捷克斯洛伐克，斩断了所有民主的萌芽。

大吃一惊的昆德拉眼睁睁地看着“布拉格之春”土崩瓦解。

但他不是独自一人，年轻的伴侣薇拉陪伴着他。

从性友谊到“炫目的薇拉”

这是一个活泼的棕发姑娘。珍·茜宝[1]式的短发。完美的鹅蛋脸：像是出自布朗库西之手的圣母。她的名字叫薇拉·赫拉班科娃。她的童年并不幸福，在她还小的时候，母亲就抛弃了她，以及她的姐妹和父亲。她十二岁的时候，眼睁睁地看着小她三岁的妹妹伊娃死于脑膜炎。接着她的父亲遭到逮捕，被投入监狱。她那么深爱的父亲，从她六岁开始便教她读书认字的父亲！父亲总是送书给她，让她发现了诗歌的世界。

薇拉说：“我们没有钱，于是我们就把公寓的一部分租了出去。家里有个女租客是法国人，她觉得我父亲想要秘密逃往澳大利亚。她于是去了警察局，警察逮捕了我的父亲。居然是个法国女人，你能想象吗？”

因为两次脑部突发疾病，父亲在狱中日渐虚弱，十六岁的薇拉·赫拉班科娃只能自力更生。她只身一人，没有钱，在酒吧找了个服务员的活儿，就像《不能承受的生命之轻》里的特蕾莎。她在摩拉维亚北部的布伦塔尔火车站端啤酒。让人精疲力竭的工作。醉醺醺的摩拉维亚人的那些下流玩笑让她受尽耻辱。只有诗歌是她的支柱。

很多诗歌她都熟记在心，很多很多的诗句，“这样才不至于发疯”。她钟情于德斯诺斯和高尔基，她不断锤炼辞藻和诗句。她喜欢背诵和朗诵。例如《少女与死神》[②]。她甚至经常出现在当地的诗歌比赛上。美丽而大有前途的薇拉既不缺乏活力，也不缺乏才华。

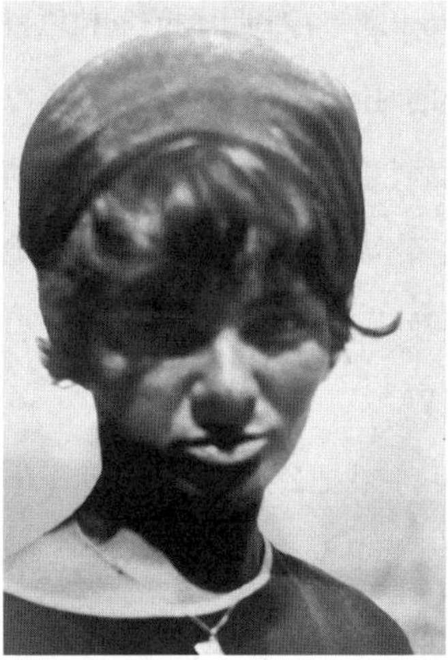

薇拉·赫拉班科娃

① Jean Seberg（1938—1979），美国女演员，凭借《圣女贞德》在影坛出道。

② 为高尔基所作，即下文中提到的抒情诗。

一九五八年的一天，她赢了全国诗歌朗诵大赛，还真是多亏了高尔基。公共广播电视台发现了她，于是聘用了她。她边工作边在记者这一行当学习。游走在布拉格和布尔诺之间。就这样，她在布尔诺遇到了那个后来成为她丈夫的男人。

高尔基的抒情诗

关于这次相遇，米兰只字未提。他意欲回避。我们还是回到高尔基这首有如神来之笔的抒情诗吧。这是他的早期作品之一，二十四岁时的诗。我读过它吗？

沙皇从战场归来，穿过田野
带着苦涩的心和难以忍受的愤怒归来
在接骨木的树枝后，他听到……
一个年轻姑娘笑声朗朗，笑声朗朗
于是，他面露狰狞，紧锁眉头
沙皇策马扬鞭，
像飓风一样扑向女孩
盔甲随着叫喊声震颤着……
婊子，什么让你如此开怀？
敌人战胜了我。
我的部队全线溃败
我正回家，组建新的军队。

我是你的沙皇，我沉浸在痛苦和愤怒之中

而你竟然来嘲笑我，你那愚蠢的笑声！

少女整了整胸前的衣襟，

她回答沙皇：

走开，我在和我的爱人说话

小爹爹，你最好还是离远点。①

我不知道在一九三一年，高尔基将这首诗献给了斯大林，而且斯大林还亲笔批道："这个故事比歌德的《浮士德》更有力，爱情能够战胜死亡。"我不知道这则轶事。但是我能够想象，薇拉平静地在沙皇面前，一个象征意义的、一切意义上的沙皇面前，一个字一个字地念道："走开，我在和我的爱人说话……"

① 马克西姆·高尔基，《少女与死神》，《欧罗巴》杂志，第50期，1950年9月。——原注

列宁街的一夜……

相遇……薇拉则是根据心情和对话者的不同，喜欢就他们的相遇给出不同的版本。

巴黎，二〇二〇年四月，雷卡米埃大街，一位精神病学家，勒茹瓦约先生——“快乐先生”[①]，真是注定从事这行的名字——来看米兰，他问道：“你们俩到底是怎么认识的呢？”薇拉狡黠地答道：“偷东西的时候！是在某年的十二月三十一日，我们受邀到朋友家。我们俩都很闷。在离开的时候，有好多酒，于是我就拿了一瓶。米兰看到一个姑娘竟然偷了酒，觉得很有趣！”

在勒图凯，有一天薇拉耸了耸肩膀，告诉我说他们的相遇很平常，“就这样，在大街上”。她显然是不想再陷入这类狗仔问题。过了一阵子，我再度问起的时候，见我并没有明白这一点，她给我发了这条短信：

“我温柔的弗洛朗斯，我永远不会和你谈论米兰和我的故事。这是我的生活，我不会和别人分享。请你不要生气。我会离开这个世界，锁上我们生活的小箱子，带去另一个世界。你们有编造我们生活的自由。”

1973 年，薇拉和米兰在布拉格

我对这个回答有所预料。我觉得答得很漂亮，很感人。一个魔鬼一般的“昆德拉娜”，甚至是“高尔基娜”：“走开，我在和我的爱人说话……”

我看到了小箱子。和特蕾莎第一次来到托马斯家中时带的箱子一样。很小，但是出奇地重。我看到了箱子上的那把大挂锁，锁住了夫妻俩的秘密。薇拉是对的。为什么要让一个局外人来开锁呢？

---

① 该姓氏法文为 Lejoyeux，即“快乐”的意思。

薇拉最终向一本名为《东道主》的捷克杂志讲述了这次相遇最完整、最真实的版本。那天夜里，在列宁街，就在广播站前，她正要去上夜班。在人行道上，她遇到了一位相识的诗人。诗人正和他的朋友在一起，于是将这位朋友介绍给她：正是米兰·昆德拉，于是故事发生了……

这天晚上，她没有用电话。因为万一他来电话呢。

“我知道他会打电话来，”机智的薇拉微笑道，“而且他的确在半个小时之内打了过来！”

他们约会，谈论奈瓦尔和兰波。很快，昆德拉就问她：“您会打字吗，赫拉班科娃小姐？”

四年后，他们结婚了。

“一次不算数”，或“成不了画的草图”

我们能够想象在做出这样一个决定之前的迟疑，就像《不能承受的生命之轻》中的托马斯，典型的昆德拉式的浪荡子，而且昆德拉那时才和第一任妻子离婚不久。他和托马斯一样，也处在怀疑之中。我印象里，再也没有比那几页纸能够更好地展现男性在结婚还是不结婚的问题上的犹豫了，这是对永远放弃男性的自由，对决定、承诺、弃绝和背叛的恐惧。

> （托马斯）站在窗前，目光越过庭院，盯着对面房子的墙，在思忖：
>
> 是否该建议她来布拉格住下？这份责任令他害怕。如果现在请她来家里住，她一定会来到他身边，为他献出整个生命。
>
> 要么该放弃？这样一来，特蕾莎还得待在乡下的小酒店做女招待，那他就再也见不到她了。
>
> 他是想她来到他身边，还是不想？

如何回答？关于选择的不可能，昆德拉有一个美妙的结论，因为生命是“没有草稿”的经历：

> 没有任何方法可以检验哪种抉择是好的，因为不存在任何比较。一切都是马上经历，仅此一次，不能准备。好像一个演员没有排练就上了舞台。如果生命的初次排练就已经是生命本身，那么生命到底会有什么价值？正因为这样，生命才总是像一张草图。但“草图”这个词还不确切，因为一张草图是某件事物的雏形，比如一幅画的草稿，而我们生命的草图却不是任何东西的草稿，它是一张成不了画的草图。

成不了任何东西的草图。令人难以忘怀的表述！承诺和虚无。几个字就囊括了存在的全部过程。

昆德拉笔下的主人公重复着一句著名的德国谚语：Einmal ist keinmal，一次不算数。一次就是从来没有。理论上，是不可能行动的。在昆德拉的笔下，既没有第二次机会，也没有目标。行动，理性意义上的行动是没有意义的，但是必须如此，贝克特也说：“我无法前行，但我仍将前行。”

如果说托马斯最终决定和特蕾莎一起生活，是因为这个姑娘在他看来与别人不同。她比他小七岁，在他眼里还是个孩子，是在这个世界上唯一让他觉得脆弱的存在。平生第一次，在他和一个女人之间产生了一种需要负责任的爱情。平生第一次，这个男人被“感动”了。这几页着实令人惊叹。

接着，随着时间的推移，薇拉给他留下深刻印象，米兰看到她渐渐树立自信。她现在获得一次次的成功，光彩夺目。

特蕾莎也是一样。“一到布拉格，特蕾莎就满怀激情投入到新生活之中，但这份激情既高涨又脆弱”，我们在《不能承受的生命之轻》里读到了这样的句子。

在真实生活中，这份激情也完全适用于薇拉。在短短几年里，怀着既高涨又脆弱的激情，年轻姑娘在媒体崭露头角。她成了一个明星记者。“一个六十年代的安妮·辛克莱①式的人物。”是的，她和别的女人不同。平生第一次，一个坚定的反浪漫主义者也接受了这一点：“如果那不是爱，眼前所经历的这一切又能是什么呢?”

1968年8月21日晨，6时，薇拉·赫拉班科娃与同事
伊日·什韦科夫斯基一起播报苏联入侵捷克斯洛伐克的消息

① Anne Sinclair（1948— ），出生于美国的法国电视台和广播电台记者、演员。

1967年，婚礼？一场嬉闹而已！

婚礼是在布尔诺郊外举行的，严格限定在小圈子里。米兰、薇拉和其他的见证人。大家打闹嬉戏，玩得很开心。

“如今回想起这场婚礼，你最先想到哪些画面?”

“什么也想不起来了。就是在一起嬉闹而已。结婚就只是为了去酒店的时候可以住一间房!”

六十五年的共同生活……在他们老去的岁月里，看到他们俩相濡以沫、亲密无间、无法分离的样子，对此我们毫不怀疑。即便是在病中，薇拉也始终将米兰微弱的生命之线握在手里，米兰的手总是在找寻薇拉的手。他的手慢慢靠近妻子那已经变得如此瘦削的手。轻轻的碰触，两个人便都安静下来。至死不渝的爱。费莱蒙和鲍西丝。

就像橡树与椴树般无法分离

想到他们，这个神话故事总是会出现在我的脑海里。同样的爱、好客和慷慨。阿兰·芬基尔克劳也觉得他们俩仿佛就是费莱蒙和鲍西丝的化身。在佛里几亚的小村庄里，这对老夫妻孤独地生活着。接着宙斯来了，装成一个奄奄一息的病人。他请求村民们接纳他，但是所有的门都关上了。只有费莱蒙和鲍西丝，尽管他们自己也老弱不堪，却按照希腊人永恒不变的慷慨待客之道将他迎进了自己家徒四壁的房子中。宙斯想要向他们表示感谢，但是费莱蒙和鲍西丝唯一的愿望就是永不分离。于是众神之王将费莱蒙变成一棵挺拔的橡树，将鲍西丝变成一棵慷慨的椴树。两棵树枝杈交缠，在风中沙沙作响。

1967 年，从嬉闹到玩笑

但我们还是回到一九六七年吧。对于昆德拉来说，这是个具有标志意义的年份。四月，他出版了第一部长篇小说，*Zert*，《玩笑》。他本来想将法文版书名译成更口语化的 blague 。但是，不管是口语化的 blague ，还是更书面语一点的 plaisanterie ，法国人都不会真正理解。在“西方”——就像那时候我们喜欢说的那样——大家热衷于从中解读出政治信息，揭露斯大林主义造成的恐怖。这本书正逢其时。它的法译本——当然非常糟糕，我们稍后再谈这个问题——在一九六八年出版，恰恰与对“布拉格之春”的粗暴镇压相呼应。冷战时期意识形态意义上的意外收获。对于公众和批评界来说，在法国，昆德拉一夜之间成为持不同政见者的代表。不是索尔仁尼琴或者沙拉莫夫[①]，但也相差不远。他虽然抗辩说自己既不是一个斗士，也非反对党、持不同政见者，他说自己只是一个小说家，在这一点上，与海明威并无差别，他说自己并不是在传递什么信息（“如果要了解信息，邮局报刊的渠道更好”），但是没有用，没人听他的。或者很少会有人听他的。又一次误会。

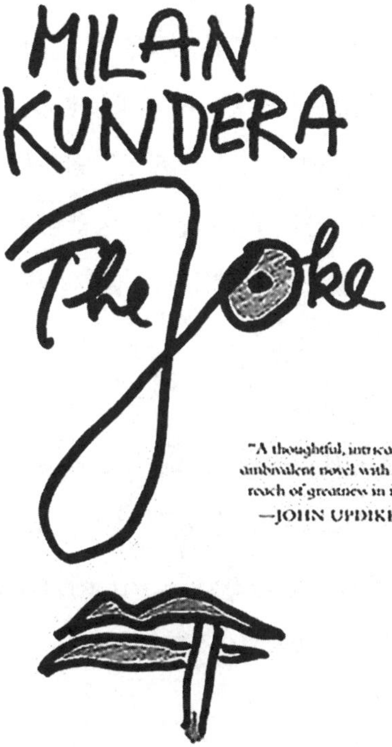

米兰·昆德拉为《玩笑》英文版所作的画

我后来看见他在电视上接受采访的镜头，他坐在一张很滑稽的透明塑料扶手椅里左右摇晃着。很不适的样子。他徒劳地向主持人解释，在他看来，《玩笑》不是一部政治小说，而是一部“爱情小说”。

① Varlam Shalamov（1907—1982），苏联作家、记者。

必须等到时间流逝，和他的小说拉开一定距离之后，我们才能够明白作者的真实意图。待到二十多年以后的确如此。一九八五年，昆德拉向他最重要的注释者弗朗索瓦·里卡尔倾诉："今天那些执着于时事的人已经遗忘了'布拉格之春'和俄国人的入侵。多亏他们忘记了，《玩笑》才能够真正回到它原本想要成为的样子：就只是一部小说，除了小说之外，什么都不是。"

除了小说，什么都不是。这是一个关于误会的故事。或者说，关于误读的故事。正如小说开头所说，三句话成为被误读和歪曲的对象，导致主人公路德维克遭遇了一连串无法预知、无法控制的后果。《玩笑》的主题颇具反讽意义，在某种程度上似乎预见了日后小说即将遭受的歪曲，至少在法国是这样。

我们还是先回到小说本身吧。

背景：布拉格，一九四八年。共产党人掌握了政权。大学里弥漫着革命的热情和激情，尤其是在学生会中。这些学生带着这个年龄特有的狂热与激进，代表了一种"胜利阶级的历史性乐观主义"。"他们自认为是这场'胜利'的守护者，他们仿佛骑上了历史之马，紧紧地拽住缰绳，生怕历史之马绕开他们。"总之，"他们相信自己创造了历史"，并且为之骄傲。

小说中有玛凯塔，一个年轻漂亮的斗士，单纯，容易轻信，把一切都看得很重——尤其是党的指示——毫无幽默感，也很少会退后一步批判地看待问题。路德维克是学生会的成员，爱上了玛凯塔，也深受共产主义理想的熏陶，但是“具有相当的幽默感”，以及一种反讽的距离感，这可对他没有好处。除此之外，小说里还有雅洛斯拉夫、埃莱娜和考茨卡，这些人物和路德维克形成了对位，让小说家可以“实验”其他看待这个世界的角度。

小说情节很简单。路德维克，就像我们之前所提到的那样，坠入了玛凯塔的情网。为了吸引她的注意力，“做点好玩的事情”（他承认自己几乎还是个毛头小伙子），他觉得在他们俩共同信仰的意识形 态上搞点小幽默是个不错的主意。于是他给她寄了张明信片，上面写着：“乐观主义是人民的鸦片！健康精神是冒傻气。托洛茨基万岁！”

不出所料，玛凯塔，一个勤奋的好学生，从字面意义上解读了这张明信片，向党内的同志揭发了路德维克。在泽马内克的领导下，大学里组织起一次模拟“诉讼”。举手通过。必须将危险分子路德维克开除出党，大家一致同意。不仅仅是开除出党，而且取消学籍。

这是小说的第二部分。路德维克来到摩拉维亚尽头，接受劳动改造，度过了一段可怕的时光，在那里，路德维克依然对于自己遭受的不公平耿耿于怀。直到十五年后，复仇的机会来了。就像爱德蒙·唐泰斯①一样，他也要飞快地抓住这个机会。因为命运

① Edmond Dantès，大仲马小说《基督山伯爵》里的主人公，蒙冤入狱十四年，出狱后复仇。

让他与一个女人有了交集，而这个女人正是泽马内克的妻子。诱惑太大了，他决定和她睡觉，这样就可以羞辱她的丈夫，一洗后者加诸他的耻辱。他的计划进展顺利。甚至太顺利了，埃莱娜疯狂地爱上了路德维克，这令路德维克感到非常尴尬。尤其是泽马内克早就背弃了他的妻子。十五年后，泽马内克不仅成了一个反斯大林主义者，成为学生拥戴的英雄，更重要的是，他和一个女学生有婚外情，认为埃莱娜为了别人离开自己正是天赐良机。路德维克的计划不仅没有侮辱到他，还能为他所用！路德维克精心策划的复仇反过来帮助了他的复仇对象！

再一次，在昆德拉的笔下，一切都变成了一个巨大的、糟糕的玩笑。从路德维克开玩笑的那张明信片一直到埃莱娜既真又假的自杀闹剧，从自认为掌握真理的那些人的傲慢自大到路德维克利用一个根本毫无作用的女人、以一种卑鄙的方式来改变事情进程的可悲愿望：开始的可悲玩笑于是“疯狂地增长”，昆德拉在小说最后写道。因此无法擦除、修复任何东西。突然，一切在他的眼里就只是一场失去了方向和理性的狂欢。

规模或大或小无关紧要。

> 可要是历史也开起玩笑来呢？到了这时，我明白了，我根本无法取消我自己的这个玩笑，因为我就是我，我的生活是被囊括在一个极大的（我无法赶上的）玩笑之中，而且丝

毫不能逆转。

“人类一思考，上帝就发笑。”在《小说的艺术》中，昆德拉引用了这句犹太谚语。这才是《玩笑》的真正意义。为什么看到人类思考——或者说是人类自认为在思考——上帝会发笑呢？因为人类越是思考，就越抓不住真理，他也就离其他人越远，越不是他自己所认为的那个人，昆德拉回答我们。

“玩笑”始终是贯穿他作品整体的一条红线。从《玩笑》到《庆祝无意义》，昆德拉的作品一直忠实地居于这一标志之下。至于小说的形式，与其内容再契合不过。又一次，在昆德拉的笔下，作品的形式也对应着某种音乐形式。一首谐谑曲（scherzo）。四个声部，最后是赋格。在意大利语中，scherzo 恰恰就是“我在开玩笑”的意思。

上帝的笑声和小说的智慧

在昆德拉的笔下，有某种让我们变得谦卑的东西。从无限小到无限大，如果历史只是个玩笑，人类尽管在某些事上确信无疑，但让自己变得渺小也不无裨益。正是基于这份谦卑，才有他漂亮地命名为“小说的智慧”的东西。

> 小说的智慧跟哲学的智慧不同。小说并非诞生于理论精神，而是诞生于幽默精神。欧洲的失败之一就是从来没有理解最欧洲化的艺术——小说；既没有理解它的精神，又没有理解它巨大的知识与发现，也没有理解它的历史的自主性。从上帝的笑声中获得灵感的艺术从实质上看不从属于意识形态的确定性，而是与这种确定性相矛盾。像帕涅罗珀一样，小说家在夜里拆掉那些神学家、哲学家和学者在前一天编成的织毯。
>
> ——《小说的艺术》

《被背叛的遗嘱》中也有同样的想法：

幽默是一道神圣的闪光，它在它的道德含糊之中揭示了世界，它在它无法评判他人的无能中揭示了人；幽默是对人世之事相对性的自觉迷醉，是来自确信世上没有确信之事的奇妙欢悦。

我喜欢这个想法，这也是昆德拉最基本的一个想法，即意义和确信的缺失最终会带来欢悦，甚至是迷醉！

1995 年，玩笑、游戏、偶然，事故……

当昆德拉谈到那道神圣的闪光，更甚于此，当他提到上帝的笑声时，引用的是犹太谚语。他不相信上帝，也不相信魔鬼。他并不哀叹上帝的缺席，也不哀叹历史的无意义。他相信的是偶然——和好笑的——事件的累积。

一九九五年，我去佛蒙特州采访诺贝尔文学奖得主索尔·贝娄[①]。他当时已届年迈。我们谈到了偶然在我们的存在之中所起到的作用。在生命行将结束之际，贝娄认为世界并不是以随机的方式发展变化的。他在和罗马尼亚作家诺曼·马内阿[②]的一次对话中详述这一信念："我无法想象，所有的演进都是偶然的结果，而不是一种更为高级的智慧形式的安排。有一次我和一位著名的生物学家就此发生了争论……这触及了我与生俱来的怀疑论——针对科学，而不是不针对宗教……我并不是说我最后得出的结论（关于宗教的结论）就是好的。我想说的是，我再也不会说我不相信宗教了。在某种意义上，我信教。我运用的是我在八十五年人生里得到的知识。我将之运用在这些问题上，我对自己说：这一切怎么可能是数十亿的偶然事件的结果呢？这是不可能的！”[3]

昆德拉的结论与贝娄截然相反。是偶然，只有偶然，激活了我们这些怪异的木偶。在某个时刻——这个时刻出现在路德维克生命的早期阶段——人会明白，“他就是个意外……只能毫无理由地将这个游戏玩到最后”，昆德拉在《相遇》中如是说。这一揭示既不是出于“悲观，也不是出于绝望，这是显而易见的简单事实”，他重复道。但是这一显而易见的事实“通常会被集体属性这片纱给蒙蔽，因为集体的梦想、兴奋、计划、幻象、斗争、利益、宗教、意识形态、激情，让我们什么也看不到。然后，有一天，这片纱掉了，我们被孤零零地留给身体，任凭身体宰割”[4]。

一具残破的、支离破碎的身体，还会支配我们一段时间，并没有显见的逻辑。我们离开这个世界的时候，和我们来到这个世界的情形差不多。一种无法解释的怪现象。而这一连串晦涩不明的偶然事件——不，“一连串”并不是一个很好的词，因为会给人造成彼此环环相扣的错觉——或许我们更应该说这一堆晦涩不明的偶然事件彼此碰撞，构成了我们所谓的生命，这正是《玩笑》所昭示的事实。

---

① Saul Bellow（1915—2005），出生于加拿大，后移居美国，美加双重国籍的小说家，为俄罗斯犹太人后裔，1976 年诺贝尔文学奖得主。

② Norman Manea（1936—　），罗马尼亚裔犹太作家，后定居美国。

③ 索尔·贝娄、诺曼·马内阿，《离开之前：对话两位文学巨匠》，《世界报》，2021 年 11 月 25 日。——原注

④ 参见米兰·昆德拉《相遇》。

人，这一地球上生命的伟大意外

在小说的最后，的确，就只剩下身体。埃莱娜吞药自杀，试图摆脱它。但是，最终造化弄人，她吞下的药并不是真的毒药，而是泻药，被误放——也可以说是因为“偶然”——进了药瓶里。于是这些药片非但没有让她体面地死去，反而引发了持续的肠绞痛！小说到此结束，或者说临近结束，就停在“体内五脏的翻腾”上。排泄物。生活嘲弄了埃莱娜，就像对路德维克和别人的嘲弄一样。生活将埃莱娜推上了宝座，厕所的宝座。就连悲剧以及悲剧所预设的伟大，她也没有能够得到。至于路德维克，不仅仅是他的复仇计划遭遇了失败，不仅仅是他什么也掌控不了，更有甚者，在小说的最后，他将朋友雅洛斯拉夫抱在怀里，后者也因为“偶然”的心脏病发倒地。

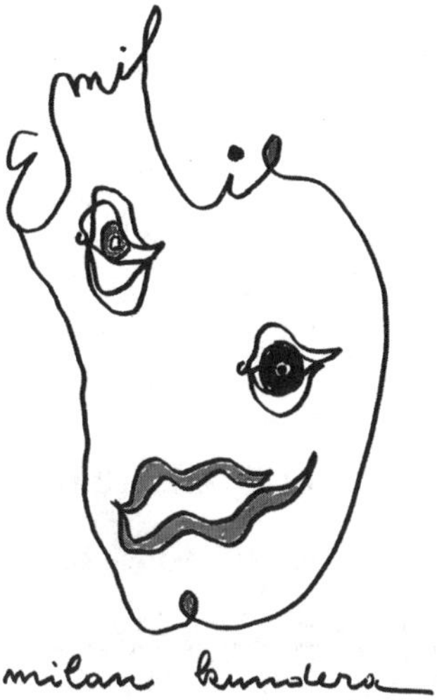

《艾米丽》，米兰·昆德拉所作的画

重读《玩笑》的时候，我被这一主题的无处不在所震惊。偶然。不仅仅是我们总在不停地承受命运难以逆料的撞击，而且我们自身就是偶然。我们的肉身是个偶然。就像在昆德拉最为欣赏的画家培根的笔下，我们的脸也是个偶然。为什么这只眼睛会长在这里，而不是往下一点的地方呢？我觉得，当米兰拿起画笔作画的时候，画的就是这个，玩笑……他画的是偶然。

我要把一切谬误和一切诡计看个透彻。

——《玩笑》

1967年，元小说的诞生

还有形式呢？的确，我们应该在这里稍作停留。必须注意到，《玩笑》囊括了一切，将过去和现在、诗歌与散文、梦境与真实、词语与音符……当然还有虚构与散文结合在一起。想想关于摩拉维亚音乐的那些文字吧，那么流畅地与历史融为一体。我总觉得，这部完整的作品——这个将触角伸向所有方向、想要吸收一切的文本——就像是一部十次方的小说。是昆德拉创造了“元小说”这一概念吗？无论如何，在欧洲小说史上，他将是这一囊括了所有其他形式的小说形式的伟大缔造者。

1968 年，两个昆德拉，或理想的玩笑

我们今天很难想象，但是，甚至是在一九六八年苏联入侵捷克之后，昆德拉还是觉得局势尚有“挽救”的余地。十二月，也就是说在苏联坦克开进布拉格四个月以后，他在捷克杂志《邮报》上发了一篇文章。他说他仍然相信“带有人性面孔的社会主义”，指责那些逃亡国外的人，他指责瓦茨拉夫·哈维尔[①]从来没有接受过共产主义理想。在两个昆德拉之间产生了一种深刻的矛盾，这一矛盾在此后的几十年里一直存在。

昆德拉与哈维尔？“他是一个对于历史的意义持不同看法的人。”有一天，米兰简洁地对我总结道。

“啊，是吗？我恰恰不认为历史是有意义的……”

我经常想到这句话。我在想，如何才能调和这两个昆德拉呢？一个在人类的遭遇中只看到荒谬的疯狂，伴随着一系列的“酷刑”“迫害”“战争”“屠杀”和“苦难”[②]。这个作家和他的“文学家庭”中的其他成员——例如贝克特或齐奥朗——一样，万念俱灰，只能相信一切都出自命运所掷的骰子。接着就是另一个昆

德拉，在他生命的晚年，但凡我和他谈起这些，虽然没有明说，虽然总是含糊其词地解释，但是他对一点深信不疑，那就是共产主义本来可以、也应该有另一种结局。

一个写出“成不了任何东西的草图”的作家，怎么会同时也对于幸福美满的结局心存怀念呢？

① Václav Havel（1936—2011），捷克作家、剧作家，捷克共和国第一任总统。
② 参见米兰·昆德拉《相遇》。

文化，有生命力的价值

需要到六十年代去寻找答案。米兰总是沉浸在“布拉格之春”的回忆里。一个令人难以置信的多产时期——文学上有赫拉巴尔[①]，戏剧上有哈维尔和托波尔[②]，还有整整一代新浪潮导演，其中包括米洛斯·福尔曼。那是一个《文学周刊》能够印刷二十五万份并且一日售罄的时代。

就像雅克·鲁普尼克[③]分析昆德拉在捷克斯洛伐克作家大会讲话——著名的一九六七年讲话——时所说的那样，昆德拉“也很有道理，他认为二十世纪六十年代是捷克文化的黄金时代，正渐渐摆脱体制的意识形态束缚，也还没有受到市场的限制”（这证明了在资本主义和共产主义之间，另一条道路是可能的）。

然而，在这条道路上，昆德拉认为文化是解放的最佳工具。“文化不是精英的特权，而是一种具有生命力的价值，人民得以团结在它的周围。”[④]文化是反专制的。一直到生命终结，昆德拉始终对于那段时光，对于它们镌刻在心间的回忆充满了难以治愈的怀念之情。这些甜美而心酸的记忆在不断向他重复：就在那段岁月中，梦想曾经近在咫尺。

---

① Bohumil Hrabal（1914—1997），捷克小说家。

② Josef Topol（1935—2015），捷克剧作家。

③ Jacques Rupnik（1950— ），法国政治学家、中欧及东欧问题专家。

④ 参见米兰·昆德拉《一个被劫持的西方或中欧的悲剧》。

以文化抵抗专制

我想起一句话，是阿尔巴尼亚作家伊斯梅尔·卡达莱说的，他在地拉那也曾经历过苏联时代的一切。在巴黎，昆德拉和卡达莱都住在卢森堡公园附近。他们有时会见面，一起散步。卡达莱出生于一九三六年，比昆德拉年轻不了几岁。年轻时，他曾经被派往莫斯科，作为一个前途光明的作家在高尔基学院学习。二〇一九年，我在他地拉那的家中和他见面，我们说起了昆德拉。他说的一些话，我如今在他的《顶峰之争》中找到了："也许梦想的死亡在某种程度上比肉体的死亡更加令人悲伤。我们甚至真的会觉得这样一种消亡是不公平的。"也许，昆德拉之所以如此迷恋那个梦想，就是因为他感觉到它行将消亡？

从桂冠作家到被逐出党的作家

“布拉格之春”被镇压之后，苏联认为必须恢复以前的秩序。他们称之为“正常化”。但接管是循序渐进的，昆德拉并没有立刻遭到查禁。《玩笑》在布拉格取得了巨大的成功——小说还获得了捷克斯洛伐克作家联盟奖——并改编成电影，电影脚本是昆德拉本人写的，他的短篇小说《我，可怜的上帝》（曾经被收录在《好笑的爱》里，但是作者后来把它拿掉了）也是一样。

于是米兰继续写作。一九七〇年，《好笑的爱》的捷克语版出版。一年之后，他完成了剧本《雅克和他的主人》。

表面上一切都好。但这是具有欺骗性的外表。他的失宠已经有所预兆。党的中央委员会发布了一篇对于一九六七年到一九六八年一系列事件的长文解读。这篇文章题为《危机风波的教训》，说“反共的小圈子”正在形成，准备“复辟资本主义思想”，破坏阶级斗争。第四届作家大会被定性为一场反革命活动。在大会上发言的作家们，其中包括安东宁·利姆、帕维尔·科胡特[①]、路德维克·瓦楚里克[②]，被打上“右派作家”的标签。昆德拉也在劫难逃。一个引述伏尔泰的亲法者，还胆敢批评审查制度，他就是一个需要严密监视的对象。

---

① Pavel Kohout（1928— ），捷克剧作家、诗人。

② Ludvík Vaculík（1923—2015），捷克作家、记者。

2021年，在国家安全局的档案里

一大清早，查理大桥上行人寥寥……

一大清早，查理大桥上行人寥寥，只有一个穿黑衣的人在锻炼，似乎是在慢跑。新冠病毒将这座城市从往常如潮的游客中解救了出来，以至于我能想象出它二十世纪七十年代的样子，表面看上去空荡荡的，但实际上街道的每个角落都有人在监视。我的鞋跟踏在亮闪闪的鹅卵石上，发出回响，就像在格雷厄姆·格林的小说里一样。

目标：走到桥的尽头，沿着伏尔塔瓦河往前走，然后左转到纳斯特鲁斯街，Ústav pro studium totalitnich režimů，即“存放共产主义时期档案的地方”就坐落在这条街上，现在，档案已经对公众开放。

我和一名年轻的历史学家、档案馆馆员雅洛斯拉夫·瓦尼奥斯约好了，请他协助我查阅国家安全局的档案。国家安全局，克格勃的捷克“分局”。我真正感兴趣的是一九七〇年代的开头几年。那是昆德拉格外受当局关注的时期。

纳斯特鲁斯街，Ústav pro studium totalitnich režimů，即“存放共产主义时期档案的地方”就坐落在这条街上，现在，档案已经对公众开放

大楼仍然保持着原来的面貌，灰暗、朴素。唯一表明时代发生变化的是门口的保安，穿着一件 T 恤，胸前写着“性、毒品和摇滚”。在阅览室里，瓦尼奥斯和一卷档案正等着我。泛黄的文件袋里装满了装订好的圣经纸文件。

“Elitar 一号卷都在这里。”他对我说。

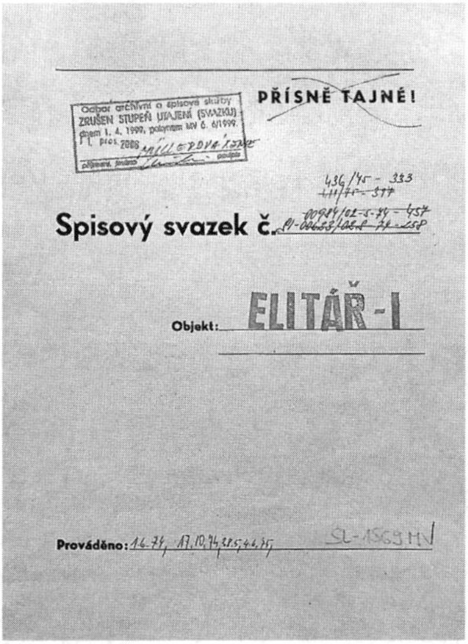

国家安全局 Elitar 一号卷档案袋封面

Elitar 一号卷，用法语来说就是 Élitiste 一号卷，精英主义者一号卷，也就是米兰·昆德拉的卷宗。“每个遭到监视的人都有一个代号，和他的体貌特征、生活地区、职业相关联。有时为什么得到这样的代号也不太清楚，”瓦尼奥斯指出，“比如说，瓦茨拉夫·哈维尔被称作‘托米斯’，就没有特别的含义，但 Elitar 正相反，有精英主义者的意思，也有与精英过从甚密的意思，也可能有外国精英。当局觉得昆德拉是一个不平常的人，一个非常聪明但‘不合群’的人，他公开表达了对制度的批评。无法控制，所以是危险的。”

国家安全局档案袋里的照片，米兰、薇拉和一个名叫

乔治·吉比安的文学教授在一起

一九七四年，当局下令更加严密地监视“精英主义者一号”。现场，国家安全局没闲着：观察他、监听他、跟踪他，记录他的往来、都见了些什么人，总之是记录下他的一举一动，最微不足道的细节也不放过。

和乔治·吉比安在一起

例如一九七四年六月一日这一天的档案:

9：50："精英主义者一号"离开家。没戴帽子，深色西装，黑皮鞋。和妻子一起。他们在家门前等了一会。

10：05：一辆车到达“精英主义者一号”家门前，车牌号是ABJ 6797。开车的是加卢什卡（前文化部长），和一个陌生人一起。监视对象和妻子上了车，车发动后驶向里克纳街，在那里停了下来。下车后，一行人穿过猫头鹰磨坊旁边的公园。

10：25：他们进了扬·韦里希[①]家。

12：00：换班跟踪。

12：45：“精英主义者一号”一直和妻子、加卢什卡以及伊尔卡在一起，离开了韦里希家。他们步行穿过里克纳街，在那里，他们与加卢什卡告别。加卢什卡开着自己的车走了。“精英主义者一号”和他的妻子、伊尔卡一起步行借道五一桥，然后进入了民族大道上的克拉斯特尔尼酒馆。他们很快就一起出来了，进了对面的一家咖啡馆。然后他们又一起去了“精英主义者一号”的家。

13：30：到达“精英主义者一号”家。跟踪结束。

雅洛斯拉夫·瓦尼奥斯翻阅着，似乎在沉思，同时也不无讽刺。“这就是我们在这里看到的东西。都是这类文件。一连几个小时的缜密监视。您是文学批评家，能够注意到，这份报告有多么准确。”

① Jan Werich（1905—1980），捷克剧作家、演员。

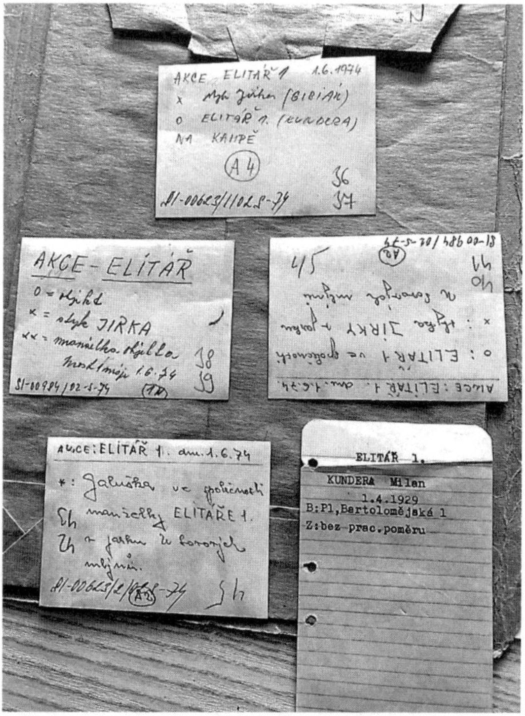

国家安全局监视记录

的确如此，但荒谬的细节比比皆是，仿佛什么都有意义，简直到了偏执的地步……“他的左手在秃头上挠了挠”或是“她点了一杯皮尔森啤酒和一百克的俄罗斯沙拉”……的确，这类细节的堆积让这些文本染上了一种滑稽的色彩。逐渐地，我们就来到了非常可笑的“无意义的庆祝”。

但是瓦尼奥斯不仅看到了这一点。“顺便说一句，”他指出，“这些细节也为我们提供了当时日常生活的信息。比如说共产主义时期的捷克斯洛伐克咖啡馆不多，但总是挤满了人。这是真的，无论什么时候都满满的人。”

为什么？因为无所事事吗？我充满疑问地看着他。但是他没再多说。

2022年，旅行日志：布拉格

我跟一位摩尔达维亚的朋友罗迪卡谈起和瓦尼奥斯的这次交流。关于他的有所保留，他的迂回的艺术，他的某种谨慎。他给我看各种资料，帮我翻译，但是往往不加任何评论，包括批评。在苏联体制下度过童年时光的罗迪卡顿时让我醍醐灌顶。“这就像是你的家庭，你可以批评它，但是如果批评来自别人，那是很令人恼火的。”她笑着说。

这正是让我感到震惊的。很多我采访的捷克人都表现出了这份保留，甚至是不信任。午餐的时候，在斯特拉霍夫修道院前，沐浴在阳光之中的罗迪卡给我列出了几类可以对此加以解释的原因：

一、他们仍然对当时的意识形态深信不疑（她对我说，这个解释应该并不适用于档案馆馆员）。

二、他们已经不再相信了，但是今天，他们仍然保留着这样一种不信任的文化。他们绝对不会相信第一次打交道的外国人。

三、他们也想批评，但是他们讨厌别人站在他们的立场上对此发表批评。

四、他们拒绝向西欧人提供他们想要听到的证据。

五、至少对于较为年长的一代人来说，他们仍然怀念着那个时代，那是他们的青春时代，在他们的心里，已然逝去的美好岁月仍然笼罩着某种光环。

不久之后，我在哲学家马克·克雷蓬的笔下读到了这样几句话，能够概述我想要在研究中使用的方法。在《圣像之林》里，他叙述了他在一九八七年到一九八八年间，在基希讷乌所度过的年轻教授的生活。他谈到了“面对事物与人的公正立场”：

> 每个人的经历都不尽相同，所以反应也不相同……我非常明白自己的选择，明白我永远不会做的事情：任意挖苦的傲慢、偏见、善意的匮缺，所有这些都打着所谓“民主优越性情结”的幌子，简单而无知。相信民主保障的自由、警惕自由遭到剥夺是一回事，而在这所谓的“情结”前让步是另一回事。①

米兰和薇拉从来没有明确说过，但是他们讨厌这种情结。

---

① 马克·克雷蓬，《摩尔达维亚日记》，巴黎：韦迪耶出版社，2023 年。——原注

2021年，重回国家安全局

“现在，让我来给您解读一下，”瓦尼奥斯回到照片上，对我说，“扬·韦里希是演员和剧作家。他是个知识分子，也是有名的持不同政见者。米洛斯拉夫·加卢什卡是前文化部长，在‘布拉格之春’期间任职。至于第三个人，伊尔卡，实际上是在跟踪过程中发现的，他叫乔治·吉比安，是个研究俄罗斯文学的美国教授。简要说来，米兰·昆德拉——在很多地方都已经明确指出他当时是一个 bez pracovniho pomeru，即‘无业游民’，这在当时的捷克斯洛伐克是宗罪——他和美国公民保持交往，从事有违共和国利益的活动。poskodit zajmy republiky v cizine，nepratelska cinnost，这句话意思大致是说‘不符合官方的政策路线’……”

瓦尼奥斯继续道：“这张照片应该是一九七四年圣诞节拍的，仍然是在这个扬·韦里希家。和昆德拉在一起的‘差不多有五十来人’，就是国家安全局称为‘右派知识分子阵线’的圈子，他们参加了一场所谓的‘布拉格民族音乐’表演。民族音乐，在当时的领导人看来，是某种具有颠覆性质的东西。警察蹲守在韦里希家周围拍照。据我们现在所知，前后监视昆德拉的人加起来一共有五个。”

关于这些照片的故事让我突然想起，米兰曾经委托我在《世界报》上发表一些他未曾发表的文章，我想问他要一张照片插在里面，可是过程十分困难。他对此表示激烈反对："我讨厌照片。"我了解他已经决定不再接受采访。但是照片呢？他已经产生了心理阴影，到处被监视，以至于哪怕只是被大家看到，也会觉得非常不适。他讨厌被偷拍的照片，这让他想起专制时期。有一天，在雷卡米埃大街的一家餐馆里，我丈夫悄悄用手机拍了一张照片，还装出并不是在拍照的样子，米兰虽然什么也没说，但我看得出来，他其实知道。

二十世纪六十年代，薇拉也遭到国家安全局的监控，代号为"精英主义者二号"。一个记者，一个媒体的标志性人物，在文化界颇有影响力，怎么可能独善其身呢？不管是不是嫁给了"精英主义者一号"，她应该总会在人民敌人的档案中拥有自己的一席之地。而且，自从被电视台开除之后，她偷偷给中学生或是大学生上英语课。

"她在自己家授课，没有得到允许，这是完全禁止的，"瓦尼奥斯评论道，"不能从事这种没有申报过的活动，像这样挣钱。但是还有更严重的。"瓦尼奥斯指着一份卷宗告诉我，薇拉和她丈夫一样，与外国人接触，尤其是与法国大使馆一个名叫克洛蒂娜·卡内蒂的人，她是当时法新社驻捷克斯洛伐克记者站的领导。"这份报告指出她将一些书面文件交给了卡内蒂。自然，国家安全局想搞清楚：究竟是试图跨越铁幕的手稿，还是事关国家机密的文件？是否应该以间谍嫌疑启动调查？薇拉·昆德洛娃也有被捕入狱的危险。”

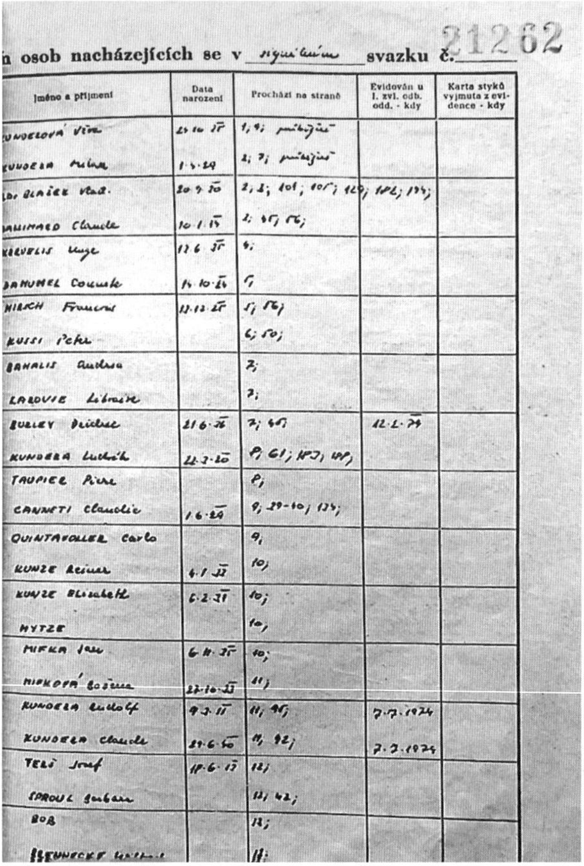

…n osob nacházejících se v [illegible] svazku č. 21262

Jméno a příjmení	Data narození	Prochází na straně	Evidován u I. zvl. odb. odd. - kdy	Karta styků vyjmuta z evidence - kdy
KUNDEROVÁ Věra	25.10.35	1, 4; [illegible]		
KUNDERA Milan	1.4.29	2; 7; [illegible]		
Dr. BLAŽEK Vlad.	20.9.30	2, 3; 101; 105; 129; 182; 134;		
GALLIMARD Claude	10.1.15	2; 45; 56;		
KERVELIS Hugo	12.6.35	4;		
DAHUMEL Coumele	14.10.26	5;		
HIRSCH François	12.12.25	5; 56;		
KUSSI Peter		6; 50;		
BAHALIS Andrea		7;		
LAROVIE Librairie		7;		
BURLEY Drichae	21.6.36	7; 45;	12.2.74	
KUNDERA Ludvík	22.3.20	8; 61; 103; 108;		
TAUPIER Pierre		8;		
CANNETI Claudie	1.6.29	9; 29-40; 134;		
QUINTAVOLLER Carlo		9;		
KUNZE Reiner	4.1.33	10;		
KUNZE Elisabeth	6.2.31	10;		
HYTZE		10;		
MIFKA Jan	6.11.35	10;		
MIFKOVÁ Božena	27.10.33	11;		
KUNDERA Rudolf	9.3.11	11; 45;	7.7.1974	
KUNDERA Claude	29.6.50	11; 42;	7.7.1974	
TERŠ Josef	18.6.17	12;		
SPROUL Barbara		12; 42;		
BOB		12;		
[illegible]		13;		

国家安全局的卷宗。上面有薇拉和米兰的名字，

同时还有克洛德·伽里玛和路德维克·昆德拉

后来，在巴黎，薇拉经常和我证实说，她确实在家里给学生上英语课，“为了买米下锅”。

“我可以肯定他们知道，”她耸了耸肩膀说，“肯定及确定。但是他们为什么没有阻止我呢？为什么他们从来没有说过什么？真是神秘！”

“那些手稿呢？”

“啊，手稿，那就是另一个故事了。”

1972年，从神殿到塔尔珀伊亚岩石*

从一九七二年开始，事情真正变得棘手了。米兰完成了他的第二部小说《告别圆舞曲》，但是根本没有出版社接受。对他的书已经下了禁止出版的命令。渐渐地，他已经出版的作品也从书店和图书馆下架。同一年，他被布拉格电影学院辞退，而他自一九五二年就已经在那里教书了。

“我被逐出自己的工作岗位，我几乎不存在。当然，我必须挣钱生活，”后来他在法国电视台曾经这样说，“我甚至不能做出租车司机。即便是这样的工作也不能给我。”

这就是瓦尼奥斯所描述的“失去社会地位”的策略，我想起了德语作家赫塔·米勒①，当时罗马尼亚安全部门甚至不允许她开理发店。在理发店里可以说话，就像在出租车里一样，会有信息的交流，在某种程度上，这些都应该是权力部门严密控制的地方。而且，出租车司机，这是“能做的最好的”工作之一。这也许就是昆德拉在《不能承受的生命之轻》的开头所说的“这已经意味着支持”。大多数被剥夺了工作权利的知识分子只能成为“擦玻璃的（就像托马斯那样）、看停车场的、门房守夜的、给公共建筑烧锅炉的……”小说中，特蕾莎不得不放弃摄影师的工作，因为她拍了太多俄国坦克——那她的那些底片该怎么处理呢？——她成了一家酒店的服务员，管理酒店账务的是一位神学家，负责前台的则是一位大使。

但是很难想象昆德拉管理账务的样子。更不能想象他负责前台。如何能够想象这样一头钟情于沉默的熊接待客人？由于不能开出租车，他将会对别的事情产生兴趣。金星或是土星。于是，瞧，他沉浸在星星的轨迹里！

---

* Roche tarpéienne，传说中古罗马卡皮托拉山上的一块岩石，用于处决叛国犯，把他们从这里丢下去摔死。

① Herta Müller（1953 — ），作家、诗人，出生于罗马尼亚，1987 年移居德国，2009 年获诺贝尔文学奖。

1972 年，“令人惊讶的转世”，或当昆德拉转向星相

他的作品中没有星星。但这绝非偶然。也不是巧合。是一种征兆吗？一种预兆？米兰和薇拉从来不会掩饰，他们俩都很关注种种征兆。是迷信吗？薇拉比米兰还要狂热。有好几次，我和丈夫看到她询问她最珍爱的灵摆。不完全相信，但又有一点儿信，她带着一种专注的神情拨动小链子，灵巧地让它向着一个方向旋转，或者反过来往另一个方向转，越转越快，取决于她问的究竟是什么。她认真地解读吊坠“想要对我们说的话”，温和地传达它的神谕。看到我们目瞪口呆的表情，她被逗笑了。

在雷卡米埃大街的餐馆，如果我不确定是否该来一客蘑菇蛋奶酥，她就会拿出她的灵摆——她就是这么叫它的，就像在中世纪的寓言故事里一样——在我的盘子上方晃一晃，然后笑着对我说：“可以的，你可以吃。”但是过了一会儿，用同样的仪式，她禁止米兰吃金万利[①]蛋奶酥。一种他们俩都玩的游戏，是的。“你们瞧，这就是我的日常。”米兰转向马丁和我，叹了口气道。

有一天，我想让薇拉加入自己的游戏，于是我让她教教我。

她穿越整个巴黎，也给我买了一个灵摆，后来送给了我。我从来没有成功地从中得出任何答案，我从来没有用过。但是多年以来，它一直在我的手提包里，和一堆永远都在的乱七八糟的玩意儿在一起。

薇拉赠送的灵摆

① Grand Manier，一种加入橙皮的利口酒。

成千上万份星相算命

在二十世纪七十年代的这些岁月里，占星术奇特地帮助米兰·昆德拉存活了下来。在他的作品里，尤其是《笑忘录》里，我们又一次看到这一切是如何结合在一起的，即便不是确切的写实描述，至少也是基本可信，作家就这样靠着它日复一日地挣钱维持生活！

和成千上万的其他捷克人一样，昆德拉被剥夺了工作，而且没有人有权正式为他提供另一份工作（“秘密警察想让我们饿肚子，通过贫穷摧毁我们，迫使我们投降，并让我们公开忏悔”）。时不时地，会有朋友找到他，让他以他们的名义写作，有时他也会接受，但是通常都会拒绝——秘密警察“会严厉处罚那些把名字作为礼物送给我们的人”。

直到一家发行量巨大的青少年周刊的编辑找到了他。为了和党的战线保持一致，每个星期，她必须成篇累牍地颂扬“兄弟般的俄国人民”的光荣事迹，这让她感到厌烦。她想要改变一下周刊的调调，以吸引读者。因此，她想到要引入一个大家都未曾想过的专栏。为什么不搞一个星相专栏呢？昆德拉会不会愿意负责，可以造个假名字？

“在我受排斥的那些岁月里，我写了成千上万份星相算命，”米兰·昆德拉在《笑忘录》里写道，“既然伟大的哈谢克能做狗贩子（他卖了很多偷来的狗并且把许多杂种狗当纯种卖掉），为什么我不能搞星相算命呢？”在诸多征兆中看到征兆，将玩笑与骗局结合起来：这样的赌注让他感到快乐。别忘了他出生于四月一日。是命中注定吗？用他自己的话来说，或许可以说，这“在形而上的层面并非没有影响”……

于是，昆德拉接受了。他暗示大家，这些文章的作者是一个原子专家，“不愿意透露姓名是因为担心成为同事们的话柄”。他编造了一些“相当荒唐”的短文，并且为它们配上星座小画片。“这一切中唯一有趣的地方，就是我的存在，一个被从历史和文学教材还有电话簿里抹掉的人的存在，一个死去、现在又通过奇怪的显身活转过来的人，在向成千上万的社会主义国家青年灌输着占星术的伟大真理。”

有一天，该发生的事情终于发生了。编辑来找她。她的领导被这位匿名星相学家的才华所折服，想要他为自己算上一卦。当然是秘密的！主编半辈子都在布拉格和莫斯科学习马克思列宁主义。他不希望大家知道他竟然相信“这些中世纪的迷信”。“我要给您他的出生日期，”编辑说，“但是您不该知道是他的。”

私下里着实大笑了一番。米兰之所以觉得好玩是因为他了解这个人。除了杂志的职务以外，“他还是主管干部的党的高级委员会委员，经他的手毁掉了我不少朋友的性命”。他接受了，并且提高了费用。最终以一千克朗成交。他涂了满满十页纸，用隐晦的方式描述了主编的过去，但是提供足够的信息，足以让主编从中认出自己。他为他预言了一个充满陷阱和厄运的未来，这样能让他变得更加谦卑。这一招——玩笑——进行得非常顺畅，这让他们——他和编辑——都感到非常有趣。

我们能够在《笑忘录》里非常清晰地感受到他们玩得多么开心——欺骗之中夹杂着一点令人愉悦的小小报复。昆德拉在这个玩笑的最后写道：

> 不久以后，我再见到她（编辑）的时候，我们笑个不停。她说，主编自从看了自己的星相运势后，变得更好了。他开始对自己的严厉略有收敛，因为星相学让他注意到这一点。他十分重视自己能够做到的那一丁点善良。在他那经常处于失神状态的目光里，可以看出一种忧伤，那是因为知道自己的星相为他的未来只留下痛苦而产生的忧伤。

1971年，雅克和他的主人

“我惊讶于你在度过这些并不美好的岁月时表现出来的轻松与幽默。遭到驱逐，日复一日在监控之下生活，跌入社会最底层……你没有感到泄气吗？不害怕吗？”

米兰微微笑道：

“怕什么？”

“我也不知道。你真的不害怕吗？”

“不。我甚至在某种程度上还觉得蛮有趣的，至少在开始时是这样，不再是个人物感觉不赖。”

“我想，或许因为你的作品已经开始在国外受到欢迎，尤其是在法国，你是不是感觉自己受到了保护？”

“也许吧……”

“事后再来看这些事情，是不是有点粉饰的味道呢？”

“我不觉得，这些都是事实……”

“但是你的朋友菲利普·罗斯说过：‘所谓事实，不过是经过加工的记忆罢了。’”

“事实是，我当时才完成《雅克和他的主人》的剧本，仍然停留在作品的精神状态中。”

“什么样的精神状态?”

“狄德罗的精神状态。这个剧本，你知道的，我用它来向狄德罗致敬。”

“是他让你坚持了下去吗? 是他给了你勇气，让你度过那些黑暗的岁月?”

“不是勇气，而是别的东西。当我不再能够赚钱养活自己的时候，有很多人想要帮助我。有个导演建议我把陀思妥耶夫斯基的《白痴》改编成剧本。他甚至建议我用他的名字来做这件事情，这样就可以避免风险，用一个借来的身份。”

“那后来呢?”

“我读了《白痴》，它让我沉浸在一种不好的情绪里。太多温情。太多泛滥的感伤。太多手势。甚至有些咄咄逼人。在这种氛围里，情感本身就成了一种价值，一种真理，我受不了。”

“也许你在那个时候对俄国人不满是有道理的。坦克的画面还历历在目。除非……”

“除非什么?”

“这种情感的泛滥让你感到恼火……是否可以这样说，你并不相信感性? 因为，对你来说，这和你年轻时曾经激赏过、之后又严厉批判的抒情是一回事?”

“不，感性自然是重要的。但是感性是否能作为真理的标准，我对此持怀疑态度。它能够为最糟糕的行为、为最糟糕的不宽容辩护。这可能再平常不过了，但很真实。”

“无论如何，你拒绝了改编《白痴》?”

“我拒绝了《白痴》。接着，我不禁想起了狄德罗。想起了《宿命论者雅克和他的主人》，在我看来，它正好是《白痴》的反面。这正是我想重温的一种氛围。”

“十八世纪的启蒙?”

“特别是这个本子。雅克，是所有事物的相对性、幽默、游戏、作为精神之盐的怀疑、自由、享乐主义……”

“剧作家是这样要求你的吗?让你这样写你自己的雅克?就这样，你的雅克诞生了?”

“完全不是，剧作家对狄德罗一点也不感兴趣。于是，一开始我完全是为自己写下那些对话。这出戏，我是为了自己开心而写的，就像是一个好玩的变奏曲。我甚至在里面影射了我之前的作品。剧本里有很多与我的作品会心一笑的地方，其中之一是我收入《好笑的爱》里的短篇小说《永恒欲望的金苹果》。你记得吗?”

“是的，但是谈谈这一对主仆吧，在文学上已经有那么多对主仆了。不仅仅是塞万提斯笔下的堂吉诃德和桑丘·潘沙，还有斯特恩《项狄传》里的主仆，贝克特《剧终》里的主仆，以及布莱希特《潘蒂拉老爷和他的男仆马狄》里的主仆……”

“你还忘了一个重要人物，是捷克文学中的重要人物，哈谢克笔下的好兵帅克……他传的命令既让卢卡施中尉感到有趣，又让他感到害怕……是的，主仆的形象贯穿着整个西方文学史，但是在我看来，最为珍贵的就是狄德罗笔下的主仆。比其他作品都更有趣。一场智慧的盛宴。”

《雅克和他的主人》海报，尼古拉·布里昂松 导演，蒙帕纳斯剧院

这是在一七六五年到一七七五年间，我们跟随着雅克和他的主人一起走在法国的道路上。雅克要向我们讲述他的爱情故事。或者，更确切地说，是他的童贞。主人想要听到一切，不愿遗漏任何一点细节，尤其是他暗示的那些，并且毫不犹豫地将自己的情色幻想与他的故事混在一起。于是这就催生了一场具有哲学意

味的插科打诨的对话，就好像出自读了拉伯雷和贝克特的狄德罗之手，并且带有浓郁的布拉格风情。一出有点忧伤的闹剧，一切因果都被人为地打断。因为，在这无头无尾的旅行中，人物不知道自己将前往何方，再一次，一切就只是一连串滑稽的相遇、偶然和意外。

“你还记得狄德罗的开头吗？‘他俩是怎么遇到的？机缘巧合，跟大家一样。他们尊姓大名？这关您什么事？他们从哪儿来？从最近的地方来。他们到哪儿去？难道我们知道自己要去哪儿吗？他们说些什么？主人什么也没说，雅克说他的队长常说，人世间发生的事，福也罢，祸也罢，都是那上边写好了的……’”①

“而你在空中捕捉到这些话，让这些话从你的人物嘴里说出来，你的人物重新发现了这些话，咀嚼，然后再吐出来。他们滔滔不绝，不断离题，谈论着没有得到满足的激情、充满欺骗的爱情、自由和责任。我们是否能够弥补自己的行为所产生的后果？你的雅克问自己，就像在《玩笑》中，路德维克已经问过的那样。”

“‘我的队长常说：我们在人世间发生的事，福也罢，祸也罢，都是那上边写好了的。您知道有什么方法可以把已经写好的

① 译文引自罗芃译《宿命论者雅克和他的主人》，上海译文出版社，2021 年。

东西擦掉吗？主人，请告诉我，难道我可以不存在吗？我可以成为别人吗？还有，如果说，我是我，我还能不去做我该做的事情吗？’”

“可怜的雅克，这让我想起了你经常引述的犹太谚语：‘人类一思考，上帝就发笑。’就像路德维克一样，雅克是主角，但是一个‘现代意义’的主角，与其说是他在行动，还不如说是周围的事物决定了他的‘行动’。一只台球从球桌的一角弹到另一角，原因、结果，一切都混在一起，彼此撞击，自从朱丝婷——是在向萨德侯爵致敬吗？——将他引入烂阁楼，挑逗他做爱之后。然而，瞧，是恶作剧决定了他的命运。”

> 我失去贞操以后喝得烂醉，我父亲简直气疯了，他气得把我狠狠揍了一顿。那时候，一支军队刚好从附近经过，我就这样去当了兵。后来，在一场战争里，我的膝盖吃了一颗子弹，一连串的艳遇就这样开始了。要是没有那颗子弹，我看我是根本不可能坠入情网的。
>
> ——《雅克和他的主人》

“因为他坠入了情网。坠入了那个帮他伤口敷药的女人的情网。她将他引到自己家中，而他却利用这个机会给她丈夫戴了绿帽子。这是个怎样的混蛋！”

昆德拉笑了。我们一起笑起来。

米兰·昆德拉为《雅克和他的主人》所作的画

“你瞧，为什么我会和你说到一种精神状态”

另一天，我们谈起了流浪汉小说，以及由这种小说形式生发出来的“变奏”，与改编没有任何关系。也远不是改写，改写是昆德拉很厌恶的一个概念。不。当昆德拉提出基于狄德罗的变奏——狄德罗作品的灵感也来自斯特恩——时，他就进入了他致敬的那些作家的轨道，成为他们的兄弟姊妹。正如巴赫“引述”了也曾练过短笛的维瓦尔第一般。剧中所蕴含的想法是，一切都是重述，是复制的游戏，是一种普遍意义的重复。“就像转着圆圈的旋转木马。”雅克总结道。就人性而言，如果认为自己的创造是独一无二的，那是多么的狂妄自大啊。在这个意义上，昆德拉用这种致敬的练习证明了双倍的谦卑，实质上的和形式上的。在弗朗索瓦·里卡尔看来，这也正是《玩笑》所揭示的教益。当路德维克在小说最后“加入了村里的小乐团，这乐团的一切艺术根柢，是以一些民俗曲调为主旋律产出无穷无尽的变奏曲，这种谦卑的义涵，除了说是那些已然不再坚持自己命运独特的人所绽放的微笑，还能是什么”？[1]

我们也谈起了尼古拉·布里昂松非常精彩的舞台呈现，仿佛三乐章的协奏曲。我和他说起，我实在太喜欢这一跨越时间的桥梁了——这让人想到，在布拉格那段专制之下的黑暗岁月里，在一个二十世纪的捷克作家和十八世纪的法国思想家之间驾起了一座桥。正是多亏了这根无形的线，多亏这一时代的精神，一个人背负起另一个人的重任。也许，拯救了他？

“你瞧，为什么我会和你说到一种精神状态。在整个写作过程中，甚至在完成写作之后，我都任凭雅克主人引领着我。因为雅克和主人，其实是同一个人……后来，这出戏剧在波希米亚的一个小村子上演。用的当然是假名。新浪潮电影导演埃瓦尔德·朔尔姆把他的名字借给了我。朔尔姆根本不可能写这样的东西，这完全不是他的风格，但是审查人员什么也没看出来。狄德罗如果知道应该会觉得很好玩，因为他最擅长欺骗的艺术。”

---

① 参见米兰·昆德拉《雅克和他的主人》。

擦除严肃与非严肃之间的界线

米兰·昆德拉正是在这种精神状态下——奇特的、没有读者的作家的自由——写了《告别圆舞曲》。一出轻喜剧，写作的时候有一种“难以言表的愉悦”，也许那是“其他的作品所没有的”，“尽管当时的处境（或者是为了逃避当时的处境）”。弗朗索瓦·里卡尔后来在七星文库版《米兰·昆德拉文集》中引述过他在捷克语版的出版前言，昆德拉承认：“想象擦除了可能与不可能之间、严肃与非严肃之间的界线，为此我感到由衷的高兴。我为我的人物感到高兴。我爱每一个人物，没有例外。”

后来，我向薇拉问起可怕的二十世纪七十年代的那些岁月。她和米兰失去了工作，米兰被布拉格电影学院辞退，米兰的书被禁，生活如此艰难……她是不是也拥有这些几乎称得上优雅的记忆？

她一如既往的坦率，拒绝所有的夸大其词，她肯定道：这的确是他们最幸福的一段时光。两个人都被解雇，但是米兰正在写《雅克和他的主人》，他们笑得很开心。至于其他的一切，他们并不在乎。

一阵沉默。我本来希望她能和我讲讲此时脑海里浮现出了哪些画面。但她只是在重复这几个词，一字一顿。

“我们不在乎，你听见了吗？我们、不、在、乎。”

1974年，米兰感到害怕的一天

他们不在乎。然而有一天，他们感到了害怕。米兰和我讲过这件事，他们接受了问询，薇拉和他，分开来接受问询，在他们离开捷克去法国的前夕。我理解，危险的感觉取代了滑稽的感觉。这一次，两个人真的被“震慑”了。

是一九七四年。十月十七日。根据一〇九号法规——上了年纪的捷克人仍然对此记忆犹新——他们是不能随意离开祖国的，否则有可能遭到监禁。必须得到官方许可。米兰也正在寻求官方的批准。

在十月十八日的档案中，问询的一方如此记录他们的“谈话”：“对话开始，我和米兰·昆德拉就一些一般性问题交换了看法。接着我们回到了文化的话题上。我问他，他对于解决文化问题的看法是怎样的。从此次谈话来看，显然，米兰·昆德拉仍然坚持他在危机时期（对于苏联人来说，一九六七年到一九六九年是‘危机时期’）的立场。但是在别的问题上，他已经改变了意见（我们可以想象，昆德拉做了一定的自我批评，以期让自己和妻子能够拿到护照，瓦尼奥斯这样评论）。他说他现在对政治不感兴趣，说他不懂政治，说从此之后他的活动仅限在文学范围内。”

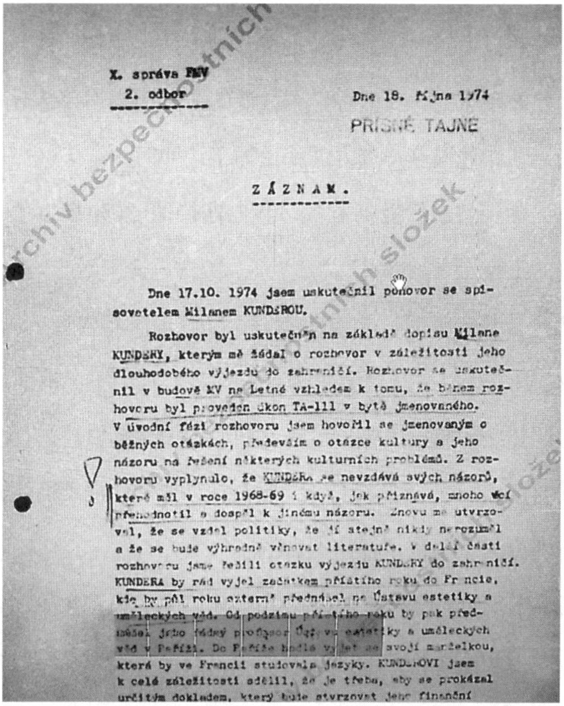

X. správa FMV
2. odbor

Dne 18. října 1974
PŘÍSNĚ TAJNÉ

ZÁZNAM.

Dne 17.10. 1974 jsem uskutečnil pohovor se spisovatelem Milanem KUNDEROU.

Rozhovor byl uskutečněn na základě dopisu Milane KUNDERY, kterým mě žádal o rozhovor v záležitosti jeho dlouhodobého výjezdu do zahraničí. Rozhovor se uskutečnil v budově KV na Letné vzhledem k tomu, že během rozhovoru byl proveden úkon TA-111 v bytě jmenovaného.
V úvodní fázi rozhovoru jsem hovořil se jmenovaným o běžných otázkách, především o otázce kultury a jeho názoru na řešení některých kulturních problémů. Z rozhovoru vyplynulo, že KUNDERA se nevzdává svých názorů, které měl v roce 1968-69 i když, jak přiznává, mnoho věcí přehodnotil a dospěl k jinému názoru. Znovu mě utvrzoval, že se vzdal politiky, že jí stejně nikdy nerozuměl a že se bude výhradně věnovat literatuře. V další části rozhovoru jsme řešili otázku výjezdu KUNDERY do zahraničí. KUNDERA by rád vyjel začátkem příštího roku do Francie, kde by půl roku externě přednášel na Ústavu estetiky a uměleckých věd. Od podzimu příštího roku by pak přednášel jako řádný profesor Ústavu estetiky a uměleckých věd v Paříži. Do Paříže hodlá vyjet se svojí manželkou, která by ve Francii studovala jazyky. KUNDEROVI jsem k celé záležitosti sdělil, že je třeba, aby se prokázal určitým dokladem, který bude stvrzovat jeho finanční

1974 年 10 月 17 日，“米兰感到害怕的一天”，谈话记录

在接下来的几段记录里，米兰·昆德拉被告知了三点：

一、一九七五年，他会得到去法国的许可，前提是能够证明在法国有收入。他不能全额拥有在法国的收入，因为他需要存一部分到捷克斯洛伐克的一个银行账户（需要外汇），具体比例将由财政部决定。

二、如果他从事间谍活动，将面临十四年的牢狱之灾，他的

家庭也将受到威胁，他必须牢记这一点。（“这让他感到很沮丧，”记录上写着，“以至于接下来，他都没有办法集中精力谈话。他问为什么会波及家庭，我回答他，我说的所有话都不会是毫无缘由的，如果我和他说这一点，那就是为了让他时刻牢记这一点。”）

三、他还将继续受到监视，我们期待他能够回到大学工作。只做他的工作。“仅此而已。”

我看着瓦尼奥斯，希望他能够帮助我理解报告背后的意思。“昆德拉是个麻烦，但是他在西方很有名。我们不能把他投入监牢，但是能将他驱逐出去。这正是政府想要做的事情，看上去政府对他有所‘计划’。这个计划，就是让他走，让他不再能够在政治上有所介入。他也正是这么做的。”

“再说，”瓦尼奥斯补充道，“如果我们回头去看在一九七二年到一九七五年间昆德拉所面临的处境，我们会发现政府遵循的的确是老办法。政府采用各种手段对付不受欢迎的人。首先剥夺他们的工作，或者让他们从事一些没有人愿意做的下等工作。接着，对他们实施监视，纠缠他们，随时传唤他们。等着他们犯错，这样就可以让他们受到处罚。他们可能犯错的范围很广，而且永远不知道什么人会传唤他们。那些人用的都是化名，不可能知道打交道的都是些什么人。也许这才是最可怕的，危险既没有姓名也没有面孔。正因为这样，人们才害怕。”

2021年，两个半生

一年结束了。

“你瞧，”我对薇拉说，“米兰活过的九十二年，截至今天正好可以被一分为二。一半是在捷克，从一九二九年到一九七五年，另一半是在法国，从一九七五年到今天。明天就是二〇二二年了，从明天开始，你们在法国的时间就多于一半了。”

“等等……你计算得对吗？听着，这很简单，我们是四十六年前来到法国的……四十六和四十六，加起来是九十二……你说得对。真奇怪，我从来没有想到这一点……”

一阵沉默。他们的生活在我看来就像是两弯弧形组成的桥。在第一个弧形下面，是虚空，危险和专制。在另一个弧形下面，是另一种虚空，流浪的晕眩。

薇拉接着说：

“我好像看到一九七五年的我们，挤在我们那辆雷诺5小轿车里。身无长物，只有书，除了书还是书……”

我的脑海里突然闪现出克罗地亚作家杜布拉夫卡·乌格雷西

奇[①]的一句话："流浪，就是关于我们留在身后的东西的故事，吹风机、收音机、咖啡壶……流浪，就是电压和波长的变化。"[②]

我不想再多谈离开的话题，尤其是在节日这种微妙的时刻。但是话题被米兰抛了回来。

"几点了？"米兰摆弄着手表问我。

"四点十分。"

"把我的箱子给我。"

薇拉说：

"这段时间以来，他总是要他的箱子，要回布尔诺。就好像他已经迟到了，火车会抛下他兀自离开。就好像必须争分夺秒了。"

---

① Dubravka Ugrešic（1949—2023），作家、文化批评家，出生于南斯拉夫，后定居荷兰。

② 杜布拉夫卡·乌格雷西奇，《无条件投降博物馆》，巴黎：法亚尔出版社，2004 年。——原注

2022 年，旅行日志：布拉格

有趣的是，作家被“囚禁”在巴黎的时候，我却应捷克国家文化中心和摩拉维亚图书馆的邀请，来到布拉格小住一段时间。在瓦茨拉夫·哈维尔国际机场接我的卡特琳娜很年轻，穿着紫色大衣，戴着同色的口罩。下雪天，片片雪花在黑夜中盘旋。我的公寓位于克里斯特阿诺瓦街，以前属于一位作家——雅洛斯拉夫·福格拉尔——后来捐给了文化中心。房子是苏联时期的那种廉租公寓楼，门上有个很大的猫眼，透过猫眼可以看到如同畸形肠道一般的楼梯走廊，就像《窃听风暴》里那样。门外，福格拉尔写道：“来访请勿超过十分钟。”很巧的是，我在这里也没有任何会造访的客人，或许除了弗兰茨·卡夫卡——我的“邻居”——那鼓舞人心的灵魂：他葬在薛斯高夫[①]的新犹太公墓里，正好在“我家”对面。

新犹太公墓的入口和弗兰茨·卡夫卡的墓

① Žižkov，捷克首都布拉格的一个街区。

对不成熟的痛恨

在此期间，我重读了《生活在别处》，继《玩笑》之后，昆德拉的第二部小说。他在一九六九年完成这部小说，当时刚刚四十岁。这也是这部作品的核心主题之一——在故事之外的核心主题，在昆德拉笔下，故事永远无法用几句话来简述，《生活在别处》也不能被简述为“一个年轻诗人的生与死”。这个核心主题是时间，是时间对于我们个性的影响。

叙事者雅罗米尔年轻，而且愚蠢。不是智力上的愚蠢。正相反，这是个早熟的孩子，在绘画和诗歌上都极有天分。但他就是太知道自己的才能了！自恋到膨胀的地步！他的“被欣赏癖”是昆德拉所谓的典型的“抒情诗人”的写照，诗人“就是把自己的肖像呈现在世界面前的那个人，他希望自己映照在诗句上的面孔能得到大家的欣赏和喜爱”。

年轻男人沉醉在自身与未来荣光之中的可笑姿态给了昆德拉写下几段绝妙的幽默文字的机会。例如，雅罗米尔亲自前往杂志主编办公室的那一段——他将自己的诗歌寄给一家杂志社，惊讶于自己竟然没有收到确切消息，回复他的诗歌究竟什么时候发表。

面对他的放肆，编辑失去了耐心。

> （他）从椅子上站起身来，抓住雅罗米尔的胳膊，把他带到一个大橱前。他打开大橱，将放在一层层隔板上成卷的稿纸指给他看：“亲爱的同志，我们平均每天要收到十二个新作者的诗歌。你算算一年得有多少？”
>
> “我心算不出来。”雅罗米尔尴尬地说，因为编辑还在坚持。
>
> “一年是四千三百八十个新诗人。你想出国吗？”
>
> “为什么不呢？”雅罗米尔说。
>
> “那么就继续写，”编辑说，“我可以十分肯定地告诉你，迟早有一天我们会出口诗人。别的国家出口装配工、工程师、小麦或煤炭，我们国家的宝贵资源就是抒情诗人。捷克的诗人将出去帮助建立发展中国家的诗歌。作为交换，我们可以得到椰子和香蕉。”

青春期的天真。对于荣光的狂热梦想。要么成为夏多布里昂，要么什么都不是[①]。雅罗米尔并不是第一个，但是昆德拉想要告诉我们的是另外的东西。按照他的人物的想法，诗歌只能是对社会主义的光荣和女性身体的赞歌。“青春、诗歌和革命是一回事，是完全相同的一回事！”他踌躇满志地叫喊道。这一切在他身上全

① 这是少年时代的维克多·雨果的名言。

部都混在一起，成为一种绝对，一种政治—诗歌—爱情的激进，让他变成了一个充满激情、不事通融、教条生硬的存在。总之，让他变成了一个怪物。在诗歌中，这个怪物尤其喜欢能够映照出他自己的浪漫意象。这个怪物也选择了社会主义道路，仅仅是因为这可以让他奋起反抗他憎恶的舅舅。最后，在爱情上，这个怪物表现得像一个感情的暴君：他讨厌红发未婚妻的絮絮叨叨，她谈起自己家庭的时候，他会感到非常恼火，命令她只能是他的，对他热烈而专一。至死不渝。

米兰·昆德拉为《生活在别处》封面所作的画

解脱的年龄

哦，不成熟的青春！哦，危险的青春！我们已经在《玩笑》中遭遇过这个主题，当路德维克在俄斯特拉发军营的时候，听命于一个二十五岁的年轻指挥官。

> 我的这位指挥官在我眼里简直是一只喜欢记恨而且狡猾的耗子。而今天我再看他时，则觉得他主要是年少气盛，而且在扮演角色。归根到底，年轻人如果装腔作势，不能算他们的错；他们还没有定型，但生活把他们置于一个定型的世界之中，在这个世界里，人们要求他们像成熟的人一样行事。于是他们迫不及待地采用那些流行的方式和样子，这些东西容易对他们的胃口，使他们喜欢——他们在扮演角色。

年轻的指挥官，“毛头小伙子”，选择了连环画里的硬汉的面具。他是“铁石心肠的勇士”，“不靠说大话，全凭冷静沉稳，干巴巴的幽默一针见血，相信自己和自己肌肉的力量。他越是觉得自己有一副孩子气，他就越是起劲地扮演超人这样的角色”。

我们都遇到过这样的“毛头指挥官”。刚一毕业，初出茅庐，突然窜进一个组织里，假装什么都懂，化身为一个激进的外省青年，为了天知道的什么极端而疯狂的事业，他们都是这一类“毛头小伙子”，自我陶醉，玩着角色扮演的游戏，毫无意义，只会带来灾难。

> 青年时代是可怕的：它是一个舞台；一些小孩子，足蹬厚底靴、身穿各式各样的服装跑来跑去，照搬着许多他们似懂非懂、也是从别人那儿学来的套路，但他们对这些十分热衷。历史也是可怕的，它经常给幼稚提供演习的场地，它是小尼禄、小波拿巴的演习场地，它也为一群群如醉如痴的孩子提供演习场地，于是他们从别人那里模仿来的狂热和简单化的角色就变成一种实实在在的灾难。

作家更进一步说道:“现在每当我想到这里，我头脑中的价值系统就摇摇欲坠，对青年时代产生一种深深的憎恶。”

生活在别处，并不在这种“不成熟的躁动”里。昆德拉喜欢短标题（《身份》《无知》《慢》等），本来他可以把这部小说叫作《成熟》，或者《雅罗米尔的退场》（作家让他在二十岁的时候死于肺炎，他对光荣牺牲是如此渴望，却孩子般地在母亲的怀抱中死去。）雅罗米尔退出舞台，而“四十来岁的男人”登上舞台，对于这个男人，除了这一点，我们一无所知。他也曾经是一个年轻的傻瓜吗？有可能。与此同时，作家让我们瞥见了在这世上生活的另一种方式。四十来岁的男人放弃了舞台，放弃了暴露在众目睽睽之下。他所代表的是温柔、善意、谦卑的真实，此时此地，总之，是解脱。

解脱的年龄。这也是昆德拉的一个主题。一个简单的真相，甚至显得有点幼稚？其实并非如此，因为我们的时代大肆颂扬青春，过度地追求青春。当年龄揭开衰老的序幕，阿兰·芬基尔克劳对昆德拉作品有深入的了解，他在《若爱延续》中写道："不再是从青年人成长为成年人，而是成年人通过学习生命的张扬与狂热来保持青春。"[①]昆德拉主张"从年轻的生活中抽身"。这是唯一"踏上美好生活的道路"。

在昆德拉看来，真正的"英雄"是能够摆脱自身的人。目光穿过镜子，只对他人保有欲望和好奇。通过摆脱自我的束缚，这样的英雄不会放弃。他呼吸着空气。他成功地离开自己，自由自在，在人性、成熟和文明的道路上前行。这是不是显得有些简单化？没什么关系。昆德拉认为在"小说的智慧"中有他追求的一种谦卑的形式。而我则对《生活在别处》保有另一种记忆。我首先想起的是孩提时代的雅罗米尔觉得母亲的裙子如同苍穹一般广阔。接着是雅罗米尔－拉斯蒂涅[②]，像火车头一般想要征服女人和世界。我之前几乎忘了作为对位点存在的四十来岁的男人，他

---

① 阿兰·芬基尔克劳，《若爱延续》，巴黎：斯托克出版社，2011年。——原注

② Rastignac，巴尔扎克笔下的人物，一个野心勃勃的年轻人的形象。

才是这部小说的真正趣味所在。

而今天，在布拉格，我重新发现了他。我想要向作者表示感谢。他不仅仅调和了“不再年轻的人”和他们的年龄，还提供了另一种对时间的阅读框架，远离对所谓成就的崇拜，远离主流思想的狂热和愚蠢。窗外，克里斯特阿诺瓦街面上飘着雪。片片雪花如同轻捷的羽毛，落在阳台的木板上，融化了。

“你们法国人，你们对于米兰·昆德拉的阅读过于顺畅了！”

二〇二二年二月。布拉格。在装饰艺术的圣地卢切尔纳宫，有一匹头朝下悬空的死马，骑士反过来骑在死马的肚皮上。世界被颠倒了。当人们在我面前提起今天捷克人与这位“他们”民族的、有着国际影响力，至少是他们为之骄傲的重要人物之一的大作家之间的关系——这关系本身也是非常超现实主义的——时，我脑海中浮现的就是这座雕塑。这个男人不仅让世界关注到捷克文学，充分见识到捷克人的想象力，也赋予中欧丰富的文化以重要价值。

“昆德拉，国民大作家？完全不是那么回事……他们讨厌他。”

那天，我在卢切尔纳宫的咖啡馆约了一个在法国文化中心工作的年轻姑娘，我得到了这一简洁的回答。

被讨厌的昆德拉？当然，在布拉格我并没有发现这一点，不过我同样没有看到向他致敬的牌匾或纪念碑之类的东西——也许为时太早。但是在布尔诺，我看到了一座即将以他父亲命名的广场落成。在摩拉维亚图书馆，我参观了即将接收他的档案、接待他的研究者的地方。我还听到图书馆的馆长托马斯·库比切克满怀激情地谈起他对昆德拉作品的无尽痴迷。

《马》，大卫·切尔尼雕塑作品，布拉格，卢切尔纳宫

“可库比切克是少数。布拉格的知识分子都说他是一个‘昆德拉主义者’：从他们嘴里说出的这个词几乎相当于侮辱。”

颠倒的世界。和我见面的姑娘满怀歉意地将一小沓纸放在我面前。是往来的电子邮件。二〇二一年，她试图组织一场《庆祝无意义》的读书会，作为捷克中心——类似于法国文化中心的机构——“文学之夜”的活动之一。人们让她推荐一位作家和一部作品。

“唉，”她说，“对方断然拒绝。您听听（她翻译道）：‘在我们这里，米兰·昆德拉很具争议，非常微妙。更不要说，明明是一个捷克作家，却被当成法国作家来推荐……对于一些捷克读者来说，这还是会引起非议的。

‘《尊重》杂志爆出昆德拉所谓的告密事件，说他曾经在一九五〇年代告发过一个捷克人，稍后，扬·诺瓦克又出版了他的传记，我可能应该告诉您，早在这两个事件之前，昆德拉在一九八九年之后采取的出版策略就已经在捷克读者中有了褒贬不一的评价。很多人认为，他不愿意把自己的法语作品译成捷克语（还有他不愿出版自己最初的作品）是一种傲慢的表现。翻译环境已经渐渐改善，但是米兰·昆德拉的态度仍然十分暧昧。把他当作法国作家来介绍，有可能会重新燃起人们的怨恨。’”

法国文化中心反对说，所有这些理由都是文学之外的，对于这一次“文学之夜”的活动来说，目的只是让大家能聆听作家的作品，高声朗读，仅此而已。但是对方反驳说这会传递“负面涵义”。接着对方说此事到此为止。甚至昆德拉的出版商亚特兰蒂斯也无能为力：“组织这样的活动应该是充满热情的，而不是让大家都尴尬。我们不想再就此事谈下去。这是我们最终的态度。”

为什么

惊讶，失望。法国文化中心求助于安娜·卡列尼娜，《庆祝无意义》的捷克语译者。

“我们怎样才能在这里，在捷克共和国，让年轻一代发现、分享米兰·昆德拉的作品，而捷克的读者往往只能通过那些仇视他的人了解到他？我本来想——当然我过于天真了——‘文学之夜’或许是一个好机会。我没有想到，哪怕是提议朗读他的作品都会被看成一种冒犯。我说冒犯，这可不是夸张。但是看到对方的反应竟然是这样的，根本不是在文学的层面上回应我，我对自己说，这真是太不理性了。”

安娜·卡列尼娜想要让我们放心，但是她在答复中也希望我们不要和捷克中心的决定对着干：“别害怕，这里也有很多读者读米兰·昆德拉，包括年轻读者。但是‘文学生活’（我也许应该说‘文学运作’）中的‘头面人物’根本不读书，他们不读米兰·昆德拉，也不读其他伟大的作家。他们只关心事件的进程。”

她的措辞精心组织，很有说服力。“文学运作”需要整齐划一、按部就班，这是不言而喻的。在“头面人物”——原义是古典戏剧里唱诗班的领唱——这个词的背后，事实上指的是文学生活装腔作势的一面，那些唱着同样乐谱的领唱们。总之，虽然已经不再是一九七二年政治审查的氛围，但是，五十年之后，一种有效的监控形式仍然可以发生作用，用来反对这位作家。在布拉格，只要提起昆德拉的名字，大家就会举起盾牌。二〇二一年的这个夜晚和上世纪七十年代一样，他仍然不会被阅读。

如果我们问，为什么昆德拉如今仍然如此具有争议，为什么他还是如此具有“颠覆性”，得到的回答几乎一定会在下列五个之中：

一、他离开了捷克斯洛伐克，而其他很多人仍然在捷克历史中这个至暗时刻选择留下来。

二、到了法国之后，他自愿被看作一个持不同政见者——而实际上他并不是，他和瓦茨拉夫·哈维尔以及其他作家不一样——在某种程度上，这是他的“营销策略”，用来讨好西方读者。

三、他曾经玩弄过多名女性，表现出一个犬儒主义浪荡子的模样(这是诋毁他的扬·诺瓦克在二〇二一年的传记中一再重申的“道德”指控)。

四、他没有立刻把他的法语作品翻译成捷克语，这证明了他对捷克人民的蔑视。

五、二〇〇八年，《尊重》杂志指控他曾在一九五〇年代揭发过一个年轻的捷克人，说他到了西方，成为西方人的间谍，自此之后他就再也毫无形象可言了。这一指控置米兰·昆德拉于死地，而昆德拉对此予以坚决否认。

发人深省之处在于，这些不满都与他的作品无关，也和更为广义的文学无关。我想到米兰一再重复的话。他说传记就是一剂毒药。他说作家应该尽量不要（暴露）生活。或者说，他应该隐身于作品之后。我想起了《小说的艺术》中的一句话："一旦卡夫卡本人开始比约瑟夫·K吸引更多的关注，那么，卡夫卡去世后再一次死亡的过程就开始了。"这一时刻会不会来临？在邮件往来中，完全没有提到《庆祝无意义》。文学消失在时代的喧嚣中。词语，甚至是作品中的词语，无法为自己辩护。

在一篇题为《为什么》的文章中，研究昆德拉的专家、捷克女作家和教授西尔维娅·里赫特罗娃探讨过这份"仇恨"的根源。在她看来，"污名化的标签贴在昆德拉所能做的一切上。当他在书中谈到'市场的愚蠢'，或是对西方有了一丁点儿评价的时候，他的诽谤者们便急于从中找出另一条指控"[①]。

让他们感到恼火的，同样还有他存在的姿态。"小说家打心底里认为不应该成为一个公共人物"，他拒绝现身，甚至在一九八九年柏林墙倒塌、他的祖国也成为了自由世界的一部分之后，他还是如此。这一份决绝，他的坚持，西尔维娅认为在捷克人眼中是不可原谅的。"在波希米亚，这一姿态为他招致严厉的批评，有些人对此感到相当不快。于是他的私生活成为大家讨论和编排

---

① 西尔维娅·里赫特罗娃，《捷克对于米兰·昆德拉的争议》，布拉格：加兰出版社，2021 年。——原注

的对象。昆德拉坚定地重申对私生活的尊重是自由的必然条件，这正好与时代精神相悖离。时代精神恰恰赞同警方公开窃听的内容。”

对于隐私，以及扬·诺瓦克那本充满仇恨的传记，西尔维娅·里赫特罗娃指出：“（诺瓦克的）做法其实和政治警察、国家安全局的特工一样，他堂而皇之地宣称‘应该’将窃听内容公布于众，就是因为昆德拉选择了保护自己的隐私。恐怕亲身经历过从前那些做法的人已经所剩不多了。看到他们以道德或者公平之名卷土重来真是可鄙。”①

最后一个原因也许很简单，就在于他如此迅速地闯入世界文坛，而且如此光彩夺目。

“你们法国人，你们对于米兰·昆德拉的阅读过于顺畅了。”有一天，在布拉格，有人对我说。我经常想起，出于纯粹的嫉妒，一些犹太人对于艾萨克·辛格获得诺贝尔文学奖所做的评价：“把诺贝尔文学奖给辛格，这是我们所能想象到的犹太文学的最大灾难！”

---

① 西尔维娅·里赫特罗娃，《捷克对于米兰·昆德拉的争议》，布拉格：加兰出版社，2021年。——原注

关于诺贝尔文学奖

我们引述的仍然是西尔维娅·里赫特罗娃的文章。一九八〇年代，她手上有一本翻译成意大利语的书，书名是《文字与图像中的雅罗斯拉夫·塞弗尔特》。塞弗尔特是捷克诗人和作家，一九八四年诺贝尔文学奖得主。在里赫特罗娃看来，之所以会有这本图文并茂的小册子，是因为想要得诺贝尔文学奖就必须在国外出版。“此后不久，我遇到了这本书的作者……他高兴地搓着手对我说：‘好了，现在昆德拉再也得不了诺贝尔文学奖了。’我不知道他哪来的确信……但是无论如何，他是对的。”

接着她谈起了差不多同一时期，在罗马，与伊日·佩利坎——“布拉格之春”的代表人物，政治家、作家、记者——的一次谈话。

“最严厉的也许是出自瓦茨拉夫·哈维尔之手的一封信，是一个名叫伊日·佩利坎的人给我的[1]。这是一篇关于《不能承受的生命之轻》的阅读报告，结尾处是这样一句话：‘这个家伙嘲笑一切。’据说这封信到处流传，但是我不知道除了佩利坎之外，其他人有没有收到。哈维尔一直自称是昆德拉的朋友。至于佩利坎，面对这封信，他摇了摇头，他还不知道，与此同时，反对把诺贝尔文学奖颁给昆德拉的一场战斗正在打响。”②

① 据薇拉·昆德拉说，这封信保留在意大利的社会党档案里。——原注

② 西尔维娅·里赫特罗娃，《捷克对于米兰·昆德拉的争议》，布拉格：加兰出版社，2021 年。——原注

米兰·昆德拉是否在“虐待”他笔下的女性人物?

“你是在做昆德拉的研究吗?”一位女性朋友问我,“我承认这是个伟大的作家,但是我不喜欢他在小说里讲述女性的方式……”我试着让她说得更清楚一点。她觉得昆德拉笔下的男性人物在对待女性的时候显得“玩世不恭、很是冷漠”,而女性人物“从来不曾胜过他们”。她甚至觉得昆德拉在“虐待”她们。

她的这句话让我感到十分震惊。一个小说家应该“善待”他的人物吗?一个画家、一个雕塑家在表现他们的模特时应该殷勤有加、彬彬有礼吗?我们应该指责毕加索“伤”了阿维尼翁的少女们,让她们变形,变得“立体主义”吗?我们应该指责莫里哀创造了一个“玩世不恭、冷漠”地对待艾尔薇拉的唐璜吗?

“不,”我的朋友回答道,“但有的时候他太过分了。你还记得吗?在《无知》中,当米拉达在一家商店的橱窗中欣赏自己,她想要看到自己的美丽,然而昆德拉告诉她,橱窗里映射出来的不仅仅是她的脸庞,和她脸庞在一起的,是一家肉店的玻璃橱窗:

……一具挂着的猪骨架,几块割下的腿肉,一个猪头,那嘴巴动人而亲切，在远处的店里面，还有光家禽，脚爪全被截去了，无奈而人道地截去了，突然间，恐惧穿透了她的心。

“当我读到这里的时候，我觉得这就是昆德拉看待女人的方式。被无奈而人道地截去脚爪的光鸡。我可不想一个作家对我说，我就是肉店里的肉。”

厌女症患者昆德拉?

揭示存在不为人所知的一面

在昆德拉之前，已经有那么多人不厌其烦地重复这一点：小说并不评判，也不传递信息，它只是在展现、描绘和揭示，仅此而已。但是我朋友的说法凸显了一件十分有趣的事情。在昆德拉笔下，女性常常是以一种外科手术般疏离的方式得到描绘的，不带有情感，也没有浪漫主义的味道。是这一点让我的朋友感到不适吗?

我和另一位朋友也讨论过。她则提醒我注意，这样一种文学上的“处理”也许是社会制度造成的下意识，因为出于实用的考虑，在性别问题上，共产主义制度其实比其他制度更加公平。“性别问题不是那么重要，重要的是信仰共产主义。一个狂热的女同志和男人一样高效。因此，如果你是一个在这种环境下成长的小说家，你会赋予女性人物以男性的特征，对女性的态度不见得一定要比对男性的态度殷勤。”

昆德拉一直追求一种至高无上的自由，在我看来，他只是描绘了一个简单的事实：女人一样有缺陷、平庸或者神经质，她们在这些方面没有什么值得男人羡慕的。他应该更加善待自己的女性人物吗？事实上，这并非一个新问题。昆德拉在《帷幕》中提醒过我们。在对《包法利夫人》的批评中，圣伯夫指责福楼拜“过于缺乏善”。乔治·桑更进一步指出：为什么福楼拜要隐藏起对自己人物的感情？为什么他不能“安慰”他的读者，而是带给他们“悲哀”？福楼拜回信说他既不想安慰读者，也不想让读者感到悲哀。他想要“进入事物的灵魂”，只是“进入事物的灵魂”和“善待”、安慰或者鼓舞，是两个完全不同的目标。

对于昆德拉来说，“进入事物的灵魂”，就是揭示出存在目前为止尚不为人所知的一面。这是小说唯一的道德。我的（第一位）朋友足够细心，她并没有将文学上的叙事者与作者混为一谈。但是很多人都不在意这种区分，他们急于得出简单的结论，即如果叙事者是厌女症患者，作者也是。

“同情，至高无上的感情”

厌女症患者昆德拉？我听到太多的人抱有这样的偏见，于是我重读了他的小说，想着或许能够找到一些“证据”。他是不是系统地将所有女性都塑造成否定性的人物？他是否流露过蔑视或敌意，而且完全只是因为性别的因素？我觉得并没有。我反而觉得，可能读得太快才会产生这样一种误解。

在《玩笑》中，路德维克设计了一个可恶的计划，将埃莱娜的身体当作工具来使用。（他让她觉得，他渴望得到她，实际上他只是利用她来实施对她丈夫的复仇——而她对这个复仇计划一无所知。）但是还有另一个女人超然于小说之外，与埃莱娜形成了对位的关系。她就是露茜。当露茜突然出现的时候，路德维克立刻缴械投降。他们之间的关系不关乎性，也不是一种肉欲的关系——“我们分了手，没有吻别，没有肌肤之亲。”然而，从这个时刻开始，年轻男子“发生了变化”。

> 从这个晚上开始，我的一切发生了变化，我的身躯重新焕发生气；像是一个经过整理的房间有人住了。

他对露茜充满了“感激”。“自此之后，（他）再也没有对一个女人倾注过如此的心思，有过如此默默无声的专注。”露茜平复了他“内心深处的痛苦”，就好像具有“某种魔法”。面对她，一个演戏的人终于变得“真诚”了。

在《生活在别处》中，雅罗米尔当然对他的红发未婚妻十分恶劣，但是另一个男人，那个四十来岁的男人接纳了年轻姑娘，那一章便以这样一个优雅的时刻结束：“肉欲消失了，但是同情，深深的、永不知倦的同情一直存在……四十来岁的男人开了小床头灯，望着姑娘……在那里他们都对她做了些什么？他们有没有打她？威胁她？折磨她？……他抚摸着她的头发，额头，脸庞。他抚摸着她，直至她眼里的恐惧消失。”昆德拉将这一段定义为“安静的休息，一个陌生男人点亮了善意之灯”。

这盏善意之灯，在《不能承受的生命之轻》中，托马斯也为特蕾莎点亮了一盏。他是一个艳遇的收集者——他向他的情妇们解释说，“谁无感情投入，谁就无权干涉对方的生活和自由，唯有这种关系才能给双方带来快乐”——但是他突然对这个不知从哪里漂泊而来的脆弱女子产生了一种“无法解释的爱”。在他的眼里，她就像是一个“他从涂了树脂的篮子里抱出来，安放在自己的床榻之岸的孩子”。瞧瞧，这个冷酷的诱惑者开始感受到了什么？同情。“共情”意义上的同情：和另一个人共同感受。托马斯发现，这种同情——“指最高境界的情感想象力，指情感的心灵感应艺术”——“在情感的各个境界”中代表“最高级的情感”！

这一类例子不胜枚举。总是多亏了某位女性，昆德拉笔下的主人公才突然间被一道人性的闪电劈中。一道撕裂了主人公原有世界的闪电，将他一劈为二。一边是游戏，另一边是爱。昆德拉用来描写男性人物情感的词汇表达了这种分裂。一边是自由、浪荡、不忠、情色、艳遇、游戏……（这是轻的一边，是从马里沃[①]或者德·拉克洛那里继承的传统）。另一边是同情、移情、共情、善意、温柔和理解。

最有趣的是，在昆德拉笔下这些男性人物的内心，两种向往是并存的。正是这种混乱的并存让他感到迷醉。这也是他之所以喜欢雅纳切克音乐的原因，雅纳切克，他的“初恋”：

> 感伤无力的乡愁连奏（legato）动机碰上来搅局的断奏（staccato）动机，后者以三个快速音符作结，数度反复，越来越逼人。
>
> ——《相遇》

他说的是“他的”《狡猾母狐狸》，他在蛙池餐馆给我们讲的那一段。仍然像在雅纳切克的音乐里一样，世界在他的眼里就像是

---

① Pierre Carlet de Marivaux（1688—1763），法国古典喜剧作家。

旋转木马，感觉来来去去、交替、对峙，经常在互不兼容的情况下同时响起。

——《相遇》

同时性构成了昆德拉小说无法模仿的张力。这种张力弥漫在他的字里行间，传递给读者。

然而，必须承认的是，他笔下的某些人物粗鲁无礼，让女性产生恼怒的感觉也十分正常。当特蕾莎上了托马斯的床，发现他的头发散发着另一个女人性器的味道，我们会想，为了他的“伟大爱情”，他至少应该洗干净头发。

1971—1972 年，永别了路德维克

我想象着那些年的米兰。英俊、瘦削。尖酸刻薄。漫不经心而充满趣味。“我们不在乎”……不再是个人物的快乐和隐身的快乐（已经）预示了一九八〇年代的退隐。我想象着他，就像《笑忘录》里的米雷克。对秘密警察嗤之以鼻。或者骄傲地从两个跟踪他的灰衣人面前走过，努力表现出“肆无忌惮、毫不尴尬”地直视他们的样子。

但这只是起初的欢欣。这种欢欣能坚持多久呢？在兴奋的背后，是即将到来的空虚感。昆德拉知道。“甚至他走向毁灭的步伐在他眼里都是高尚而美丽的”，关于米雷克，我们还读到了这样的句子。高尚而美丽，但仍然走向毁灭……对于即将到来的灾难，其中的一个征兆就是一九七一年路德维克·昆德拉的离世，米兰感受到了无尽的悲伤。他最爱的父亲，钢琴家路德维克，在病重很久之后去世了。

米兰回首，一切历历在目。五岁的时候，坐在父亲的膝头，手指在琴键间，小腿在键盘下打着拍子。他的父亲在为他解释音符、音调，还有“小小的王宫”。他为之痴狂的那些音乐会。他们

关于先锋美学、迪亚贝利[①]变奏曲的对话，

力脱思特，力脱思特。

昆德拉后来和我说过一九七一年的那个春日，他父亲下葬那天，在布尔诺，他所感受到的悲伤。除了路德维克的妻子米拉达、薇拉和米兰，来的朋友屈指可数。即使到了公墓，他们也不敢站在米兰·昆德拉身边。警察也没有浪费时间，就在路德维克去世后不久，他的录音被没收，唱片母带被全部销毁。

也差不多是在同一时期，米兰·昆德拉认为自己必须放弃“占星师”的工作——并且放弃由此产生的菲薄收入。这件事情本身并没有什么，但是这段经历结束的方式让他感到深深的不安。

让我们回到《笑忘录》。米雷克并不是米兰，而是就像他笔下的所有人物那样，作家称之为“实验性的自我”。他的感受可以让我们对昆德拉在秘密被发现时的慌乱有所了解。

在小说的第三部《天使们》中，事情暴露了。编辑一开始是否认的，但是因为害怕，她最终承认了。是的，占星师的确是“人民的敌人”米雷克，警察怀疑的那个人。第二天，她被辞退了，准备好再次被警方传唤。于是她希望再见一下米雷克：一旦他也被传唤，两个人最好能够统一口径。她非常恐惧：

---

① Anton Diabelli（1781—1858），奥地利作曲家。

“您认为，他们会知道您算命拿了一千克朗的事儿吗?”

“不用害怕。一个在莫斯科学习了三年的家伙，永远也不敢承认他搞过星相算命。”

她笑了，还是笑了。米雷克并没有放松。

这时候，我彻底明白了，我已经成了一个不幸的使者，如果我不想让我爱的人代我受过的话，我就不能再生活在他们中间，唯一的出路就是离开我的国家。

R 和屠刀

这是一些题外话。现在我们回到“对待”女人的话题上——或者说对待这个女人的话题上，这个女人，我们只知道她是用首字母 R 来指代的。的确，在这些段落里，有一段至今读来仍十分令人震惊。米雷克面对即将再次被警察传唤的编辑。他欣赏她的勇气，因为她先是邀请他为自己的杂志写稿，后来又尽量应对了警察。他解释说他一直非常欣赏她的“绝顶聪明”、她的得体穿戴和她的谦逊。他说他一直“深爱”着她，但是“以最无邪、与性最无关涉的方式”。

然而，突然就掺杂进了性。有某种东西被撕开了。就在这一刻，当编辑的脸上现出恐惧，当她腹部一阵绞痛，米雷克感觉到第一次从内部看到了她。

> 突然，恐惧像一把屠刀一样剖开了她。我仿佛看到她的身体在我面前展开，就像肉铺里挂钩上吊着的一排小牝牛肉架一样。

回到了关于肉块的幻想上。从一句到另一句，就像在雅纳切克笔下，我们从力脱思特的连奏过渡到了令人不安的断奏。就像苏丁[①]笔下被剥了皮的牛。就像培根笔下血淋淋的肉体。

……从洗手间传来蓄水池流水的嘘嘘声，我突然生出要和她做爱的疯狂欲望。更准确地说：要强奸她的疯狂欲望。想扑到她身上，一下子把她抱住，包括她所有站不住脚的令人兴奋的自相矛盾，包括她完美的服饰和肆虐的肠胃，包括她的理性和她的恐惧，包括她的骄傲和她的羞愧，把它们统统抱在一起。在我看来，她的这些矛盾里隐藏着她的本质，深埋着宝藏、金块和钻石。我想跳到她身上，把它挖出来。我想把她全部包容，包括她的排泄物和她那无以名状的灵魂。

在这里，是幻象难以承受的暴力。米雷克最终压制了这一幻象。他们分了手。R 什么都没有注意到。但是，走在街道上，米雷克不停地回想起这几分钟的时间。他反复地想自己突然间产生的“要强奸他可爱女友”的“强烈的欲望”。很显然，他并不赞成这一欲望，认为它“荒谬、愚蠢、可耻、不可理喻、难以实现”。但是他也告诉我们，这欲望停留在他身上，“就像关在一个口袋里的鸟儿一样，那鸟儿时不时就醒来，扑打起翅膀”。

---

① Chaïm Soutine（1894—1943），白俄罗斯表现主义画家。

“就像培根的画一样粗暴”

在不同的小说中，我们会看到这一强奸冲动不时出现，半遮半掩。作为小说家，昆德拉有他的权利。而米雷克，也有充裕的时间来思考这些幻象，甚至可以把一个女人比作肉铺挂钩上吊的肉块，让她成为幻象中的强奸对象，承认当 R 失去控制肠胃的能力时，他产生了一种奇怪的冲动。

昆德拉的作品仿佛突然拉开的帷幕，让我们瞥见了某种意想不到的东西。突然，作为读者，我仿佛也看到一个男人的脑袋被屠刀劈开，窥见其中最为黑暗、最为兽性的角落。在这里，文学完全在承担昆德拉分配给它的职责。它是知识的工具[①]。

这一关于 R 的、关于想象的强奸的故事又出现在《相遇》中那篇关于弗朗西斯·培根的绝妙文章中。昆德拉甚至用它来导入对他非常欣赏的那幅画的分析。

> 我突然很想强暴她。我知道我说的是：强暴她，而不是

跟她做爱。我不想要她的温柔。我想把手粗暴地放在她脸上，在那一瞬间，完全夺取她，连同她让人兴奋难耐的那些矛盾一并夺取。

接着，他又补充道：

这没道理也不该出现的欲望并不因此而有丝毫的不真实。我无法否认这一点——我看着弗朗西斯·培根的那些三联画肖像，就像自己回忆的重现。画家的目光停留在那张脸上，宛如一只突兀而粗暴的手，试图占有这张脸的本质，占有这颗隐藏在深处的钻石……我们每个人都有这种突兀暴烈的手势，以手的动作去破坏别人的脸，试图在别人身上或背后找到隐藏在那里的什么。

至于米雷克，他认为这种冲动——连他自己都觉得震惊——是一种更深层次的不适的症状。一种空虚的晕眩，随之而来的，是他认为自己在捷克斯洛伐克不可能再待下去的预感。

也可能强奸 R 的这一疯狂欲望，只是我在坠落过程中想

① 在这点上，与菲利普·罗斯的《欲望教授》如出一辙——《欲望教授》出版于 1977 年，同一年昆德拉开始写作《笑忘录》——同样简洁的对于情欲和幻象的描述，昆德拉后来为《欲望教授》写了序言。——原注

抓住什么的绝望的努力。因为，自从他们把我赶出圆圈以后，我便不停地坠落，直到现在我还在坠落。当时，他们只不过推了我一把，让我坠落得更远、更深、更远离我的国家，坠落到回响着天使们可怕的笑声的荒芜的世界，那些天使用他们的喧嚣遮蔽了我所有的言说。

关于诺贝尔文学奖 II

这是阿兰·芬基尔克劳的论断：即便是用虚构的方式，米兰·昆德拉这些我们今天谓之“政治不正确”的东西，以及加诸他的所谓厌女症，有可能让他付出了诺贝尔文学奖的代价。但是芬基尔克劳也谈到了“误解”和“错误的谴责”。“确实，某种做作或女人的歇斯底里让他反感，”他解释道，“但他竭力避免将它普遍化，并且在他的人物中，最感人、最讨人喜欢、最积极的都是女人。《不能承受的生命之轻》里的萨比娜，《不朽》里的阿涅丝，《玩笑》里的露茜。然而，某些女性主义者不原谅他对某些女人的讽刺描写，因为她们想要一种社会主义现实主义的女权论版本。在她们看来，所有的女人都应该是正面人物，而在昆德拉的作品中并非如此。所以，就像菲利普·罗斯一样，他在诺贝尔文学奖那里永远都不合格。”

2022年，旅行日志：布拉格

在薛斯高夫吃早餐，布拉格，我的街区。在沐浴着阳光的房间里醒来。纯蓝的冬天。一片静谧。满足。正好读到《告别圆舞曲》里的一段话：

> 人们并不尊重早晨。他们用闹钟粗暴地把自己唤醒，就像用一把斧子砍破了他们的睡眠，然后，他们立即投身于忙忙叨叨的琐事中。您能不能对我说说，以这样一个暴力行动为开端的随后一整天会是什么样子？在那些每天的醒来都给他们带来一阵电波小震动的人身上，会发生什么事情？他们每天都在习惯于暴力，他们每天都在忘却愉悦。一个人的情绪，请相信我的话，全是由他早晨的活动决定的。

2021 年，旅行日志：马林巴德

现在，这里成了俄罗斯人最喜欢来的地方，他们在这里买下成片的区域。但是，即便到处都是游客，波希米亚的这些温泉小镇仍然十分迷人。最著名的，卡罗维发利和玛利亚温泉市，以前曾经分别叫作卡尔斯巴德和马林巴德。那是在奥匈帝国时期，人们来这里治疗各种疾病。晚上，大家聚集在豪华旅馆，出门参加音乐会。今天，人们仍然用一种特别的吸管杯“饮用”温泉水，这种吸管可以把最后一滴也吸得干干净净。一种非常奇妙的饮料，散发着硫磺或者说臭鸡蛋的味道！在闻名遐迩的连拱廊下，人们从一个泉眼走到另一个泉眼，而歌德和肖邦的灵魂也在连拱廊下游荡着。某个欧洲在这里燃起最后的火焰。马林巴德。这个名字就足以唤起记忆的惆怅。

昆德拉就把《告别圆舞曲》放在这里，放在其中的一个温泉小镇。小说开场是这样的注脚：

秋天到了，树叶开始变色，发黄，发红，发褐；位于美丽山谷中的小小温泉城，仿佛被一场大火围住。在连拱廊下，女人们来来往往，纷纷走向泉眼。那是一些不能生孩子的女人，她们希望在这些温泉中求得生儿育女的妙方。

马林巴德的明信片

1972 年，告别圆舞曲，对终结的预见

《告别圆舞曲》是一部在五天的时间里展开的小说：疗养的时间。又是一曲关于爱情和偶然游戏的变奏——一定会让人想起《好笑的爱》中的《座谈会》，但更带有一种通俗笑剧的色彩。在这里遇到的是不忠的男人，出于嫉妒想要邪恶复仇的妻子，误打误撞怀了孕的情妇，一个沉浸在宗教中、研究圣人的专家，关键是还有一个招摇撞骗的妇科医生，他用自己的精子让女病人受孕，病人们毫不知情，但是她们很幸福，以至于整个地区满是妇科医生的小孩。

欺诈、骗局、操纵，整出喜剧就是围绕这些主题展开的，但同时也围绕着人类生活以及生育等命题。所有这些都是用一种玩笑的口吻来叙述的，半是好笑半是严肃。于是从雅库布的嘴里便出现了这些令人捧腹大笑的段落，关于人类，以及人类繁衍的可怕悲剧。

> “还有另一个理由，使我不愿意增加母亲的数量，”雅库布稍稍有些尴尬地说，“因为，我很喜爱女人的肉体，一想象我

心爱的女子的乳房将变成一个奶袋子，我就不能不感到厌恶。”

另一个理由？

这让我恶心。当我想到，我会跟千百万其他热情的人们一样，俯身在摇篮上，面露一丝傻乎乎的微笑，我就不禁脊梁骨一阵阵地发冷。

另一个理由？

很显然，我还得问一问自己，我要把我的孩子送到哪一个世界去。学校很快就会把孩子从我这里夺走，满脑子地向他灌输种种谬论，我就算是花费一生的精力，都来不及跟那些东西斗争。我应不应该眼睁睁地看着我的孩子变成一个遵守习俗的傻瓜？或者，我是不是必须反复教导他我自己的观点，从而看着他痛苦地挣扎？因为那样的话，他就将跟我一样被带入无尽的冲突之中。

最后一个理由？

“生一个孩子，就是跟人签订一个绝对的条约。假如我有了一个孩子，那我就好像是在说：我出生了，我品尝了生命，我证实它很美好，值得我们去重复。”

“那么，您难道不觉得生命是美好的吗?”伯特莱夫问。

雅库布想说得更确切，便谨慎地说：“我只知道一件事，那就是，我永远也不可能带着彻底的坚信说：人是一种美妙的生命体，我愿意繁育他们。”

（顺便加个注脚：这一反婴儿哲学在昆德拉笔下并不是男性人物的专利。在《身份》中，尚塔尔观察到那些年轻的爸爸，“推着婴儿车、在背上与胸前还背着吊着另外两个婴儿”，她善意地嘲笑这些男人变成了“孩子树”，每根树枝上都挂着一个孩子。）

《告别圆舞曲》好笑的地方比比皆是。我们处在一种精心设计的夸张之中。然而，就像书名所暗示的那样，一切都指向一种终结。从开头秋天最后的火焰，“围住”温泉城的大火开始就笼罩着一切的终结，不孕只是不确定的未来的一个方面。圆舞曲让人物感到晕眩。但是正当他们翩翩起舞之际，船沉没了。因为被禁止出版，昆德拉以为《告别圆舞曲》会是他的最后一部小说。他以为自己将告别写作。他曾暂时将这个文本命名为《尾声》。

很少有小说看上去如此之“轻”，却如此“载重”。小说处处弥漫着怀念之情，各种各样的怀念：没有读者的作家的怀念，一个失宠的人的怀念，对“布拉格之春”的萌芽的怀念，对逝去的父亲的怀念，最后，也许，还有必须下决心离开家乡时的怀念。

昆德拉为《告别圆舞曲》的封面所作的画

因为雅库布这个人物似乎也有知晓未来的能力。他在小说行进到一半的时候到来，宣布他要离开了，因为他才接到国外大学的邀请。他决定接受这个职位，到国外去生活。这是在一九七二年。这是一种先兆吗？要知道，差不多三年以后，昆德拉也将离开布拉格。

在捷克版的《告别圆舞曲》前言中，小说家的说法恰恰相反。他从来不想把雅库布塑造成第二个自己：“写这部小说的时候，我从来没有想过要移民，我深信自己属于那类不能够在家乡之外的地方生活的人。”

但是，瞧，不用相信占星术也能知道，预言者雅库布已经有了预测，事后也果然实现了。作家有时候会被自己的想象力超越。他们的人物会为他们做出决定。一九七五年八月，当昆德拉开着自己那辆小轿车永远地离开捷克斯洛伐克时，他将是第一个为这份相似的命运而感到惊讶的人。

1973年，用捷克语写作的法国作家

“用捷克语写作的法国作家”，在一九七〇年代初期，米兰·昆德拉曾这样定义自己。原因自不必说。即便在自己的国家被禁止出版，他已然在法国有所突破。法国知识分子对他很感兴趣。早在一九六四年，他的短篇小说《谁都笑不出来》——后来收录在短篇小说集《好笑的爱》中——便发表在让-保罗·萨特主编的《现代》杂志上。一九六八年，《玩笑》的法语译本出版，阿拉贡为小说作序，昆德拉到法国为新书做宣传。即便小说的接受在某种程度上存在误解——一九六八年正值苏联入侵，法国人百分百会将《玩笑》看作持不同政见者的小说——和法国的联系却已经就此缔结。直到永远。联系一直在加强。一九七〇年，《好笑的爱》的法语版出版。一九七三年，《生活在别处》得到了美第奇外国小说奖。一九七四年，剧本《钥匙的主人》在亚眠文化之家首演，之后又在巴黎的东方剧场上演。总之，在五年间，昆德拉在法国出版的作品比在其他任何地方都多。这多亏了一个人，克洛德·伽里玛。还有昆德拉所谓的“巧合的密谋”。

克洛德·伽里玛，“欧洲文化史上的伟大人物”

是“巧合的密谋”还是一系列的偶然事件？米兰·昆德拉在讲述这件事糟糕的开始时觉得十分有趣[①]。一九六七年，他的捷克出版商将《玩笑》寄给了伽里玛出版社，但并没有把这件事告诉他。编辑把书交给在巴黎的一位捷克语审稿人，这位审稿人直言不讳地表达了自己的意见：她觉得这部小说“毫无价值”（据昆德拉说）。但是布拉格知识界的知名人物安东宁·利姆拿到了这本书，带给了阿拉贡。《痴恋艾尔莎》的作者不懂捷克语，但是他信任利姆，于是把书交给了克洛德·伽里玛，保证会为它作序。

“‘巧合的密谋’如此便继续下去，”昆德拉讲述道，“阿拉贡在一九六八年八月收到了法语译稿，当时正值苏联坦克开进捷克斯洛伐克。啊，坦克，多么好的广告！在愤世嫉俗的情绪中，《玩笑》被匆匆忙忙地译成了世界各种语言（译得很糟糕），成了注定很快就会被遗忘的反共宣传册。”

然而，和以往一样，出版商总是扮演着决定性的角色。克洛德·伽里玛表现得专注而敏锐。在苏联占领布拉格的那段时期，边界并不是完全封闭的。有些西方的作家，比如说克洛德·罗伊，还能够到布拉格去访问，当然是在他的捷克同行的严密监督之下。通常，出版商不会去。“出版商不去，只有一个例外，”昆德拉继续讲道，“这个例外就是克洛德·伽里玛，他去过好几次。”这是二〇一一年昆德拉在《新观察家》讲述的，他非常坚持一点，克洛德·伽里玛去布拉格“并不是作为一个企业家，去寻找畅销书作者，他是欧洲文化史上的伟大人物，试图支持一个正濒临死亡的文化”。

克洛德·伽里玛冒险前往东欧，的确是在监视之下，但是作为路易·阿拉贡的出版商，在国家安全局的眼中，他是一个对法国共产党抱有同情心的人。克洛德·伽里玛通常都是住在布拉格超现实主义画家阿道夫·霍夫迈斯特②家里，他们俩很熟。他秘密地给米兰送去了版税，否则夫妻俩几乎已经揭不开锅了。同样，也是秘密地，回程时他会带上手稿。两部手稿就这样跨越了边界，《生活在别处》和《告别圆舞曲》。随着时间的推移，克洛德·伽里玛和米兰·昆德拉之间缔结了深厚的友谊，他们彼此极为欣赏。“如果不是克洛德·伽里玛，”米兰不断重复，“我永远不会离开捷克斯洛伐克。我会停止写作。”

---

① 米兰·昆德拉，《巧合的密谋》，《新观察家》，2011 年 2 月 8 日。——原注

② Adolf Hoffmeister（1902—1973），捷克斯洛伐克画家、作家、翻译家、外交家。

一幅晦暗不明的自画像

一九九一年，克洛德·伽里玛离世的时候，昆德拉给柯莱特·杜阿梅尔，出版家的第二任妻子写了一封信。这封信很简短，只有一页纸，它的节制和简洁深深触动了我。在他忠实的朋友克洛德的背后，我看到无意间勾勒出的一幅晦暗不明的自画像。今天，我是不是应该只记住米兰·昆德拉的五个突出特质呢？我可以一字不差地重复他在信里提到的五个品质：极端的谨慎，谦虚的高贵，对友谊的看重，智慧，简单。我想要在加上第六点，这和我们的时代精神截然相反，我试图在法语里找到合适的词。英国人会说 non judgemental，不轻易评判的人。最后当然还有第七点，幽默。也就是说，在他的字里行间，传递出“对世间事物相对性的陶醉；正是因为确信没有确信存在而产生的奇怪的欢悦”。

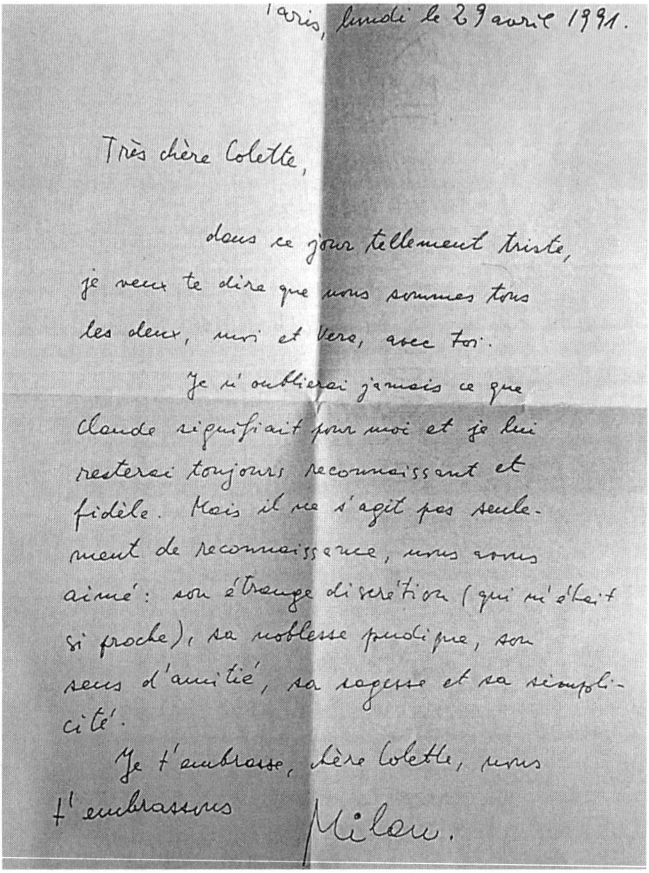

Paris, lundi le 29 avril 1991.

Très chère Colette,

dans ce jour tellement triste, je veux te dire que nous sommes tous les deux, moi et Vera, avec toi.

Je n'oublierai jamais ce que Claude signifiait pour moi et je lui resterai toujours reconnaissant et fidèle. Mais il ne s'agit pas seulement de reconnaissance, nous avons aimé: son étrange discrétion (qui m'était si proche), sa noblesse pudique, son sens d'amitié, sa sagesse et sa simplicité.

Je t'embrasse, chère Colette, nous t'embrassons

Milan.

1991 年，克洛德·伽里玛离世的时候，

昆德拉写给柯莱特·杜阿梅尔，出版家的第二任妻子的一封信

1975 年，生活在别处：在雷恩……

为了把米兰和薇拉弄出捷克斯洛伐克，伽里玛夫妇，克洛德和柯莱特亲自上阵。他们的儿子吉勒把柯莱特的信交给了我，信的内容的确证明了这一点。(将这封信的原件拿在手里，我非常感动。我想象着这个信封在一九七五年二月一个寒冷的日子到达普基诺娃街的小房子。我看到米兰打开它时的样子，开心与恐惧交织在一起。我想起了《玩笑》中的这句话："整个生活翻了个个儿，简直是底儿朝天。")

因为，是的，他确实被雷恩大学聘用了。比较文学教授，一年一签。作家多米尼克·费尔南德斯[1]，同时也是雷恩二大的意大利语教授，向学校推荐了他，学校接受了。自由之路从此开启，官方的许可也下来了。米兰想要合法地离开：护照已经准备好。五个月后，确切地说，是一九七五年七月二十日，夫妻俩彻底离开了捷克斯洛伐克。

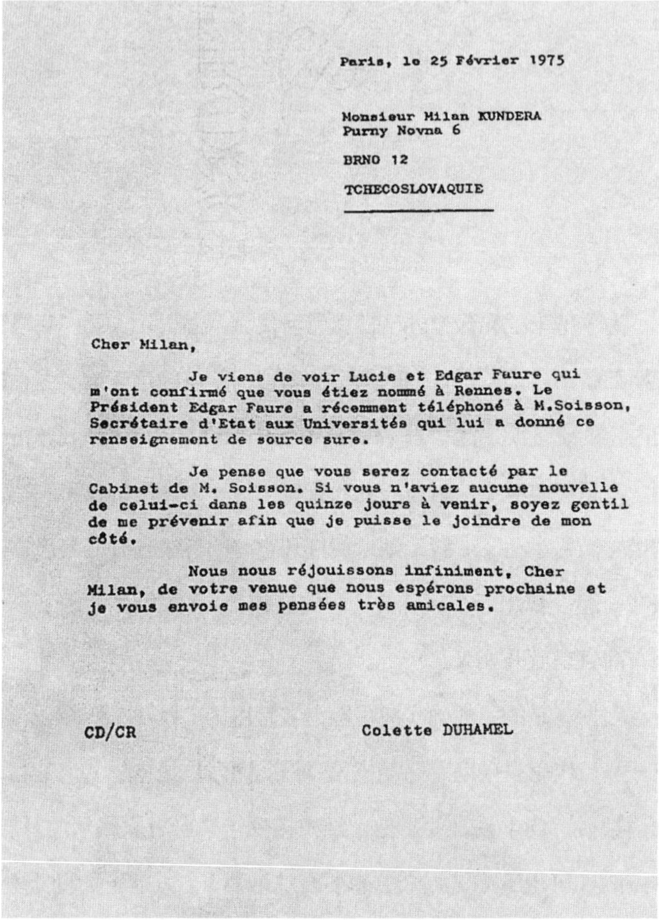
Paris, le 25 Février 1975

Monsieur Milan KUNDERA
Purny Novna 6

BRNO 12

TCHECOSLOVAQUIE

Cher Milan,

Je viens de voir Lucie et Edgar Faure qui m'ont confirmé que vous étiez nommé à Rennes. Le Président Edgar Faure a récemment téléphoné à M.Soisson, Secrétaire d'Etat aux Universités qui lui a donné ce renseignement de source sure.

Je pense que vous serez contacté par le Cabinet de M. Soisson. Si vous n'aviez aucune nouvelle de celui-ci dans les quinze jours à venir, soyez gentil de me prévenir afin que je puisse le joindre de mon côté.

Nous nous réjouissons infiniment, Cher Milan, de votre venue que nous espérons prochaine et je vous envoie mes pensées très amicales.

CD/CR Colette DUHAMEL

1975 年 2 月 25 日，柯莱特·杜阿梅尔写给米兰·昆德拉的信

---

① Dominique Fernandez（1929— ），法国作家、法兰西学院院士。

1975 年，永别布拉格，半生的终结

永别吗？“当然不，根本不是永别。”米兰纠正道。那一天，我和他在他的小书房里，书房和他们在雷卡米埃大街的公寓位于同一楼层。就在不久之前，我们正在一起准备法国文化电台委托的一个广播节目。米兰需要在节目里朗读一系列概括他作品的关键词的定义。他那些著名的“主题词”，我们必须在选择上达成一致，好让他在广播节目上念这些片段。“只念作品，”他让我重复了三遍，“不提问，也不评论……”当然，米兰，当然。

这一天，我们喝了一位朋友送的蜂蜜水，和我几年以后在克鲁姆洛夫一家中世纪小餐馆里喝到的一样，和蛙池餐馆调制的一样……聊天的时候，我让他讲讲一九七五年七月二十日离开布拉格的情景。米兰微笑着说：“我们以为只是走上几年……在雷恩大学做几年副教授，仅此而已。有一天能够回到捷克斯洛伐克的这个信念对我来说很重要。”

他重复着：“很重要。”

我今天在想，这个“很重要”究竟有多重要。两个人共同的悲剧正值高潮。这一痛苦和悔恨的根源将影响他们整个人生。

“小天蝎，你不会死在波希米亚的”

薇拉经常会和我提起当年的场景：两个人开着他们那辆蓝色的雷诺5小轿车离开布拉格。我闭上眼睛，看到他们俩的背影，优雅的身姿，就像那天，马丁和我跟着他们，在加来海峡省的公路上看到的一样。薇拉打断了我的遐想。“我们几乎没带什么东西，”她肯定道，“只有几箱书，几条裙子。我们肯定是要回来的。”

在草坪上

然而对于相信征兆的二人而言，又一个征兆出现了。动身之前，薇拉见了一个名叫热扎尼纳的预言者。男人的断言不容置疑："小天蝎，你不会死在波希米亚的。"

寂静的美妙

他们离开了。穿过巴伐利亚，在阿尔卑斯山歇了一下脚。自由啦！

一九七五年七月二十日。

在《笑忘录》里，我们可以读到这个场景：塔米娜和拉斐尔驾着小车驶向西方，回忆起他们在布拉格最后的那段时光。他被剥夺了工作，职位被调换得越来越低，越来越屈辱，没有人出面为他辩护，他的朋友们也没有，流言，揭发，指责……而他们，他们在自己的国家遭到了放逐，贴着墙走，感觉活得像是“两个麻风病人”。

是的，这一往西去的旅程是对于重新找回“轻”的承诺。非常矛盾的是，在言论自由的国度，昆德拉夫妇首先品尝到的是某种寂静的好处。替代了那么长时间以来，不管他们愿意不愿意，“污染了”他们耳朵的噪音，有毒的、令人精疲力竭的噪音。

> 他们逃跑后的第一夜，当他们在阿尔卑斯山的一个村庄的小客栈醒来的时候，他们明白自己是孤单的，与从前生活

过的那个世界隔绝了。这时候，塔米娜感到一种解放和解脱。他们在山里，完全与世隔绝。周围寂静无边。塔米娜把这一寂静当作意想不到的恩赐来接受，她想到丈夫是为了逃避迫害而离开祖国的，而她则是为了寻找寂静，为她丈夫和她自己而备的寂静，为爱而设的寂静。

雷恩，布尔诺大道

这份寂静，这份安宁，他们在一路上的教堂里找到了。他们参观了所有的教堂，为之深深迷醉。斯特拉斯堡，兰斯，亚眠……“一切都是那么美。简直绝妙，”米兰回忆道，“然后我们到了雷恩，这是这一路上唯一难看的城市。我以前还以为布尔诺是世界上最难看的城市呢……”

几年之后，薇拉——薇拉喜欢雷恩和布列塔尼——补充道：“最有趣的是进入城市的时候，我们抬眼看到了一块指示牌，上面写着什么？布尔诺大道！我们觉得简直不可思议，又一个征兆。后来，我才明白，这两座城市是姐妹城市。在布尔诺也有雷恩街，但是我之前从来没有注意过。”

另一个征兆？在雷恩，他们住在一幢大楼的三十层，也是最高层，这是一幢他们不大能够欣赏的建筑。第一晚，他们感到很失望，但是昆德拉借《笑忘录》里的叙事者之口说道：“第二天早晨，太阳把我照醒的时候，我明白了，那些大窗户是朝东开的，朝布拉格的方向。”

“第二天早晨，太阳把我照醒的时候，我明白了，那些大窗户是朝东开的，

朝布拉格的方向。”

移民的自然反应：在现实之上放一张从前世界的透明纸。离开祖国波兰之后，艾萨克·辛格选择了纽约上西区的公寓，因为那个院子让他想起华沙大楼的院子。

流放的幸福

在欢喜与失落的较量中，暂时是欢喜占了上风。

在大学里，米兰重新找到了教书的快乐，这一次，他不再教文学和电影，他的课是关于卡夫卡和中欧文学的，但是他在雷恩的学生和布拉格电影学院的年轻学子一样充满热情。唯一的差别就在于：尽管鲁热娜·奥斯特拉——他在布尔诺的法语老师——给他的语言学习打下了坚实基础，他还是需要花费大量的时间来备课。

在鲁特西亚饭店我问他：

“可是你从小就在学法语呀。”

他耸了耸肩膀：

“是的，十岁开始，一位嫁给我某个捷克亲戚的法国女士教我，蔡特哈姆尔夫人，那是她丈夫的姓氏。但是当时我对法语并不是特别感兴趣，我上课只是为了让父母开心。到后来我才迷上法国文学。一九七四年，我觉得有可能要离开的时候，便重新开始练习法语。主攻会话！”

最初的法语课不啻是个挑战，他感到很紧张。“我们才到雷恩的时候，”薇拉说，“米兰的头发还是棕色的。但是几个月后，全都变白了。”

才到法国的时候，薇拉说英语、德语、俄语和捷克语，但不会法语。“我一张嘴，所有人都笑了……我就是正在表演的小丑！在商店里，我想要辣根，他们给我拿来了罗克福奶酪[①]，诸如此类的事情层出不穷。”

然而她进步很快。“我在雷恩大学上了三年课，就可以在捷克教法国文学了。”她补充道，有那么一点点小骄傲，当然她有理由骄傲。

---

① 在法语中，辣根（raifort）与罗克福奶酪（Roquefort）发音相近。

“我们在法国最美好的四年生活”

于是，开始的时候，一切都处在某种欢欣的状态中。暂时从文学创作的折磨中解脱出来，感觉很幸福。只需要考虑个人的、私人的生活。别忘了《雅克和他的主人》中的这句话：“我只是被错置于一个极端政治化的世界里的享乐主义者。”

夏天，米兰和薇拉在布列塔尼的美丽岛度假的时候，这种幸福达到了顶点。

“第一年，我们到了位于岛尽头的阿波蒂凯里里，”薇拉告诉我，“我们很喜欢这个地方，以至于我们希望来年租住在这里。就在那儿，我看到了我们非常喜欢的那座磨坊的广告。那座磨坊简直是个奇迹，位于一片荒地之中。早上，我们在附近散步，下午，米兰写作，我带上了他的打字机，他给我口述《笑忘录》。”

“米兰是在下午写作吗？我觉得很多作家正相反，他们在刚起床的时候写，这样就能够记录下生动、鲜活的想法。”

薇拉耸了耸肩：

“他随时都可以写，在哪儿都可以写……他一边走路，一边口述给我，不需要一丁点儿笔记……”

于是他们就待在地处荒芜的磨坊里，这个地方既适合堂吉诃德的情人，也适合沉醉在孤独之中的享乐主义者。这是一九七六年，天气非常炎热。花园里，他们穿着泳衣。

“我们喝酒，嬉戏，这是我们在法国最美好的四年生活。”

劳克马里亚，布里克磨坊

在劳克马里亚的布里克磨坊——这是一个极其昆德拉式的名字，颇具讽刺意味——米兰和薇拉并不孤独。他们在法国的老朋友会来看他们，比如作家、批评家克洛德·罗伊，还有未来将会结识的新朋友，比如历史学家皮埃尔·诺拉。更不要说捷克的老朋友，比如米洛斯·福尔曼，一年前，他著名的《飞越疯人院》刚刚上映。这一年夏天，他是和演员奥萝尔·克莱芒[①]一起来的。照片上，我们看到他们聚集在磨坊脚下，在躺椅上晒太阳，福尔曼手里拿着一张纸，他们讨论着正在创作的一本书或者一部电影。

照片上，我们看到他们聚集在磨坊脚下，在躺椅上晒太阳，

福尔曼手里拿着一张纸……

这年夏天，米兰和薇拉还把米兰的母亲米拉达接到了美丽岛。“你看这张照片，是在卡纳克，”薇拉和我解释道，“我们带她去了

① Aurore Clément（1945— ），法国女演员。

卡纳克和巴黎。这张……这是我父亲，右边这个穿白色衣服的，他和我的‘叔叔’德拉贝克在一起。”这个瘦削的男人很优雅，撑着拐杖，面对大海，一身白衣。“但是他那会儿非常疲惫。”薇拉又一次和我谈起了几年前父亲在布拉格被捕的事情。

“他把房子租给了一个法国女人，就是她把父亲出卖给了警察。别问我她是谁，那些年在捷克斯洛伐克干什么——真是有点奇怪。我只知道她有一只猫，还有她出卖了我父亲。她说我父亲和他的女友说好了准备一起移民澳大利亚。结果就是，我父亲在监狱里待了五年。他出狱的时候，得了中风，半身不遂。照片的左边是我的‘叔叔’德拉贝克，父亲的表兄弟。他是一个检察官，据说多亏了他，弗兰克才被判刑。对此我感到非常骄傲。”薇拉指的是二战期间声名狼藉的党卫军军官卡尔·赫尔曼·弗兰克[①]，他和希姆莱关系很近，是波希米亚–摩拉维亚的警察局头子。

弗兰克在一九四五年被判绞刑。

薇拉叹了口气，再次仔细端详着照片。“德拉贝克和我父亲想要再见一面。就是为了告别。于是我让他们在美丽岛聚了一次，这是最后一次。”

---

① Karl Hermann Frank（1898—1946），纳粹德国官员，纳粹驻布拉格最高军政长官。

德拉贝克“叔叔”和薇拉的父亲

薇拉和我讲这个故事的时候，我们坐在雷卡米埃大街公寓的室外。聊了很长久之后，薇拉无意间站起身来，打翻了咖啡杯，剩下的咖啡倒在我的笔记本上。我们面面相觑，大笑不止，我们都觉得这个插曲似乎暗示着什么。打翻的咖啡，一段生活就此消失。笑与忘。在这个时刻，薇拉似乎成了昆德拉笔下的一个人物，降落在尘世，雷卡米埃大街，将她挚爱之人对这个世界的讽刺性阅读付诸实施。

1976年夏天，米兰、薇拉和米拉达在卡纳克

忘记“遗忘”

笑和忘：生活的程序。忘掉布拉格、布尔诺。忘掉一切有可能带来痛苦的东西。忘和笑。在某种程度上，昆德拉的遗忘是一种自愿的行为。我决定忘记我已经留在身后的事情，将它们放得足够远，只有这样，记忆才不至于太过痛苦。

但是在昆德拉笔下，还有另一类遗忘。《玩笑》中的遗忘，一种恼人的想法：总是觉得一切都会在记忆的地平线上骤然消失，终将消融和蒸发。这种想法与瓦雷里关于精神危机的想法不谋而合。文明、文化，甚至是大写的历史，所有的故事都是会消亡的。

米兰在他生命走到尽头的时候问：“我的故事，什么故事？我还写过书吗？也许吧。我记不得了。”在最后的时刻，我们已经超越了遗忘。昆德拉不仅仅忘记了他曾经写过书。他也忘记了他忘记的东西。

忘记遗忘正是《笑忘录》里那个“穿牛仔裤的男青年”所宣称的。当我们感觉到自己忘记了什么（比如，在某人死后忘记了他的面容），我们会看到自己正在遗忘，我们为此感到自责。这一点让我们备感沉重。

穿牛仔裤的男青年向塔米娜解释了这一点，而塔米娜“永远也不会原谅自己的遗忘”。

“那我怎么办呢?”塔米娜问。

“忘记你的遗忘。”年轻人说。

塔米娜苦笑着说:“给我解释一下我该怎么做?”

“你从没想过离去吗?”

“想过,”塔米娜说,“我非常渴望离去，可是去哪儿呢?”

“到一个凡事凡物像微风一样轻飘的地方。到一个凡事凡物都没有重量的地方。到一个没有愧疚感的地方。”

“是的,”塔米娜如梦似幻般地说道,“到一个凡事凡物都没有重量的地方。”

有时候我会看见米兰，还有他的眼睛里一片茫然。我会想他应该是离开了——也许是到达了一个凡事凡物都没有重量的地方。

旅行日志：亚布洛内茨和波希米亚珠子

捷克共和国，二〇二一年夏。马丁想要追寻祖先的足迹，去亚布洛内茨，那里过去叫作加布隆茨，离波希米亚美妙的山间天堂不远。奥匈帝国时期，他的家族祖先耶泰尔在那里制作帽子别针和女子裙装上的玻璃珠。在加布隆茨、巴黎和威尼斯。

在亚布洛内茨玻璃博物馆的橱窗里，我们发现了一些很漂亮的珠子。后来我们在商店里买了一些别的珠子，现代的珠子，没有以前的那么漂亮，在那家店里，马丁开始制作一条长项链，是给薇拉的。

薇拉在一年后说："你知道吗，马丁，你送我的那条项链，我经常戴的，它坏了。珠子在公寓里散落一地。和家里的阿姨一起捡珠子的时候，我对自己说：'马丁会遭遇什么呢?'第二天，我就从广播里知道，你的确也崩溃了，向政府提交了辞呈。"

对于我丈夫的家族来说，这些珠子是象征。当他的祖先离开加布隆茨去往巴黎，他们将珠子放在旅行箱里。这些珠子跟他们一路来到塞夫尔的旅馆，在被押送到集中营之前，他们在那里结束了自己的生命。他们遭到逮捕的时候，珠子也被纳粹偷光了。有时候，在这幢后来我和马丁以及小女儿们居住的房子里，我们会偶然找到一颗珠子，藏在两块地板之间。这颗从过去的项链里散落的珠子，被所有人遗忘的珠子，仍然光彩夺目。

《笑忘录》：一种构建叙事的新方式

米兰刚到达雷恩的时候，他觉得自己的作家生涯已经就此结束。但是写作没有放过他。他的出版商克洛德·伽里玛一直在敦促他。还有薇拉，她偷偷把打字机带到了美丽岛。开始的时候，米兰把一篇他认为会成为短篇小说的作品口述给她，不带任何激情。有点顺着《好笑的爱》的思路。接着又有了一篇。于是，后来成为昆德拉小说艺术的东西渐渐成形了。

> 一九七五年移居到法国以后，我开始写一个新的短篇小说集……但是在结束了第二个短篇后，我发现我正在写的是一本书，在构成上具有一致性，书里的各个部分并不是独立的……而是每一个部分都会为前面的部分带来新的理解，以至于只有最后一部分可以赋予整部书一种完整的意义。①

在其他地方，昆德拉进行了更加明确的解释。《笑忘录》不仅仅是一部带有变奏色彩的小说。“不同部分彼此相连，就像是一段旅程的各个阶段，走入一个主题内部、一种思想内部，走入唯一的、独特的情境内部的旅程，而对我来说，因为太过宏阔，理解已经变得不可能了 。”[②]

《俄耳甫斯》，米兰·昆德拉所作的画

---

① 昆德拉为《好笑的爱》的第一个捷克语版本写的前言，参见《米兰·昆德拉文集》。——原注

② 同上。

为了揭示书名中两个生存的大问题，他采用了多种途径和体裁，将梦幻的叙述（塔米娜在儿童岛）与寓言、随笔片段，甚至是个人回忆（父亲去世）融合在一起。所有这些片段就放置在那里，没有任何一个是占主导地位的，但是所有片段彼此呼应。关于这一叙事原则，昆德拉在《小说的艺术》中有所注释：“我想起我写完《笑忘录》第三部的那一天。那一部分的题目叫《天使们》。我承认当时我十分自豪，坚信自己发现了一种建构叙述的新方法。”

磨坊主，你睡了吗？

小说艺术的发展有时正如厨艺一般，完全是出于偶然。昆德拉不想再写了，但是，因为在法国构思的第一部小说，因为这本原来“不带任何激情”的书，他发现了新的小说配方。就像塔廷姐妹无意间翻转了她们的苹果挞[①]。

如果米兰只是简单地听任自己跟着感觉走，如果薇拉没有把打字机偷偷藏在他们的行李中，如果克洛德·伽里玛不是私下里一而再、再而三地敦促他的作者，那又会怎么样呢？

让·科[②]在他的《回忆草录》中，将加斯东·伽里玛——克洛德的父亲——比作磨坊主。“我想象着他脚着木履，穿着宽大的罩衫，静静地看着磨盘转动。但他是一个富有的磨坊主。人们给他送去谷子。在白色的封面之下，谷物成了上好的面包，多亏了磨坊主加斯东，才有了一张张的书－饼。”[③]

伽里玛父子都是磨坊主。克洛德的眼光也很准。他知道布里克磨坊一定能够产出无与伦比的好面粉，之后马上就能产出好书，《不朽》，还有在此之前的《不能承受的生命之轻》。

① 传闻两姐妹在准备作为饭后甜点的苹果挞时，不慎将未铺放面团的苹果馅直接放进烤箱烘烤，后来只好把面团倒放在苹果馅上，待面团呈现金黄色泽时再将苹果挞翻正。成品意外地广受好评，成了饭店的招牌菜。

② Jean Cau（1925—1993），法国作家、记者。

③ 让·科，《回忆草录》，巴黎：圆桌出版社，2018 年。——原注

力脱思特

然而还是让我们回到布列塔尼吧。假期即将结束。很快又要开学了。再见，磨坊，回到现实，回到雷恩。在法国生活的初期，昆德拉夫妇对一切都感到好奇。一切都让他们着迷，让他们觉得甚为有趣。冗长的用餐，几十种不同的芥末，还有当薇拉用罂粟籽烹调食物时到访的客人目瞪口呆的表情，他们觉得这些食物和吗啡或者鸦片有了某种联系。

但是，渐渐地，产生了一种距离。他们就好像是在天狼星上发现了这个法国的外省地区。米兰以温柔的眼光看待它，但对它的弱点和可笑的地方，米兰也都看得一清二楚。在大学里，他的同事们觉得他很难被逗笑。和往常一样，他话不多，但并不因此少了思考。

在大学之外的地方，他经常会被问到："昆德拉先生，您是从哪里来的？捷克斯洛伐克吗？啊，铁托……"再不就是斩钉截铁地对他说，卡夫卡是用捷克语写作的。

至于文学圈子，在他看来似乎没有什么意义。《笑忘录》中曾经描写过引人发笑的文学节目。昆德拉在书里嘲弄了一个非常自

得的作家，后者激动地在节目里点评自己的“作品”。

电视上，作家在说：

“这非常重要。非常重要。我在书里解释了。”

“什么东西非常重要?”皮皮问。

“他在胡胡村度过了童年。”塔米娜解释道。

在胡胡村度过童年的那个家伙有个大鼻子，像个秤砣一样挂在脸上，让他的脑袋不断下坠，给人感觉它要从电视里掉出来，落到居室的地上。被大鼻子重压着的脸说起话来非常激动：

“我在书里解释了。我的所有作品都与胡胡这个小村庄有关，不明白这一点就不能理解我的作品。毕竟我是在那里写的第一首诗。是的，在我看来，这非常重要。”

与此同时，所有人都不在乎他说了什么，一个叫朱朱的姑娘正在谈论她的性高潮，作家接着说下去，越来越激动。

“不要忘记……我第一次骑自行车是在胡胡村。是的，我在书中详细地讲了这个。大家都知道自行车在我的作品里意味着什么。它是个象征。对我来说，自行车是人类从家长制世界走向文明世界的第一步。是与文明的第一次调情。是处女在初吻前的第一次调情。仍旧是处女之身，已然是春心萌动了。”

用半页纸的篇幅，一个世界便被勾勒出来。昆德拉当然是在戏谑，但是我们能够感受到其中蕴含着某种失望。这就是法国当代文学吗？后来，他经常和我谈起他的疑惑。对于圣日耳曼德普雷①，对于“文学圈子”，尤其是对于评论家们的疑惑。“你认为真正的文学批评还存在吗？”回答已然包含在问题之中。

重读《笑忘录》的这一页时，我想到了兰波。当他决定逃到亚丁时，对于巴黎的文学圈子，诗人发出了这句著名的感叹：“别再提这些鸟人了！”

这些可笑的鸟人……

① Saint-Germain-des-Prés，位于巴黎第六区，在第二次世界大战之后成为巴黎文学艺术界的中心。

可笑的鸟人

米兰很喜欢画这类可笑的鸟人。在布列塔尼，他比以往任何时候都喜欢画画，为了让自己开心，让薇拉开心。但也是因为在安顿下来以后，他觉得雷恩公寓的墙壁光秃秃的，令人沮丧。

1977年，米兰和薇拉在雷恩的第一所公寓。他们俩头上是“朋友墙”，挂满了他们留在身后前尘往事里的朋友的照片

在这张照片上，我们能辨认出米兰身后的那幅画。

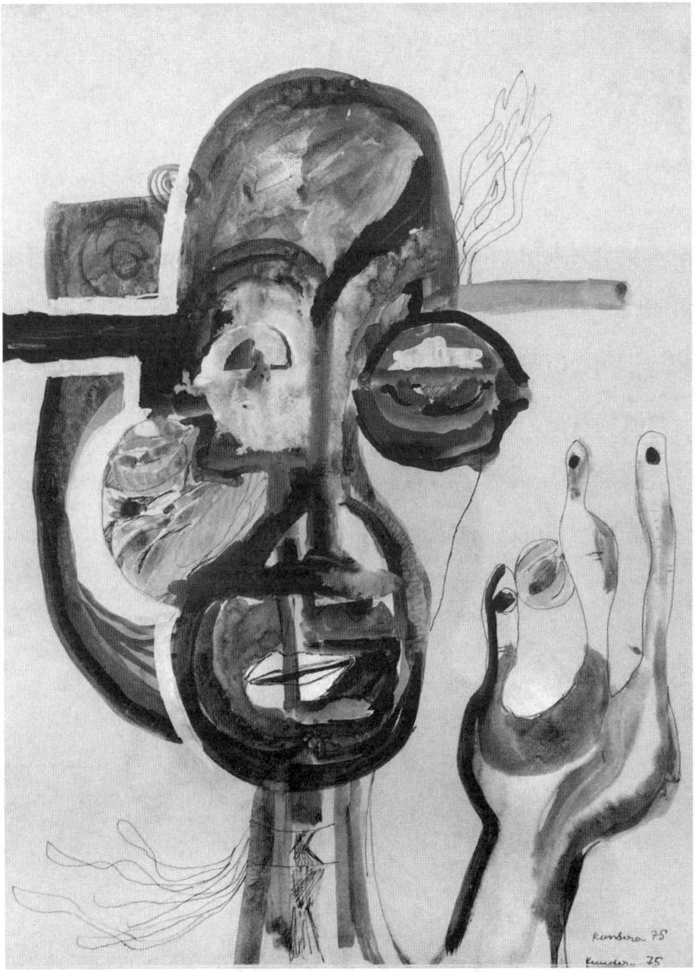

拇指和食指之间的眼睛

拇指和食指之间的眼睛

一个男人挖出一只眼睛。为的是能够亲眼——真正用他自己的眼睛——看到他平素从来看不到的东西，也就是说他自己。他用拇指和食指坚定地握住眼球。是谁在看谁？是哪只眼睛通过另一只眼睛看见了自己？

这是米兰·昆德拉的画中经常出现的主题。也许是对整个文学的隐喻：将自己的眼睛放置在一定距离之外。微笑。

在雷恩，给薇拉画的第一幅画

幽默："一道神圣的闪光，它在它的道德含糊之中揭示了世界，它在它无法评判他人的无能中揭示了人。"①

① 参见米兰·昆德拉《被背叛的遗嘱》。

“就好像喜剧是一个独立的领地”

在捷克导演扬·什万克马耶尔[①]拍摄的一部超现实主义影片《公寓》（一九三四年）中，一个男人绝望地试图在镜子中看到自己，但是他只能看到自己的后背或者侧影：不可能看到自己的正面。这是在伦敦，“逾越边界的超现实主义”展览上（泰特现代美术馆，二〇二二年），很容易让人想起卡夫卡《审判》的开头。我身边有个小男孩，笑得前仰后合。昆德拉总是对我说，在法国，人们并不真正地理解卡夫卡或者尤内斯库。因为我们不理解喜剧如何深深嵌在悲剧之中，而且喜剧的存在进一步加深了悲剧的色彩。

“在这里，我们生活在一种二元之中，一边是喜剧，一边是悲剧。就好像喜剧是一个独立的领地。”但实际上，“它和我们如影随形”。

薇拉和米兰在雷恩的公寓里

① Jan Švankmajer（1934— ），捷克导演。

影子与重荷

“我觉得喜剧远比悲剧可怕。悲剧还保留了某种对于崇高的幻象。或是高贵。如果一个人在生命行将结束之际说‘我的生活真是一出悲剧’，这是一种令人满意的认定，而如果您说‘我的生活着实荒谬可笑’，这意味着可悲。悲剧并不可悲，喜剧是可悲的。

“我们可以来看卡夫卡的例子，他一直被视作一个严肃的作家，可这是错误的。当卡夫卡第一次把《审判》的手稿念给朋友们听的时候，所有人都笑了。卡夫卡险些念不下去，因为笑得眼泪都出来了。他们都认为这是喜剧。然而是一出无法削弱悲剧性的喜剧，不可能用玩笑抹去悲剧的沉重。相反，卡夫卡的喜剧使得这个故事变得尤为恐怖。这个故事之所以恐怖，是因为这就是一出喜剧，而不是虽然它具有喜剧性，却仍然恐怖。

“我觉得喜剧始终陪伴着我们，如同我们的影子，或是如同我们背负的重荷，如影随形。甚至此刻，它就在我们身边，薇薇安，我觉得，在某种程度上（他指了指窗外，一个隐藏的观察者），我们现在就特别可笑。”[1]

---

[1] 昆德拉与薇薇安·弗雷斯特的访谈，1976 年 11 月 9 日，法国国立视听研究院。——原注

昆德拉和超现实主义

与伊日·赫尼立察的一次对话。这位捷克文化中心的负责人始终强调，直到一九六八年之前，超现实主义在布拉格和布尔诺都占有非常重要的位置，而这一点却并不为西方所知。“几乎鲜有人提及，”他说，“但是超现实主义对昆德拉影响深远。未必是在文学上（尽管在他的小说中，梦与无意识也占相当的比重），而是在他的绘画上。”在伦敦[①]，我的确感到非常震惊。罗马尼亚画家维克多·布劳纳[②]，尤其是古巴画家林飞龙——他是昆德拉的朋友——的画作细节就像是从昆德拉想象的风景中提取出来的。扭曲的人物，像口香糖一样拉伸，无穷延伸的手臂，一只眼睛悬于上方，在泪水间注视与笑。

---

① “逾越边界的超现实主义”展览，泰特现代美术馆，2022年。——原注

② Victor Brauner（1903—1966），罗马尼亚雕塑家、超现实主义画家。

超现实主义对昆德拉影响深远……

巴巴罗萨行动 *

一九七七年，捷克斯洛伐克的局势处于动荡之中。两百名反对“正常化”运动的持不同政见知识分子刚刚签署了《七七宪章》。剧作家、散文家瓦茨拉夫·哈维尔——一九八九年柏林墙倒塌之后，未来的捷克斯洛伐克联邦共和国总统——就是其中之一。请愿者抗议古斯塔夫·胡萨克领导下的政府的镇压态度。他们想要的是言论自由和恢复公民权利。

还需要二十年的时间才能够获得这一切。

然而，在雷恩，人们仍然展现出想象力，计划把昆德拉的手稿带出捷克斯洛伐克。吉勒·杜阿梅尔参与精心策划的“巴巴罗萨行动”即为一例，吉勒是柯莱特的儿子，当时还是一名见习医生。

吉勒告诉我，他已经做好了准备，同两位女性朋友——穆拉家的两姐妹劳拉和蕾拉一起旅行，两姐妹学俄语，曾经计划过开车到莫斯科去。

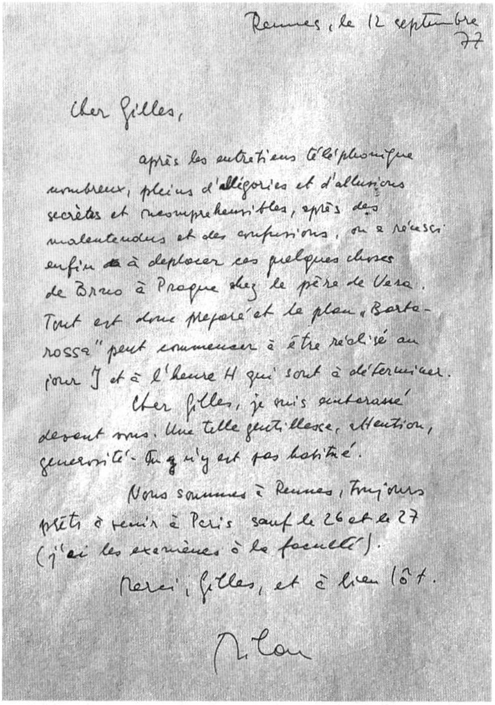

Rennes, le 12 septembre 77

Cher Gilles,

après les entretiens téléphonique nombreux, pleins d'allégories et d'allusions secrètes et incompréhensibles, après des malentendus et des confusions, on a réussi enfin à déplacer ces quelques choses de Brno à Prague chez le père de Vera. Tout est donc préparé et le plan „Barbarossa" peut commencer à être réalisé au jour J et à l'heure H qui sont à déterminer.

Cher Gilles, je suis embarassé devant vous. Une telle gentillesse, attention, générosité - on n'y est pas habitué.

Nous sommes à Rennes, toujours prêts à venir à Paris sauf le 26 et le 27 (j'ai les examens à la faculté).

Merci, Gilles, et à bien tôt.

Milan

1977 年 9 月 12 日，米兰·昆德拉写给吉勒·杜阿梅尔的信

“我想过趁这个机会把手稿带回来。结果，我没去成。我的父亲（雅克·杜阿梅尔，前文化部长）在这一年去世了。住院实习迫在眉睫……世界的相遇究竟取决于什么呢……但是这封信显示出米兰·昆德拉在那个时候仍然处于十分微妙的境地，需要秘密行

* 1941 年 6 月纳粹德国在二战期间发起侵苏行动的代号。

事。尽管他当时已经在雷恩，但仍在重压之下。”

这是真的，即使在法国，米兰·昆德拉也受到监视。通过雷恩大学的两个外教，秘密警察想办法对他实施了监控。警察想要知道，在表面的教学活动背后，他是不是仍然投身于政治，是否在诋毁自己的国家，或者对捷克斯洛伐克政权进行批评。在布拉格，秘密警察甚至玩起了“相当肮脏的游戏”，传唤了仍然和他保持联系的所有人。“为了吓唬他们，警察说昆德拉与帝国主义代言人一起实施间谍活动，”捷克历史学家彼得·齐德克解释道，这也是一种恫吓昆德拉的办法，“如果他敢回去，便有可能因为这个虚假的罪名受到审判。”①

吉勒·杜阿梅尔说：“这样一个计划太过天真。对于我们来说，这是一个浪漫的举动。但是这种冒险的激情也暴露了我们对东方世界的无知。这种无知至今仍然存在，损害了欧洲的统一，但是昆德拉在日后为减少这样的无知做出了巨大的贡献。同样，在当时，我以为一方是无忧无虑的，而另一方则是沉浸在悲剧之中，我们西方人是站在‘真相’的一方。读了米兰·昆德拉，我才发现，这并不是他的想法。他的作品就像是为我打开了另一扇窗，让我看到了不一样的天空。”②

---

① 参见阿丽亚娜·舍曼，《寻找米兰·昆德拉》，上海译文出版社，2022年。
② 吉勒·杜阿梅尔访谈，2021年2月。——原注

“我觉得自己是属于中欧的”

“我在捷克斯洛伐克的时候，觉得自己是非常世界化的。相反，在法国的时候，我觉得自己不是捷克斯洛伐克人，而是中欧人，Mitteleuropäisch 。我感到非常恼火，因为我们生活在一个充满偏见的世界，我们受到偏见的迫害，我们不得不奋起反抗这些愚蠢的偏见。其中的一个偏见，就是关于东欧的概念。我讨厌这个概念。当然，从政治的角度而言，这一概念在一九四五年之后获得了意义。但是从文化的角度来说，它毫无内涵可言。我不认为莫扎特和贝多芬是东欧作曲家，同样也不认为卡夫卡是东欧作家。他们都是中欧的创造者。也就是说，他们都是一种非常特别的传统的继承者，整个欧洲的音乐都诞生于这个传统，从维也纳古典主义到勋伯格乐派，再到巴托克，一代伟大的作家也诞生于这个传统，也许是欧洲最伟大的一代作家，弗兰茨·卡夫卡这一代。最后，我不喜欢东欧这个概念还有一个原因：这是一种政治上的两分法，将政治诠释强加于我的作品之上。然而，这些将我的作品当作政治材料来读、认为它们只有政治意义的人，他们都是我个人的敌人。”[1]

① 昆德拉与薇薇安·弗雷斯特的访谈，1976 年 11 月 19 日，法国国立视听研究院。——原注

有组织的遗忘

一九四八年二月，共产党领导人克莱门特·哥特瓦尔德站在布拉格一座巴洛克式宫殿的阳台上，向聚集在老城广场上的数十万公民发表演说……

哥特瓦尔德的同志们簇拥在他周围，紧靠在他身边站着的就是克莱门蒂斯。正下着雪，天气很冷，哥特瓦尔德头上什么也没戴。克莱门蒂斯关怀备至地摘下自己的皮帽，把它戴在哥特瓦尔德的头上。

宣传部门复制了成千上万份哥特瓦尔德站在阳台上向人民发表演说的照片，照片上的他戴着皮帽，周围是他的同志们。共产主义波希米亚的历史就是从这座阳台上开始的。每个孩子都知道这张照片，因为到处都可以看到，在宣传画上，在课本中，或在博物馆里。

四年以后，克莱门蒂斯因叛国罪被处以绞刑。宣传部门立即让他从历史上消失，并且自然也从所有的照片上消失了。从此以后，哥特瓦尔德就一个人站在阳台上。从前站着克莱门蒂斯的地方，现在只剩下宫殿的一堵空墙。

与克莱门蒂斯有关的，只剩下哥特瓦尔德头上的那一顶皮帽。

——《笑忘录》

回归的不可能

《笑忘录》正是从这段著名的关于“克莱门蒂斯的皮帽”的插曲开始的，在让·达尼埃尔[①]的建议下，书出版之前就已经在《新观察家》杂志上刊登了好几页的内容。在书中稍后一点的地方，尽管深知自己这样说不无危险，昆德拉还是坚持道：“人与政权的斗争，就是记忆与遗忘的斗争。”

捷克斯洛伐克方面愤怒至极，未曾料到的反应：昆德拉被开除国籍。离开时，当局信誓旦旦地保证他随时都可以回去！现在他成了一个没有护照、没有国籍的人，被禁止回到他的祖国。

根本无法联系他的同胞，这会让他们陷入危险之中。甚至在母亲米拉达下葬的时候也没有办法回去，几年后，母亲一个人孤零零地死去，儿子不在身边。

对于米兰来说，一九七九年，也是他与雷恩大学的合同到期的年份。

怎么办呢？昆德拉将目光转向巴黎。正巧，有人建议米兰在社会科学高等研究学院开设讲座课。夫妻俩开着他们的小轿车上了路。他们先是在里特雷街十号安顿下来，从此开启了新生活的篇章。

米兰·昆德拉为《笑忘录》所作的画

这些篇章中不乏大事件。世界范围内的文学声誉，新的国籍，柏林墙的倒塌，写作语言的变化……一个新的世界渐渐形成，或许，甚至连薇拉的吊坠都能对这一系列颠覆性的事件有所预料。

① Jean Daniel（1920—2020），法国作家、记者。

2022年8月，纽约州

这一年的八月十二日，萨尔曼·拉什迪被一个二十四岁的狂热什叶派极端主义者刺了十刀。年轻的马塔尔（这是一个命中注定的名字，在西班牙语中的含义是“杀戮”）发誓要执行三十年前，也就是一九八九年，领袖霍梅尼颁布的教令。

当年，昆德拉立刻加入了捍卫拉什迪和言论自由的国际委员会。这个委员会里有二十世纪最伟大的文学人物，例如塞缪尔·贝克特、索尔·贝娄、娜塔利娅·金兹伯格、格雷厄姆·格林、多丽丝·莱辛、苏珊·桑塔格。

拉什迪也始终要求被当作一个小说家，而不是其他什么人来看待。两个人在这一点上颇为相像。拉什迪在《真理之言》中写道：“文学以矛盾为乐，在我们的小说和诗歌中，我们歌颂人性的复杂，歌颂既是亦非、既是这个又是那个的可能，这一复杂性从未如此重要。”

在《被背叛的遗嘱》中，昆德拉也有类似的对话：“昆德拉先生，您是共产主义者吗？”“不，我是小说家。”“您是持不同政见者吗？”“不，我是小说家。”“您是左翼还是右翼？”“不是左翼也不是右翼，我是小说家。”

拉什迪说：“我们被要求给予自己越来越狭隘的定义，将我们多维的个性压缩在单一的身份之中，国家的、民族的、氏族的，或是宗教的。我在想，这也许就是我们这个时代所有恶的起源。因为一旦我们服从于这种简约……就很容易把别人看作敌人。”[①]

米兰·昆德拉对这个日渐狭隘的世界了然于胸，他比所有人都更早地看见了它的面貌。从二十世纪八十年代开始，他就已经对此有所警惕。他认为解药是存在的，这解药也是认识人类的重要工具：他称之为“文学”。“畅饮吧，品尝吧，听凭它行动吧，”他笼统地说，“感受‘小说的智慧’在您身上沉淀下来。”

另一位伟大的中欧作家，克劳迪奥·马格里斯[②]在这方面也有丰富的见解：“民主与艺术和创作的灵感有共通之处：都是一种能将自身代入他人，比如说代入安娜·卡列尼娜的能力。”[③]

我想要说的是“真正的安娜·卡列尼娜”，而不是昆德拉的译者卡列尼娜。但是突然间，我也不知道哪一个更加“真实”。

---

① 萨尔曼·拉什迪，《真理之言》，阿尔勒出版社，2022 年。——原注

② Claudio Magris（1939— ），意大利作家，对德国、中欧、意大利文化有颇多重要著述。

③ 克劳迪奥·马格里斯、马里奥·巴尔加斯·略萨，《对话录：文学是我的复仇》，巴黎：伽里玛出版社，2021 年。——原注

2021年夏，图书借阅证

我又找到了我在摩拉维亚图书馆的借阅证，上面写着：布尔诺摩拉维亚图书馆。

我把借阅证塞进钱包。我怕是不会天天都用到它。但并不是所有人都会随身携带一张摩拉维亚图书馆的借阅证。借阅证的号码是：00459568440999。

与世界的日渐狭隘作斗争

在二〇一一年我们为《世界报》设计的作品访谈中，我问了米兰·昆德拉一个很简单的问题："做一个小说家，对您来说意味着什么？"

他的回答如下：

> 这也是一种态度，一种睿智，一种立场；一种排除了任何同化于某种政治、某种宗教、某种意识形态、某种伦理道德、某个集体的立场；一种有意识的、固执的、狂怒的不同化，不是作为逃逸或被动，而是作为抵抗、反叛、挑战。①

昆德拉的所有作品都在告诫我们，一定要警惕拉什迪所提到的这种世界日渐狭隘的后果，尽管想要扭转这种趋势异常艰难。在将近五十年的时间里，他一直在敲打西方世界："这有可能发生，就在进程之中。"

来到法国后不久，他很快便把握住法国乃至整个西方的时代精神，他把握时代精神的方式令我惊叹不已，他日后渐渐发展出来的这种方式。这是异乡人特有的敏锐吗？中欧人特有的敏锐？是他从眼眶里挖出的一只眼睛吗？是他用拇指和食指握住，随身携带的那个眼球吗？

“是的，他和拉什迪彼此欣赏和喜爱，”薇拉肯定道，“我对于拉什迪最后的记忆是，我们仨在穹顶咖啡馆吃饭，米兰、萨尔曼和我。旁边一桌是他的三个保镖，咖啡馆门口还站着两个。”

“你们谈到了‘那个’吗？”

“什么？”

“恐惧，在持续的威胁之下生活。那种天知道什么样的天堂梦想所孕育的地狱。或者狂热所带来的死亡和毁灭？”

“当然没有。我们笑了一通。对于糟糕的局势没提一个字。纯粹是朋友间的午餐。三个大快朵颐的老伙伴……最后，把他推入警局的车子里时我们还在笑。我们还说，很快就会再见的……在别的地方……那是哪一年？一九八九年？一九九〇年？该死，以前我记笔记的，什么都记，每天发生的事情……瞧，这就是销毁一切的结果……”

① 参见米兰·昆德拉《被背叛的遗嘱》。

2022 年，“在小说这个相对性的世界里，没有仇恨的位置”

昆德拉经常提醒我们注意，为了让我们“了解拉什迪追杀令的原因”——虽然当时拉什迪的小说尚未在法国出版——记者是如何呈现拉什迪的作品片段的。“再正常不过的做法，”他补充说，“然而对于一部小说来说是致命的。由于只是通过被指责的那些段落来介绍，所以从一开始，他们就把一部艺术作品变成了简单的罪证。”换句话说，媒体自认为是在为拉什迪辩护，事实上却导致了诉讼的失败。他们忘了小说并不是审判之地，而是一具能够听见、看见、怀疑、想象、自我矛盾的活生生的身体，它要求读者也做同样的事情。简而言之，这是一部感受和思考的机器，而不是仇恨的机器。“在小说这个相对性的世界里，没有仇恨的位置。”米兰·昆德拉说。正因为这样，让文学，尤其是小说继续存在尤为重要。

1980年，反对“人类确定性的愚蠢噪音”

与菲利普·罗斯的合影

有关小说艺术的概念，米兰·昆德拉在日后，也就是一九八〇年代，做出了更加精确的阐述。美国作家菲利普·罗斯是第一个给了他这个机会的人。昆德拉和罗斯彼此熟识。他们在布拉格见过面，当时罗斯正好主持一个东欧作家的作品系列。后来，他们又在伦敦见过面，再后来则是在罗斯纽约州的家中，他们成了朋友。因为自从第一次见面，他们就在同一个波段上，在幽默、反讽、怀疑和小说作为悬置道德评价之地的问题上看法一致。多亏了薇拉，“一会儿将脑袋转向左边，一会儿将脑袋转向右边”进行翻译，他们俩充分交流。于是在一九八〇年，在读了《笑忘录》的英文译稿后，罗斯和昆德拉进行了一次长谈，收录在他那本引人入胜的访谈录《行话：一个作家和他的同行及其作品》中。

康涅狄格州，1980 年代，与维罗妮卡·金恩和菲利普·罗斯的合影

昆德拉的小说是怎么写的？小说的“作用”是什么呢？瞧，以下是本人的回答：“小说是一篇综合性的长散文，建立在虚构人物的游戏之上。这些是唯一的限制。使用‘综合性’这个词，我心里想的是小说家希望从所有方面掌握他的题材，做到最大限度的完整。反讽随笔、小说的叙述、自传的片段、历史事实、异想天开——小说的综合力量就是能够把每一种都联合起来，形成一

个统一的整体，就如复调音乐中的声音一样。”①

与菲利普·罗斯的合影

在别的地方，昆德拉使用“元小说”这个词，指代调用所有的文学体裁来生成自己的作品。简单来说，正是这些彼此对立、互相阐释、彼此补充或者互相矛盾的声音构成了“狭隘”的——同时也是极权的——世界的反面，在后一个世界里，只有一种声

① 译文引自蒋道超译《行话：一个作家和他的同行及其作品》，上海译文出版社，2020年。

音是得到许可、统领一切、能够被听见的。但是多重的声音也正是内心安宁的源泉：这就是“不确定性的智慧”。

因为“人们的愚蠢在于为一切都提供一个答案，小说的智慧在于对一切都提出一个问题。当堂吉诃德来到外面的世界的时候，那个世界在他眼前成了一个谜。那是第一部欧洲小说给以后整个小说历史留下的遗产。小说家教育读者把世界当成一个问题来看。这种态度中包含着智慧和宽容。在一个建立于极度神圣的肯定之上的世界里，小说就无法存在。专制主义的世界，无论是建立在什么主义之上，都是一个答案的世界，而不是问题的世界。在这个世界里，小说没有地位。不管怎么说，在我看来，似乎当今全世界的人都喜欢判断而不喜欢理解，喜欢回答而不喜欢提问，结果小说的声音被人类吵闹的、愚蠢的肯定声音所淹没”①。

---

① 出处同前页。

1984年，“基于荒诞，我们可以造就轻、有趣和美”

《笑忘录》是昆德拉在故乡之外写的第一本书。这部作品取得了巨大的成功，尤其是在美国。但是倘若与接下来的一本——《不能承受的生命之轻》——相比，先前的成功似乎完全不值一提。《不能承受的生命之轻》是一九八〇年开始写的，一九八四年在伽里玛出版社出版，用弗朗索瓦·里卡尔在七星文库版《米兰·昆德拉文集》中的话来说，“如潮水一般席卷了整个西方文学世界”。

书名非比寻常，抽象而耐人寻味。出版商觉得这个书名晦涩不明，令人望而生畏。昆德拉努力争取，最终保留下来。但是大家未曾想到，很快，这个书名便被大肆复制、抄袭、加上各种修饰语，无论是报纸文章的标题还是宣传的广告。

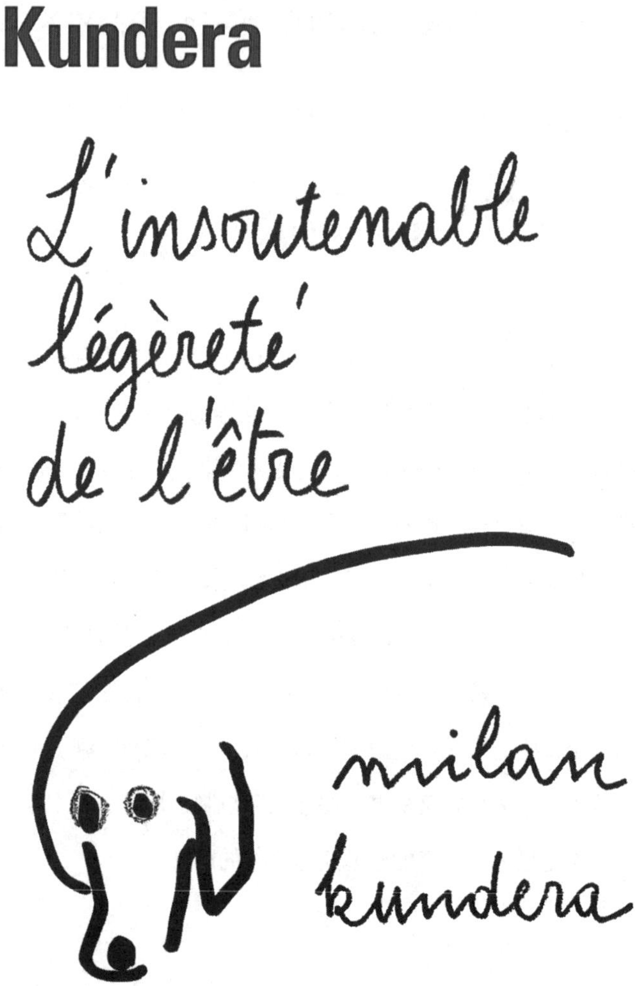

米兰·昆德拉为《不能承受的生命之轻》所作的画

从形式的角度，《不能承受的生命之轻》代表了“昆德拉小说技巧”的至臻完美。小说中有大段的哲学意义的离题（自尼采关于永恒轮回的思考始），纯粹叙事的碎片，以及米兰时不时介入故事情节的思考……所有这一切拼接在一起，形成了一件令人印象深刻的彩色小丑外衣，说这本书影响了世界各地整整一代青年作家并不为过，他们都像亚当·瑟尔维尔[①]一样，立刻想：“是啊，这是可能的！可以这样写！”

米兰·昆德拉在花神咖啡馆前

① Adam Thirlwell（1978— ），英国作家。

“华丽的怀疑主义，既不排除欢乐，也不排除温情”

翻找《世界报》的档案时，我又一次看到了贝特朗·普瓦罗-德尔佩奇的文章，这位专栏作家在一九八四年一月二十七日的文学增刊中对这部长达三百九十八页、售价八十五法郎的作品进行了评论。贝蕾妮丝·克利夫则画了一幅昆德拉的画像，画像上的他有一只鹰眼。为了向狄德罗致敬，那幅画被命名为《宿命论者米兰》。突然之间，这泛黄的报纸和它特有的小号专用字体把我带回了另一个时代。法尔吉耶尔街，在我所在的部门，大家经常会说：“瞧，普瓦罗来了！”我们的这位专栏作者有一双蓝眼睛、一口坚硬的牙齿，他从摩托车上下来，手上拿着头盔，带着一大堆逸闻趣事，一件比一件有趣。这一天，普瓦罗是这样写的：“既然我们的生命只有一次，我们对个体的、集体的命运又能说些什么呢，任何行动准则的道德性和有效性都无法得到验证（Einmal ist keinmal，一次就是从来没有）？这是这本书面对所有意识形态的失败提出的核心问题。在一个既无法回头也没有法则的世界里……生命就只是还未能成画的草图。在存在随心所欲的数据前，为什么还要执着于重呢？为什么不追随巴门尼德，像他一样，认为轻远比重要积极呢?”

他继续写道：“赋予我们生命以意义的从来都是未知。我们能做的，最多就是用巧合或者美的魔力来装扮决定我们的偶然。昆德拉的教益可以简述为：基于荒诞，我们可以造就轻、有趣和美!”

他的结论是:“在二十世纪末，让人们对于人类和历史的信仰遭受大清洗的时代，从今往后我们必须重视昆德拉华丽的怀疑主义，它既不排除欢乐，也不排除温情。”①

---

① 贝特朗·普瓦罗-德尔佩奇，《〈不能承受的生命之轻〉：美妙的宿命论》，《世界报》，1984年1月27日。——原注

罗斯、尤内斯库、富恩特斯和其他人

1981 年 7 月，与让 - 皮埃尔·费伊 ① 一起走出爱丽舍宫

米兰·昆德拉总是充满了欢乐和温情，尤其是对待朋友的时候。因为如果说他讨厌社交活动，那么他更看重浇灌友谊，真正的友谊，慷慨无比，忠实有加。

和让·达尼埃尔一起。薇拉说："瞧这两只好斗的公鸡，两个人都觉得自己有理。让总是有点自以为是，米兰不完全是这样。"

"男人之间不会互相倾诉心事和隐私，但是可以用这样或者那样自嘲的方式，向朋友展现自我。自嘲是一种羞耻心的表现。友谊是一种无条件的共情，是一种对团结一致的承诺，是一种想要尝试一切、找到可以配得上复杂行为的解释的意愿。某些人的友谊可以保护我，不受来自大多数人的敌意的伤害。"②

类似的话，我们在米兰笔下也能够读到。他的第一个社交圈里有来自各个国家的作家，有美国的菲利普·罗斯，有墨西哥驻法国大使卡洛斯·富恩特斯——他们有时会"聊一点政治，大多

---

① Jean-Pierre Faye（1925— ），法国小说家、哲学家。

② 乔治·基耶日曼、薇妮莎·施耐德，《一个寻求被爱的男人》，巴黎：格拉塞出版社，2021年。——原注

聊的是小说”，还有电影人米洛斯·福尔曼。在巴黎，他再次见到了塞尔维亚作家丹尼洛·契斯[①]——《死亡百科全书》的作者，还有哲学家和散文家阿兰·芬基尔克劳，作家伯努瓦·迪特尔特，作家、批评家马克·富马罗利[②]，作家、散文家和意大利文化学者多米尼克·费尔南德斯（多亏了他，昆德拉才得到了雷恩大学的第一个教席），希腊裔哲学家科内利乌斯·卡斯托里亚迪斯[③]，作家拉基斯·普罗吉迪斯[④]等等。更不要忘了还有忠实的朋友克洛德·罗伊、记者让·达尼埃尔、历史学家皮埃尔·诺拉和其他人。

和卡洛斯·富恩特斯及其妻子西尔维娅·莱慕斯在一起

---

① Danilo Kiš（1935—1989），南斯拉夫犹太裔作家。
② Marc Fumaroli（1932—2020），法国批评家、作家。
③ Cornelius Castoriadis（1922—1997），法国作家，著名左翼思想人物。
④ Lakis Proguidis（1947— ），法国作家，出生于希腊。

在《相遇》中，我们能够读到关于友谊的美妙片段，真正的友谊与信仰无关：

> 必须非常成熟才能理解，我们所捍卫的主张只是我们比较喜欢的假设，它必然是不完美的，多半是过渡性的，只有非常狭隘的人才会把它当成某种确信之事或真理。对某个朋友的忠诚和对某种信念的幼稚忠诚相反，前者是一种美德，或许是唯一的、最后的美德。

和欧仁·尤内斯库在一起。薇拉说："尤内斯库住在蒙帕纳斯附近，和我们家距离不远。有时，我会在街头遇到他，看到他步履踉跄，醉意蹒跚。于是，我便挽起他的胳膊，对他说：'来吧，欧仁，我们回家。罗迪卡在等我们呢。'"

我想象这位曾经充满热情的年轻共产主义者所穿越的道路。

我乐于想见，在成熟的年龄，他把人的价值置于一切价值之上。

我也经常想起那句关于我们所有人都有的“伪信念”的话。我把这句话用在自己的身上：我对当下的看法真的和我“偏好的假设”有什么不同吗？

1968年，“《玩笑》的译者让我的小说变得狭隘了”

在这些年里，究竟发生了什么，让米兰·昆德拉花了那么多时间把精力投入在将他的小说翻译或者重译成法语？

一个周日的下午，我和阿兰·芬基尔克劳在米兰·昆德拉家中相遇，是他给了我关键的提示。他与米兰对谈的时候，暗示他的写作风格在《玩笑》的“花哨”之后，有了改变。

“花哨？”昆德拉没有能够理解。他的风格并没有发生变化，原则上都是简洁的。于是他仔细读了译文，这才意识到翻译的损害有多大：“译者几乎重写了小说！”“蓝天”成了“雪青色的天空”，“十月在天空里铺排开它的旗帜”。一切都被“美化”了，到处都是比喻，完全违背了昆德拉的精神！

直到弗朗索瓦·赫希，别名弗朗索瓦·凯雷尔，成为他的“御用”翻译——从《好笑的爱》一直到昆德拉自己用法语写作——之后，我们才能在法语中读到“真正的昆德拉”。作家和他的译者孜孜不倦地重建了大师的风格：清澈的文风，深刻而准确，如同刀刃一般锋利。

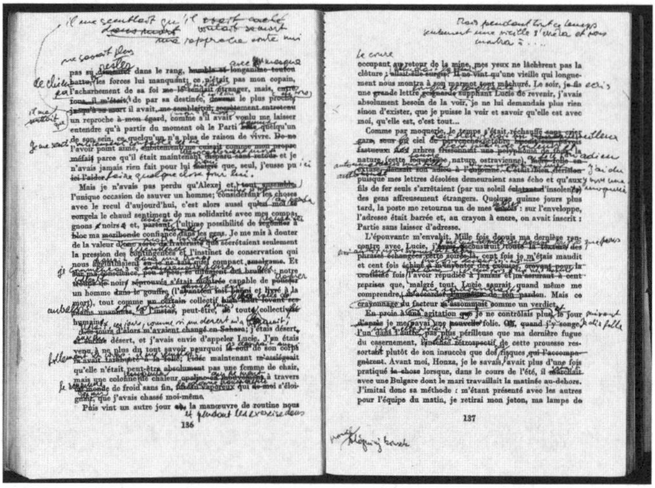

《玩笑》第一版法译本的第 136 至 137 页上昆德拉所做的修改

在这本书的写作过程中，弗朗索瓦·赫希去世了。我因为想要写有关他的悼念文章，追寻了他一生的足迹，了解到一九四二年，他曾经在卢瓦尔河谷的利尼翁河畔尚邦避难，而这个地方被称为“义人村”，因为特罗克梅神父[①]和他亲人一起拯救了那么多犹太人的生命。尽管弗朗索瓦·赫希曾在勒皮被盖世太保抓捕，但是他奇迹般地获释，死里逃生。后来他加入了共产党，一直到二十世纪六十年代初都是忠诚的共产党员。与路易·阿拉贡和艾尔莎·

① André Trocmé（1901—1971），新教神父。二战期间与妻子一起在其任职教区利尼翁河畔尚邦保护了许多犹太人的生命，后被以色列授予国际义人奖，利尼翁河畔尚邦因此也成为“义人村”。

特里奥莱缔结了深厚的友谊。他与昆德拉之间是百分百的信任与相知。一个令人感动的细节：在他去世前不久，在九十五岁的高龄，他还孜孜不倦地完成了奈兹瓦尔一部诗集的翻译，那是昆德拉最喜爱的诗人。

“只有经过作者审校的译本才具有和捷克语原文同等的价值”

《玩笑》第一个灾难性的译本让昆德拉伤得不轻，因而他决定对所有的法译本进行逐字校订。昆德拉一丝不苟，甚至几近着魔，最终是他为自己作品的法译本盖上了合格章。他用来盖章的这句话众所周知：只有经过作者审校的译本才具有和捷克语原文同等的价值。

事实上，昆德拉的作品从来都没有真正定稿。他的作品继续存在、变化，甚至变形。就像博纳尔[①]一样，据说他经常在逛博物馆的时候，口袋里揣着一支画笔，在自己的画作上东添一笔，西改一下，而昆德拉也总是会修改他的语句，使表达更为简洁。一个写作上的西西弗，对于他来说，“结束”这个词从来没有真正存在过。

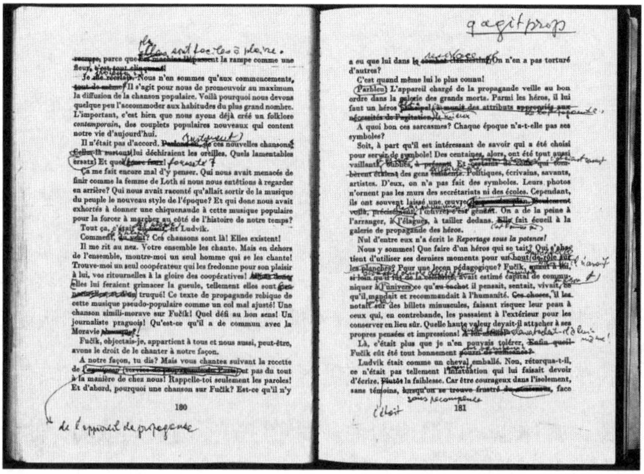
[illegible], parce que [illegible] la rampe comme une fleur, [illegible]!

Je [illegible]. Nous n'en sommes qu'aux commencements, [illegible] Il s'agit pour nous de promouvoir au maximum la diffusion de la chanson populaire. Voilà pourquoi nous devons quelque peu l'accommoder aux habitudes du plus grand nombre. L'important, c'est bien que nous ayons déjà *créé un folklore contemporain*, des couplets populaires nouveaux qui content notre vie d'aujourd'hui.

Il n'était pas d'accord. [illegible] ces nouvelles chansons [illegible] lui déchiraient les oreilles. Quels lamentables ersatz! Et quel [illegible]!

Ça me fait encore mal d'y penser. Qui nous avait menacés de finir comme la femme de Loth si nous nous entêtions à regarder en arrière? Qui nous avait raconté qu'allait sortir de la musique du peuple le nouveau style de l'époque? Et qui donc nous avait exhortés à donner une chiquenaude à cette musique populaire pour la forcer à marcher au côté de l'histoire de notre temps?

Tout ça, c'était [illegible], fit Ludvik.

Comment, [illegible]? Ces chansons sont là! Elles existent!

Il me rit au nez. Votre ensemble les chante. Mais en dehors de l'ensemble, montre-moi un seul homme qui se les chante! Trouve-moi un seul coopérateur qui les fredonne pour son plaisir à lui, vos ritournelles à la gloire des coopératives! [illegible] elles lui feraient grimacer la gueule, tellement elles sont [illegible] truqué! Ce texte de propagande rebique de cette musique pseudo-populaire comme un col mal ajusté! Une chanson simili-morave sur Fučík! Quel défi au bon sens! Un journaliste praguois! Qu'est-ce qu'il a de commun avec la Moravie [illegible]!

Fučík, objectais-je, appartient à tous et nous aussi, peut-être, avons le droit de le chanter à notre façon.

A notre façon, tu dis? Mais vous chantez suivant la recette de [illegible] et pas du tout à la manière de chez nous! Rappelle-toi seulement les paroles! Et d'abord, pourquoi une chanson sur Fučík? Est-ce qu'il n'y

180

a eu que lui dans le [illegible] On n'en a pas torturé d'autres?

C'est quand même lui le plus connu!

Parbleu! L'appareil chargé de la propagande veille au bon ordre dans la galerie des grands morts. Parmi les héros, il lui faut un héros [illegible] des attributs [illegible]

A quoi bon ces sarcasmes? Chaque époque n'a-t-elle pas ses symboles?

Soit, à part qu'il est intéressant de savoir qui a *été choisi* pour servir de symbole! Des centaines, alors, ont été tout aussi vaillants, [illegible]. Et [illegible] des gens [illegible]. Politiques, écrivains, savants, artistes. D'eux, on n'a pas fait des symboles. Leurs photos n'ornent pas les murs des secrétariats ni des écoles. Cependant, ils ont souvent laissé une œuvre [illegible] l'œuvre, c'est gênant. On a de la peine à l'arranger, à l'élaguer, à tailler dedans. [illegible] fait écueil à la galerie de propagande des héros.

Nul d'entre eux n'a écrit le *Reportage sous la potence!*

Nous y sommes! Que faire d'un héros qui se tait? Qui s'abstient d'utiliser ses derniers moments pour un bout de rôle sur les planches? Pour une leçon pédagogique? Fučík, [illegible] avait estimé capital de communiquer à l'univers ce qu'[illegible] il pensait, sentait, vivait, ce qu'il mandait et recommandait à l'humanité. [illegible] il les notait sur des billets minuscules, faisant risquer leur peau à ceux qui, en contrebande, les passaient à l'extérieur pour les conserver en lieu sûr. Quelle haute valeur devait-il attacher à ses propres pensées et impressions! [illegible]

Là, c'était plus que je n'en pouvais tolérer. [illegible] Fučík eût été tout bonnement [illegible]

Ludvik était comme un cheval emballé. Non, rétorqua-t-il, ce n'était pas tellement l'infatuation qui lui faisait devoir d'écrire. [illegible] la faiblesse. Car être courageux dans l'isolement, sans témoins, [illegible], face

181

《玩笑》第一版法译本的第 180 至 181 页上昆德拉所做的修改

---

① Pierre Bonnard（1867 — 1947），法国画家、版画家，印象派的重要人物之一。

1984年，“受够了这些鸟人”II

二十世纪八十年代中期，《不能承受的生命之轻》出版之后，昆德拉的声名如日中天，他在世界范围内被阅读，受到年轻一代的追捧，媒体也一直追逐着他。面对这一压倒性的成功，他会怎么做呢？享受吗？躺在桂冠上休息吗？这样想是对他的绝对误解。如果说他始终保持着冷静，正是因为他在任何事情上都不会犯糊涂。（“我们从来都不是自以为的那样。”）作为成功作家的新形象，可以说，让他颇为尴尬。

还有围绕他响起的喧嚣，他是多么厌恶啊……

在经历了几次灾难性的采访后（那些美国记者把他从来不曾说过的话安在他身上，正是因为这样，他对改写这个词有着刻骨铭心的仇恨），他下定了决心。一九八四年，他最后一次在电视上露面，在贝尔纳·皮沃[①]的《顿呼》节目上。就此绝迹。彻底的隐身、摆脱，主动的，有预谋的，解放性的。

“真是受够了这些鸟人！”

1984 年，在贝尔纳·皮沃的《顿呼》节目现场，

昆德拉努力回避摄影师的镜头

---

① Bernard Pivot（1935—2024），法国记者、作家，电视台著名文学访谈节目《顿呼》的创始人和主持人。

1990 年，《不朽》，或“昆德拉方法”的神化

永别了，社会闹剧！孤独的昆德拉重新投入工作。一九八八年，他结束了《不朽》的创作，在两年之后出版。这是他最后一部用捷克语写的小说，也是他第一部将背景设置在法国的小说。

野心勃勃，复杂，大胆：昆德拉的《不朽》达到了一个白热化的高潮。尤记得他在布拉格电影学院时，让学生用一种永远无法改编的方式来写小说。《不朽》就是这样的。乍一看，小说中有两条故事的主线彼此交汇：一条是阿涅丝的故事线，另一条则是歌德和贝蒂娜·冯·阿尼姆的故事线。但是实际上，每一条线又会产生新的分叉，细分出其他的故事来，于是形成了一连串的主题、动机和故事。有时，还会出现一些微小的副主题，诸如阿涅丝的墨镜或是劳拉的墨镜，又或是作者早上在半梦半醒之间听到的广播之类的，看上去有些荒诞，其实不然……结果就是：小说变得无法被简述。我们能够观察到的唯一就是其精心构成的复杂性，多亏了这一有意为之，所有这些故事线都将我们与关键主题紧密相连：不朽以及不朽的反面，即我们身处其中的有限性。

一切都将被撕毁，一切都将消散

有一个场景在小说中出现了好几次：阿涅丝的父亲在其生命行将结束之际，“坐着，俯身在一堆撕碎的照片面前”。他撕毁了所有的家庭照片，就像昆德拉一样，在这段时间里，有计划地撕毁了自己和其他人的书。

> “在我们身后留下一点东西？”阿涅丝用一种惊奇而怀疑的声音说。
>
> ——《不朽》

当“没有任何人可以躲藏起来”，当“每个人都只能由其他人摆布”

但是《不朽》更令人震惊的地方，是昆德拉的预见性。一九八七年，那是一个“自拍”和“热搜”尚不存在的时代，他描绘了一个到处充斥着噪音和丑陋的世界。虽然苏联式的“我们”的乌托邦已经不复存在，但取而代之的是对“我”的几近疯狂的崇拜。在他看来，“图像学”，也就是说对图像和营销的迷恋取代了意识形态。披露秘密、不知羞耻、窥探隐私让宁静、孤独和亲密关系成为鲜见的奢侈品。昆德拉早已在小说中写道，我们生活在一个“没有任何人可以躲藏起来”、“每个人都只能由其他人摆布”的世界。

还记得在小说开头的地方，阿涅丝翻阅杂志的情景吗？那是一篇关于发生在一次航空节上的灾难的报告。照片上人们在四处奔逃，惊恐万状，身上的衣服都烧着了：“阿涅丝目不转睛地看着照片，心里在想着摄影师这时候一定高兴得发疯：正在他看得厌烦难熬的时候，突然之间，幸运以着火的飞机的形式从天而降。”

杂志后面一点的地方，她看到海滩上一丝不挂的人：偷拍的英国王室的度假照片。摄影师在那儿，故事里明确道：“到处都有摄影师。躲在树丛后面的摄影师，扮成瘸腿乞丐的摄影师。到处都有眼睛，到处都有照相机镜头。”

今天，我们也许会说：到处都有一根按下手机键偷拍或者发布的手指。老生常谈。但是在那个时代，昆德拉已经超越了陈词滥调。在这个场景中，阿涅丝回忆起她的童年。她记起自己“一想到上帝在看她，而且无时无刻不在看她，就会感到激动”。

> 大概就是在这个时候，她第一次感觉到一种快感。这种人类在被人看到时感受到的奇怪的乐趣，身体的禁区被人看到，私生活被人看到，被人强行看到。她的虔诚的母亲对她说“上帝看着你”时，满心希望她能改掉说谎、咬指甲、挖鼻子的坏习惯，可是效果恰恰相反；阿涅丝正是在她沉湎于她的坏习惯或者在做什么可耻的事情时才想到上帝，让上帝看她所做的事情。

承认自身的局限性

米兰·昆德拉为《不朽》所作的画

妹妹劳拉被不朽的欲望所折磨，因此她雕琢自我，不断地展示自我，然而阿涅丝明白，她只有一条出路：那就是保护自己不受外界、不受他人的侵扰，躲过能看到一切、无处不在的“眼睛”。总之，不惜一切代价躲开自我这个暴君的统治。放弃人们为了拯救自我而撒的所有小谎言。

“人生所不能承受的，”阿涅丝想，“不是存在，而是作为自我的存在……”

沿着这一想法走下去，阿涅丝渐渐开始梦想从这个世界上消失。消失得无影无踪。这正是她的父亲在撕毁所有的家庭照片，想要躲开大家的目光死去时所追寻的。

“和草草阅读的读者可能想到的正相反，”弗朗索瓦·里卡尔明智地指出，“阿涅丝并非自杀：当致命的意外发生的时候，她只是接受并且拥抱了自己的死亡。”[1]

> 生活，就是在这尘世中带着痛苦的自我。
>
> 然而存在，存在就是幸福。存在：变成喷泉，在石头的承水盘中，如热雨一般倾泻而下。
>
> ——《不朽》

---

[1] 弗朗索瓦·里卡尔，《关于摧毁的小说：米兰·昆德拉作品的变奏》，巴黎：伽里玛出版社，2020 年。——原注

“将世界变成游戏的对象”

让我们来简要回顾一下：不朽是一种谵妄，上帝并不存在。

很遗憾，齐奥朗说。因为“这意味着上帝是一个解决（绝望问题）的方案，而我们再也找不到一个如此令人满意的方案了”[①]。

对于罗马尼亚人齐奥朗来说，人类的悲剧根源在于清醒。当人意识到形而上意义的虚无以及万物皆无意义时，就只能在这被剥夺了意义的世界上一人独活，等待着荒诞的死亡来临。

而对于捷克人昆德拉来说，则完全相反：清醒的意识具有解放性。它们将一切严肃、一切重都消解为虚无。它们将赌注变成了单纯的游戏。

> 我陡地理解了阿弗纳琉斯：如果我们拒绝看重自认为重要的世界，如果我们在这个世界上找不到任何对我们的笑声的反应，那么我们只剩下一个解决办法：把世界看成一个整体，使之变成我们游戏的对象，使之变成一个玩具。[②]

米兰·昆德拉给弗洛朗斯·努瓦维尔及其丈夫马丁·赫希的题词

① 齐奥朗，《生而不称意》，巴黎：伽里玛出版社，1973 年。——原注

② 参见米兰·昆德拉《不朽》。

1989年，墙的倒塌

昆德拉写作《不朽》的时候，柏林墙已经出现了裂缝。小说完成于一九八八年十二月，墙倒塌在即，只剩下一年不到的时间。

彼时的昆德拉还无法想象实体的柏林墙倒塌的场景，成千上万的东柏林人越过因瓦利登检查站，涌入城市的西部，自一九六一年以来，也就是说在将近三十年的时间里，他们始终无法进入那里。他也无法想象推倒柏林墙的挖掘机，更无法想象姆斯季斯拉夫·罗斯特罗波维奇①在查理检查站即兴演奏巴赫组曲的音乐会。

但是，他嗅得出时代的气息，很长时间以来，他已经明白一个世界——他的世界——正在消失。

他知道所谓的“东方阵营”，尤其是捷克，经济已经到了最糟糕的境地，政权奄奄一息，人们怨声载道。一九八八年十二月，他听到改革的发起者米哈伊尔·戈尔巴乔夫在联合国代表大会上的演讲中说，使用武力已经“不再是对外政策的工具”，并且苏联将减少在华沙条约国家的驻军。紧接着是波兰团结工会合法化，匈牙利也成立了共和国。而在东德，游行激增，freiheit，自由，成为所有人的口头禅，显然，这一进程已经无法逆转。

① Mstislav Rostropovich（1927—2007），俄罗斯大提琴演奏家、指挥家。

……天鹅绒革命

差不多一个星期之后，在布拉格的温塞斯拉斯广场上，人们高喊着“自由”和“民主”。所谓的“天鹅绒革命”揭开了序幕。从前“布拉格之春”的领导人亚历山大·杜布切克，“带有人性面孔的社会主义”的倡议者，以及剧作家瓦茨拉夫·哈维尔站在了革命的前线。一切都非常快，在不到一个星期的时间里，几乎未曾有任何流血事件发生，苏联集团最为专治的政权之一解体了。一九八九年十一月二十七日，捷克共产党放弃政权。民主政体宣告成立。

缺少的拼图

这里也缺少一块拼图。一九八九年，昆德拉夫妇已经离开了十四年。他们是如何关注这一系列的事件的？他们有什么感受？这是一个谜。他们俩都没有和我说过。有一天，我坚持追问薇拉，她叹了口气说："我的回答在你看来可能会很奇怪。"接着她补充说，她情愿"自己守着这个奇怪的秘密"。

回不去了

有人问起他们是否可能回归——真正回到故乡——昆德拉的回答是，既然他已经移民了一次，他再也不想来第二次。他说的是真的，因为他在巴黎感觉不错。而他没说的是，不管他是否有回归的意愿，回归似乎都是不可能的。瓦茨拉夫·哈维尔当选新共和国总统，因此昆德拉知道，人们并不期待他的回归。

1989 年，“像哈维尔之类的人痛恨他的离开”

哈维尔！“他们开始的时候是朋友。”薇拉肯定了这一点。或许，不一定算是真正意义上的朋友，但他们是熟人。身为剧作家的哈维尔曾经希望米兰帮他与伽里玛出版社牵线。他希望自己的剧作能够被翻译成法语。米兰无法拒绝。他与克洛德·罗伊谈起过，但是后者不是太热心。过了一段时间，米兰又旧事重提，可能是应哈维尔的要求，罗伊接受了。“只是有个条件：如果我出版了，你来写序。”他对米兰说。米兰也的确这么做了。

薇拉叹了口气。这件事就是这样的。像以前那样得到哈维尔的感谢……薇拉没有说，但是我在她的叹气声中听见了。我们在塞夫勒街的苏维翁咖啡馆。这是薇拉和米兰以前常去的咖啡馆，晚上，他们喜欢在这里喝上一杯，或是品尝冬天里的第一批牡蛎。

“我总有一天会告诉你的，不过不是现在。”我看到她的脸上流露出痛苦和苦涩的神情。

米兰和瓦茨拉夫之间的友情发生了变化。甚至就哈维尔单方面来说，演变成了一种完全的敌意。

为什么呢？“像瓦茨拉夫·哈维尔之类的人痛恨他的离开，”律师乔治·基耶日曼解释说，“至于米兰，他对于捷克斯洛伐克的看法一言难尽。有时是正面的，有时是负面的。他非常热爱他的祖国，但是遭到了来自祖国的仇恨，他也为此而感到恼恨。有一天，多少因为官方的原因，我去了布拉格。我遇到了瓦茨拉夫·哈维尔总统。我以为自我介绍是米兰·昆德拉的朋友会受到很好的接待。但是我很快就明白并非如此：哈维尔并没有原谅他的离开。”[①]

① 与乔治·基耶日曼的电话访谈，2020 年。——原注

t 意味着 trahison（背叛）？

有人解释说，在捷克的传统里，离开祖国，对于一个文人而言，就是某种形式的背叛。有维克托·迪克[①]写于一九二一年、题为《土地在说话》的诗为证。诗是用祖国的口吻来表达的。她警告一个想要流亡在外的孩子说：

如果你抛弃了我，我不会枯亡
如果你抛弃了我，你会枯亡。

给弗洛朗斯·努瓦维尔的题词，在一幅米兰·昆德拉为

《身份》的德译本作的画上

---

① Viktor Dyk（1877—1931），捷克诗人、散文家、剧作家、政治家和律师。

t 意味着 trauma（梦魇）？

巴黎，特罗卡德罗广场。二〇二〇年春。和米洛斯拉夫·巴拉什季克一起喝茶，他是布尔诺马萨里克大学的文学教授，文学杂志《东道主》的主编。

“如果让您来选择一个词，比如说当您想到米兰·昆德拉的人生和作品时，最先想到的一个词是什么?”

他没有太多的犹豫：“我会选择‘梦魇’。我甚至想说，他所经历的梦魇是双重的。首先是流放所带来的伤痕。这是所有移民都经历的典型伤痛，他在《无知》中有所描写。但是还要加上不可能回归的伤痛，因为他知道自己是不受捷克社会欢迎的，无论是作为个体还是作为作家。

“您可能还记得，一九八四年，当《不能承受的生命之轻》出版时，捷克那些持不同政见者都批判他。他们指责他所呈现的捷克的媚俗是虚假的。然而事实上，米兰·昆德拉和这些捷克持不同政见者之间的分歧由来已久，可以追溯到一九六八年。米兰当时在《邮报》上写了一篇文章，题为《捷克的命运》，表达了他对‘布拉格之春’的想法。简而言之，昆德拉认为，‘布拉格之春’

是迈向改革，迈向‘带有人性面孔的社会主义’的第一步，以后应该在这条道路上继续前进。

“而瓦茨拉夫·哈维尔则完全不赞同这一解读。他在报纸上对米兰做出了回应，驳斥了他所有的论点。于是，米兰又对哈维尔的回应做出了回应。这一切都引起了激烈的论战，两个人也在这个过程中发生了激烈的冲突。

“在《不能承受的生命之轻》中，有这样一个著名的场景，托马斯的一位朋友给他带来一份请愿书，要求释放政治犯，托马斯拒绝在上面签名。捷克的持不同政见者觉得他们集体遭到了昆德拉的否定，于是对他进行了攻击。其中最为猛烈的质疑来自一份在伦敦出版的捷克文学杂志，杂志的主编帕维尔·蒂格里德指控作家在书中用媚俗和浪漫主义的方式描绘捷克，这与现实中的捷克没有一点关系。总之，捷克知识分子那时分裂成两个无法调和的阵营。持不同政见者在一个阵营。而在另一个阵营中，则是那些当时毫无疑问可以被划为‘捷奸’的人。

“来自另一个阵营的敌意如此之强烈，以至于在天鹅绒革命之后，哈维尔成了总统，这令昆德拉感到十分害怕。

“这些前一个时代的持不同政见者得到了政治地位。米兰害怕自己的作品不是被当作文学文本来看待，而是被当作政治立场来看待。正是出于这样的担忧，从这时起，他不再在捷克出版作品。需要等到很长时间以后，《笑忘录》才在布拉格出版。”

米洛斯拉夫·巴拉什季克就此打住，简单总结道：“所以说，在那个时代，梦魇是双重的：流放，还有在自己的祖国无法出版，无法得到阅读。

“接着来到了第二幕。时势发生了变化。哈维尔走了，持不同政见者渐渐退位。今天，年轻一代完全不知道当时的论战，昆德拉的作品在其普遍意义上得到阅读。（例如，我们可以看一下《钥匙的主人》。这部剧作在布尔诺的剧院重新上演，但是很长时间以来，米兰禁止演出，正因为他害怕观众将之与捷克的过去过于紧密地联系起来。）

“总的说来，现在的环境对昆德拉更为有利。因为在年轻一代看来，即使我们使用的不再是同样的语汇，但是左翼的某些想法——过去被视作专制的近义词——从此之后恢复了名誉，他们也很感兴趣。

“这些新的读者于是想要阅读米兰·昆德拉，但是他的作品直到最近还没有被全部译成捷克语。

“为什么呢？昆德拉想要自己翻译。我们知道他在翻译方面是一个完美主义者，一直坚持亲自控制文本。但是时间不等人，他的身体状况也不容许他这么做：他不能回到他的祖国了（这一次不是因为政治原因，而是因为健康原因）。所以，除了《庆祝无意义》，捷克读者几乎读不到昆德拉的作品。不是因为他不希望让捷克人读，而是因为都是用法语写的，还没有被翻译过来。不管怎么说，有些捷克人现在还感到很恼火。他们在想，为什么中国人、日本人，几乎全世界的读者都能读到昆德拉的作品，可唯独……捷克人不行？”

“命运的讽刺，”米洛斯拉夫·巴拉什季克总结说，“对于昆德拉而言，我们可以认为，这双重的梦魇始终都在。一切都变了，但也都没有变。”

2022 年，无止境的敌意

再说昆德拉不仅仅是离开了自己的祖国，他还离开了自己的语言。两种难以忍受的背叛……

二〇二二年，法国方面建议将布拉格的法国中学命名为“米兰·昆德拉中学”，但由于捷克法语教师工会的抗议，法国不得不放弃了这项计划。

在苏维翁咖啡馆，薇拉没有解释，也不抱希望。有几次，她曾经那么希望事态能够平息。而现在她不再敢奢望了。《尊重》杂志事件摧毁了她最后的希望。法国中学的插曲只是再一次证明了她很长时间以来就已经明白的事情而已。也就是说，这份敌意永无止境。对于旁观者来说，这出悲剧还有很多灰色地带，仍然是一个无法解开的神秘的结，被时间紧紧地包裹起来。

2008年，我记得《尊重》杂志事件

我们真的有必要谈论这桩有可能是拼凑起来的“事件”吗？真的有必要追溯这另一个对米兰来说具有摧毁力的梦魇吗？

“丑闻”爆发于二〇〇八年，捷克的一份杂志，《尊重》，指控米兰在二十岁时揭发过一个叫米洛斯拉夫·德沃扎切克的人，说他是捷克斯洛伐克部队的逃兵，到了西方，回国执行间谍任务。德沃扎切克因此被判二十二年监禁，在被释放之前，他已经在劳改营里服了十四年刑。

《尊重》杂志刊登了捷克斯洛伐克警察局的资料，还有一份讯问笔录。但是缺少相应的信息，也没有昆德拉的签名。这些文件究竟有什么价值？它们有什么可信之处？捷克的一些历史学家，比如说兹德涅克·佩沙特，很快就对材料的真实性提出了质疑。这些文件是不是假的？隔了六十年，由各种文件拼凑而成？或许只是为了阻止有可能要颁给米兰的诺贝尔文学奖？

我记得这些虚假的指控对米兰造成了多大的打击，他有多么惊惶。我记得当时我在想，他的敌人永远都不会放下武器，他们

无所不用其极，想要阻挡这一最高的文学祝圣。

我还记得米兰第一次走出沉默，坚决地否定了这些指控。

我还记得雅斯米娜·雷扎第一个站出来，公开撰文抗议。

我还记得皮埃尔·勒帕普[①]那篇漂亮的文章，题为《谁想要玷污昆德拉?》。我记得世界上一些伟大的作家都行动起来，包括纳丁·戈迪默[②]、加夫列尔·加西亚·马尔克斯、J.M. 库切、奥尔罕·帕慕克、胡安·戈伊蒂索洛[③]、卡洛斯·富恩特斯、菲利普·罗斯、萨尔曼·拉什迪在内的很多作家都对“如此精心策划的诽谤”表达了愤慨之情。

我记得米洛斯拉夫·巴拉什季克说过，大家都知道真正的罪魁祸首是谁。是一个名叫德拉斯科的人，他最后也承认了自己的罪行，而且有证据表明那时他和秘密警察有联系。

我还记得乔治·基耶日曼的话：“我从来没有相信过这个故事。首先，因为说的是米兰。其次，因为我当时分析了一下事情的来龙去脉，很明显，米兰没有任何理由揭发任何人，直接或间接的理由都不存在。显然，是其他什么人用了米兰的名字。”

---

① Pierre Lepape（1941—2021），法国记者、作家、批评家。

② Nadine Gordimer（1923—2014），南非女作家，1991年诺贝尔文学奖获得者。

③ Juan Goytisolo（1934—2017），西班牙作家、思想家。

检察官的年代，或“流言蜚语变成了真实”

我们生活在一个检察官的年代，昆德拉在《相遇》中关于贝托尔特·布莱希特的一节中写道。然而，“在检察官的年代，人生的意思是什么？是原本要遮掩在骗人的外表下的一长串事件，也就是错事。为了在伪装之下找出错事，论文作者必须有侦探的天分，还得有一个密探的网络。而为了不要失去学术高度，论文作者得在页尾注明告密者的姓名，因为这么一来，以科学的眼光来看，一段流言蜚语就成了真实”。

1993 年，“为什么作家必须要成为单一语言的囚徒?”

让我们回到九十年代。回到既是极度荣耀同时也是断裂的《不朽》。昆德拉第一阶段的作品已经达到顶点，广阔的、囊括了整个世界的复调小说，分成七个部分。这个世界，从此之后他想要通过另一种方式来把握它，用更短小精悍的作品，而不再是用长篇的变奏或者赋格。用哥德堡式的变奏曲，而不是迪亚贝利的变奏曲。

再说，既然改变了，为什么不干脆彻底一些呢？生活、工作和上课都用法语在进行，而且他也已经用法语重新阅读和修订了自己的作品，于是，写作一九九三年出版的随笔作品《被背叛的遗嘱》时，他很自然地就使用了法语。为什么不继续下去呢？六十五岁，如果将法语作为他下一部小说作品的语言呢？这将是一个非比寻常的挑战，十分大胆，但是阻力究竟来自哪里?

“我选择了我想要生活的地方，我也选择了我想要说话的语言。”

在《相遇》中，他搬出捷克诗人薇拉·林哈托瓦[1]的例子，这位女诗人先于他一点点，在二十世纪六十年代流亡到巴黎。他醉心于她这样一种“解放的流亡”概念。

“经常有人声称，作家的行动并不自由，因为他和他的语言之间还是有牢不可破的紧密关系。我想，这只是给一些过度谨慎的人作为借口的神话之一……”因为：“作家并非单一语言的囚徒。”[②]

从一九九三年的《被背叛的遗嘱》开始，米兰·昆德拉只用法语写作。他和少数作家——不是像贝克特那样保留两种语言，而是像康拉德、齐奥朗、尤内斯库或者纳博科夫——一样，在某一天下定决心，彻底革新自己的写作，改用完全不同的原材料。另一类词语。另一类意象……在二十世纪七十年代，昆德拉微笑着宣称自己是“第一个用捷克语写作的法国作家”。现在，二十五年以后，他成为完完全全的法国作家了。除了一点，那就是在他的写作中，他既非完全属于“这里”，也非完全属于“那里”。他总是有点“别处”的味道，就像贝克特、纳博科夫、斯特拉文斯基或是贡布罗维奇。别处，换言之，就是超越。

---

① Věra Linhartová（1938— ），捷克女诗人，1968 年流亡法国。

② 参见米兰·昆德拉《相遇》。

1995年，“法语，就像是葛丽泰·嘉宝”

改变语言是一件令人陶醉的事情。面前是一个全新的语义场，全新的词汇库，一连串全新的意象。昆德拉经常和我谈起他投入《慢》的写作时感受到的乐趣。事实上，改变小说语言并不是有预谋的。他自己甚至也感觉很吃惊。当时他正在写一篇关于维旺·德农的小文章——那时他用法语写很多随笔，主要是为菲利普·索莱尔斯的《无限》杂志撰稿——写得甚是无聊。他想，如果他决定找点乐子呢？在这当中引入一点轻松的奇幻？于是关于维旺·德农的小文章就变成了《慢》，开创了写作的新纪元，即“法语小说”的纪元。

恰逢其时。因为昆德拉觉得《不朽》耗尽了他的“捷克灵感”。《不朽》完成，他一直钟情的多乐章的大制作走到了尽头。突然间，他来到了一条完全陌生的道路上。从语言来说如此，从形式来说亦是如此。于是在他笔下诞生了一个短文本，就只有一个部分！我能够想象，在差不多二十年前，他写《告别圆舞曲》时，也有过这样的惊讶和喜悦。新的青春。

一九九五年，作者曾经在《周四事件》①中吐露过心声：“每句话都是一种征服，表演，反思，创造，冒险，发现和惊喜，每一个表达都要求我全神贯注。”

法语让他沉醉，但是也让他感到害怕：“在我的想象中，我和法语的关系就像是一个十四岁的小男孩和葛丽泰·嘉宝的关系。他来到她家见她，向她表达自己无法遏制的欲望。她觉得很有趣，看着这个可怜的小东西，大笑不已……你？哦！不，肯定不行。”但是拒绝加深了这份爱意。“越是感受不到法语对我的偏爱，它就越让我着迷。”②

但是葛丽泰爱他。她接纳了他，允许他仍然保留他自身——让人感到惊奇的是，即便用法语写作，他仍然保留着准确、明澈的风格标记。同时，葛丽泰同意他时不时有些小自由，新词，大胆的言语，逗乐的、愉快的小创造，都是只属于他的小创造，让他的作品成为一种享受。

---

① *L'Événement du jeudi*，法国周刊，法国作家让 – 弗朗索瓦·卡恩于1984年创立，2001年停刊。

② 《周四事件》，1995年1月12日。——原注

1995 年，“请你做一个幸福的人……”

因为即使换了语言也无济于事，他的主题始终如一。在《慢》中，他对于法国十八世纪的偏好、他的优雅、他对秘密和情色的趣味又一次在作品的核心部分——维旺·德农的《明日不再来》中得到了表达。

米兰·昆德拉为《慢》的封面所作的画

《明日不再来》首次出版是在一七七七年，而且是匿名——在应该署名的地方仅有六个字母 MDGODR（即 M.Denon，Gentil-homme Ordinaire du Roi，德农先生，国王御前常任侍从）。这足以取悦昆德拉，在《小说的艺术》中，他曾为不署名的书籍辩护，认为这样，文本本身才能成为唯一的评价标准。

在《慢》中，昆德拉将这个情色故事与一个娶了某位薇拉的作家的故事交织在一起。他们决定去城堡过上一宿。

> 转念间，我们想到一座城堡去过上一宿。在法国，城堡改成酒店的很多：遗落在一片难看、不见绿色的土地上的一块方形绿地；围在巨大公路网中间一个带花径、树木、禽鸟的小角落。我驾着车，从后视镜中看到一辆车子跟在后面。左转向灯不停闪烁，全车发射出急不可待的电波。司机在等待机会超越我；他窥伺这个时机就像猛禽窥伺一只麻雀。

这段《慢》的开头让我回想起了那天，在马丁和我，我们开车在加来海峡省跟着米兰和薇拉的车。他们把我们领到他们的朋友——大厨亚历山大·戈蒂埃的店，我们在一起吃青蛙腿，谈论雅纳切克。朋友、美味佳肴、城堡里度过的夜晚、启蒙时代的生花妙笔，千万不要忘记还有鬼怪传说（“这个城堡闹鬼。谁碰上谁倒霉……”）：尽管小说是用法语而不再是用捷克语写成的，结构也比之前的小说要更加紧凑，我们还是能够发现作为享乐主义者的昆德拉的痕迹。

如果说一个新的创作系列开始了——有些批评家将这个系列与之前的系列放在完全相对的位置——实际上它既非与之前完全相同，也非完全不同。它在捷克系列的延伸段中。同样的主题。同样的明澈。同样的流畅。同样的透明。同样的优雅。必须才华横溢，才能保证从一种语言过渡到另一种语言的时候，还能保留一部如此高要求的作品所必须具备的连贯和持续。

2011年，陶醉于创造自己的语言

一部双语的作品？我已经记不起，在谈话中，我们是怎么说起“双语”这个词的。哦，不，我想我记起来了，应该是谈到马提尼克，谈到埃梅·塞泽尔。那一天，我们谈了很久，那是在米兰家，在他的书房里。

塞泽尔应该会进先贤祠，或者，更确切地说，是一块刻有他名字的牌子准备被封入地下室。当时是二〇一一年。后来我们又谈起这位诗人。我曾经去马提尼克做过一个关于塞泽尔和大自然的报道。米兰很喜欢这个想法，他非常了解塞泽尔的作品，也非常了解他对马提尼克动植物的热爱。

在《美丽宛若一次多重的相遇》中，他提到过诗人“渴望拥抱岛屿犹如自己的家，犹如必须彻底认识的祖国”[①]。他还说到那一天，布勒东在法兰西堡的一家服饰用品店里看到了塞泽尔创办的《热带》杂志，想要立刻认识他。接着他和我说起马提尼克之行，塞泽尔和他，他们俩一起完成的旅行。

“你怎么认识的埃梅·塞泽尔？”

“在林飞龙巴黎的家。”

“那你第一次去马提尼克是什么时候?”

“一九七五年的圣诞节。”

“林飞龙的画有很多灵感也来自风景、植物、热带水果……”

“但还不像塞泽尔，他有一个植物标本室，而且应该一直在往里面添加藏品。每天，在（法兰西堡）市政府工作了一天后，他回到家里，套上他所谓的‘棕色黑鬼制服’，出发去采集植物。在佩雷山、钻石海滩、巴斯潘特。他有好些热带植物词典，知道所有植物的药用属性。”

这一天，米兰也和我说起了《还乡笔记》，安德烈·布勒东为《还乡笔记》写了序言。这是他非常喜欢的一部作品。“一首非常奇特的诗，我无法将它与任何作品相提并论。”在这首长诗里，尤其让米兰感兴趣的，就是所谓的“双语现象”（法语－克里奥尔语），以及塞泽尔锻造语言的方式。“在塞泽尔的笔下有一些异乎寻常、几乎是不可能的词。比如说副词 inattendûment（出乎意料）的使用。”夏姆瓦佐也是一样，他创造了诸如 disparaisseur（消失者）、raterie（错过）或是 égorgette（封喉）之类的词……

一点也不“出乎意料”的是，昆德拉的法语作品同样满是这一类富有创造性的小小僭越，这也是他的独特魅力所在。

---

① 参见米兰·昆德拉《相遇》。

躲在马提尼克的幸福

马提尼克对于昆德拉夫妇的吸引力如此之大，以至于有段时间他们一直考虑在那里买座房子。西尔维娅·格里桑曾经谈起过米兰与——不是她的丈夫爱德华·格里桑，“他们不太熟悉”——小说家帕特里克·夏姆瓦佐之间的“美好关系”。是《德士古》——这部小说被他题献给薇拉——的作者让昆德拉产生了对安的列斯群岛的兴趣吗？在钻石海滩，薇拉和米兰下榻钻石海滨浴场酒店。为他们预定的度假小屋在等待他们的到来。还有两间已经写上他们名字的海滨木屋……我想象着他们穿着泳衣，脚趾间都是沙子。我看见繁茂的花园，背后是一座尖尖的小岛，小岛的侧面在太阳下闪闪发光，从加勒比海的湛蓝中浮出来。我甚至看到了那天，安托万·伽里玛也来了。他是从海上，驾着冲浪板来的……

为什么作家在马提尼克的这些画面会让我感到十分惊讶呢？一个喜欢花、喜欢鸟、喜欢潘趣酒和海水浴的作家？是不是因为这些画面多少颠覆了对知识分子固有的刻板印象？

“米兰有很多面，可能都会让你感到吃惊，”一天，薇拉颇为调皮地笑着对我说，“你知道他喜欢足球和冰球吗？你知道他一个很好的捷克朋友就是冰球运动员吗？”她是对的。米兰与真正的生活、与身体、与大自然始终保持着直接的联系。《不朽》中的这句话总是能让我开怀大笑：“‘我思故我在’是低估牙疼的知识分子的话。”

为什么米兰和薇拉在马提尼克的这些画面会让我感到十分惊讶呢？

“一对惶惶不安却紧密相连的伴侣，身边围绕着孤寂”

在昆德拉夫妇家里，有好几幅马提尼克画家埃内斯特·布贺勒的画。在客厅里，在捷克超现实主义画家约瑟夫·伊斯特勒的画旁，两幅巨大的画作面对面地挂着。昆德拉和布贺勒彼此熟识。他们经常和薇拉一起在画家位于勒拉芒坦的工作室见面，一起喝潘趣酒。在《相遇》中，米兰谈到了布贺勒笔下无处不在的黑夜，因为原初的心理创伤和奴隶制度一直萦绕着他的画作。他提到，随着时间的流逝，在表现人类身体的时候，这“残缺不全的身体被抛在空无之中，受苦的程度越来越轻，一幅幅看下去，这身体看似迷失在群星之间的天使，也像是远方捎来魔法般的邀请，像肉体的诱惑，像充满玩兴的特技。原初的主题经历了数不清的变体，从残酷的领域过渡到神奇事物的领域”。

在这段文本中，有一个无与伦比的告别场景，午餐之后，埃内斯特·布贺勒和他的妻子站在屋前的台阶上。他们目送渐渐远去的朋友。昆德拉写下了这样一句话——每一次马丁和我离开雷卡米埃大街的时候，我总是会想起——“我感觉到的是一对惶惶不安却紧密相连的伴侣，身边围绕着一种无可言喻的孤寂。”

“真理动摇之时，便是昆德拉的幽默开始之际”

二〇二〇年十二月八日的一封邮件：“好吧，亲爱的弗洛朗斯，接下来我唯有祝你们捷克之行愉快了，多么羡慕你们啊！如果你们发现了什么，会告诉我的，是吗？我也一样。无论如何，节日快乐！F.”

这个F.是加拿大的弗朗索瓦·里卡尔。米兰·昆德拉作品的伟大注释者，也是七星文库版《米兰·昆德拉文集》“作品传”的撰写者。我非常欣赏他。因为他对昆德拉作品的研究方式既深刻又不乏细腻，他对最微小的细节也了如指掌。我们早就说好要去看他，到他执教的麦吉尔大学，或是他居住的蒙特利尔。我们是通过《世界报》认识的，我邀请他写一篇关于昆德拉的文章，也请他翻译过一些东西。后来我们就一直保持联系。知道我要写这本书，他表现得非常激动、慷慨、热情，一直在鼓励我。有关我们共同朋友的消息，我也会告诉他。因为疫情，他不得不取消了上一次来巴黎的计划，想到可能再也见不到米兰和薇拉，他感到非常痛苦。

我没想到他说的是他自己。就在我决定去蒙特利尔见他的时候，我得知了他去世的消息。我们曾经在虚拟的时空中，在对一位伟大作家的想象中交会。这本书从他那里受益良多。当我再度打开《无知》时，我重新读了他文采斐然的后记。对于“幽默”这个昆德拉思想中的关键词的真正含义，弗朗索瓦·里卡尔比任何人说得都清楚。

昆德拉的幽默不应该“仅仅等同于笑，或是喜剧，尽管这些都是幽默最常见的表现形式”，弗朗索瓦·里卡尔指出，“他的幽默应用场景更广，也更激烈，是一种拒绝，拒绝相信一切自认为‘严肃’、从而要求静默和崇敬的东西……小说的幽默始于这样的时刻：在一个人物身上，真理动摇了，价值变得相对，而一直到这个时刻，一切都是稳定的、截然的，但此时开始动摇、消解，变化成一串由自身生出的无穷无尽的命题。这就是在小说非严肃的领地上空流动的空气：没有任何东西能够抵抗住它的腐蚀，也不能抵抗它倾泻在一切事物之上的轻，这些事物于是变得模糊，变得可疑，然而同时又散发着一种新的优雅，那是人性的优雅，正是因为坠入了不完美的、充满误解的世俗，才获得了人性的优雅”[①]。

① 弗朗索瓦·里卡尔，《关于摧毁的小说：米兰·昆德拉作品的变奏》，巴黎：伽里玛出版社，2020 年。——原注

“我们以为，我们是通过这些神圣的价值来理解我们的生活和我们的时代”

让某一个真理动摇：这几乎是昆德拉所有小说所实施的计划。找到一个主题，一个伟大的词，将它浸在幽默的酸水中，再加上一撮反讽，于是就得到了昆德拉的一部小说：《身份》《不朽》《玩笑》《无知》……那么多的“真理”于是呈现出潜在的千差万别与不同面貌，在其所有的矛盾与残忍的模糊性中得到揭示。

昆德拉小说所产生的震撼便源于此，弗朗索瓦·里卡尔总结道。这一震撼“类似于对某一真理产生质疑所引起的震撼，而它一直被认为是显而易见的，一种简单而神圣的价值被亵渎了，然而此前我们以为，我们是通过这种价值来理解我们的生活和我们的时代，并且，在我们所生活的黑暗世界里，我们也是通过它来区分善与恶”。

2003年，《无知》与“大回归”的神话

在《无知》中，昆德拉质问的“真理”是流放。然而，根据他所设置的人物（伊莱娜、约瑟夫、古斯塔夫和其他人）的不同，流亡的色谱也完全不同。它可能代表痛苦或是自由，在这两个极端之间还有各种可以想象的细微差别。甚至有时候，在别人的眼里，流亡根本是不存在的。当伊莱娜回到布拉格，与中学时代的老同学重逢时，她们对她试图讲述的东西毫无兴趣，就好像这“别处”的生活从来没有存在过：对流亡的否定。

> 她们对她在国外的经历漠不关心，她二十来年的生活就这样被一刀砍掉了。此刻……她们又试图把她久远的过去和现在的生活联系起来，就好比砍去她的前臂，直接把她的手装到胳膊肘上。

所有的流亡者都对昆德拉所谓大写的“大回归”既憧憬又害怕。白天，伊莱娜梦想回到布拉格，她永远的城市，她的避处；夜晚，她却什么也认不出来了，她感到惶恐，白天的梦于是变成了可怕的噩梦。

1990年，“人人都在追捕罪犯，人人也都成了追捕的对象”

对于昆德拉而言，“大回归”发生在一九九〇年。这年夏天，米兰和薇拉自一九七五年离开后，第一次回到了捷克。十五年来发生了怎样的变化啊！他们经常和我们说起，柏林墙倒塌后的第一次布拉格之行令他们目瞪口呆。“到处都是英文的广告牌和店招！”在《无知》的这段文字中，我们或许能够找到这样一种变化的回响：

> 出乎人们意料，布拉格很快就把俄语遗忘了，在过去的四十年间，每一个居民都不得不从小学就学俄语，如今急于在世界舞台上受到欢迎，它向四方来客展示的是英文招牌：skateboarding、snowboarding、streetwear、publishing house、National Gallery、cars for hire、pomonamarkets（滑板运动、滑雪、时尚配饰、出版社、国家美术馆、汽车出租、果市）等等。捷克语因此而变成了私下的低语，成了背景音响，场面上的人说话只能用盎格鲁－撒克逊人的发音。

米兰·昆德拉为《无知》的封面所作的画

对于米兰来说，这是一次新的打击。捷克文化究竟还剩下些什么？才挣脱了俄国的桎梏，只是为了掉进——而且几乎没有过渡——美国的怀抱，甚至如此热情地采取了美国的社会模式、语言和生活方式，这一切让他感到深深的失望。

“急于在世界舞台上受到欢迎”：这句话道出了他所有的苦涩之情。这一次，这个欧洲的国家没有“被劫持”，是它自己投入了强权的怀抱，而在此过程中牺牲掉了最为宝贵的东西：它的身份，它的文化。

然而，如果说这一顷刻之间席卷布拉格的现代性——大众旅游、街道四面八方传来的噪音和粗俗——令米兰和薇拉感到恐惧的话，更让早已不抱任何幻想的他们感到错愕的，是从一九八九年就旋即展开的“追捕罪犯”的行动。

> （斗争一结束，）人们纷纷声讨过去，追捕罪犯。然而谁是罪犯呢？一九四八年获胜的共产党人？还是那些不敌共产党的对手呢？人人都在追捕罪犯，人人也都成了追捕的对象。

2021年，旅行日志：卡尔斯巴德

我经常想象一九七五年的薇拉，在“大出发”去法国之前。带走什么？留下点什么？在《无知》中，伊莱娜往旅行箱里塞了一个约瑟夫为她从酒吧里偷来的小烟灰缸，她当时与约瑟夫有一段短暂的艳遇。在流亡的时候，她悄悄地把它放在手提包里随身携带，“就像一个吉祥物”。

我想起了和薇拉的谈话，我们谈起了偷窃癖，各种从这里或者那里顺来的小东西，要么是为了日后使用，要么就是作为吉祥物，至少也是作为记忆中的标志物。我从卡罗维发利——也就是从前的卡尔斯巴德——的普普大饭店带回了一个蓝白相间的高脚杯，后来放在乡下当刷牙杯用。我经常会想起那里，神秘的普普大饭店！这是昆德拉夫妇尤其钟爱的地方。一九九〇年回去的时候，已经十五年没有踏足波希米亚的他们选择去这个地方停留几天，在一生挚友卡雷尔·施泰戈瓦德和爱娃·萨尔茨曼诺瓦的陪伴下呼吸一下新鲜空气。

卡雷尔·施泰戈瓦德对这个夏天记忆犹新。我们一起和安娜·

卡列尼娜在布拉格吃午饭，结束的时候他对我说：

“我很快就明白，即便柏林墙倒塌了，米兰和薇拉也不会因此就回到布拉格。有两个原因。第一个原因是米兰在法国很自由，可是当时，在我们的国家，更多的是不宽容，以及缺少慷慨之心。”

“您是想说‘人人都在追捕别人’，就像《无知》里说的那样吗？”

“完全正确。至于第二个原因，则是当时的巴黎给作为作家的他提供的文化水准、活跃和激动人心的氛围，可能是在捷克找不到的。只有在法国，他的作品才能够真正地展开。这一点我立刻就感觉到了，我的确是对的。”

他是对的。然而，夫妇俩又是多么想念波希米亚啊。后来，在生命行将结束之际……谁又知道呢，《尊重》杂志事件彻底摧毁了他们有朝一日回去的希望。

我又想起薇拉向我描述他们开着蓝色的雷诺 5 小轿车“大出发”的那句话：“我们几乎没带什么东西，只有几箱书，几条裙子。我们肯定是要回来的。”

还有她在离开之前咨询过的那位雷扎尼纳先生，他预言过她不会死在波希米亚。他没有说错。

东欧综合征永远都没有办法治愈吗?

离开还是留下？返回还是放弃返回？有多少东欧的流亡者经历过这样的折磨？有多少小说描述过这样的痛苦？在这些小说中，罗马尼亚裔美国作家诺曼·马内阿的《流氓的归来》可以作为一个选本。这一次是在曼哈顿：诺曼·马内阿和朋友菲利普·罗斯约在巴尼·格林格拉斯餐馆，“那里热衷于模仿东欧的菜肴”。他已经在纽约生活了十年。然而，现在他有机会回到他的家乡。他的母亲去世了，专制政府也是一样，但是过去的幽灵就不会再扼住他的喉咙吗？他是否该登上飞往布加勒斯特的航班？他究竟应不应该回去？怎么办?

作家奥利维耶·盖曾经这样概括过诺曼·马内阿这一无解的困境：“菲利普·罗斯劝他还是回去，这样可以‘治愈东欧综合征’，彻底地走出以前的生活，最终得到自由；马内阿喜欢鲱鱼，性格犹豫不决，总是拖延，他想到的更是另一位罗马尼亚流亡者齐奥朗的箴言：我们希望再多一点绝望，渴望再多一点不幸，就可以回到祖国。他（第三十次）向菲利普倾诉，他离开时，既后悔自己没有早点离开，也后悔自己终究还是走了。”[1]

东欧综合征永远都没有办法治愈吗？我们永远也没有办法走出以前的生活吗？

“布尔诺”和“小妈妈”是米兰·昆德拉说的最后两个词。

---

① 奥利维耶·盖，《21》杂志。——原注

1981—2018年，“两个t和两个r”

二〇一八年的一抹阳光。捷克总理安德烈·巴比什正在巴黎访问，纪念第一次世界大战结束一百周年。与此同时，捷克驻法大使彼得·德鲁拉克在巴黎宣布要将捷克国籍还给米兰·昆德拉。几个月之后，这件事情在雷卡米埃大街私下完成了。大使以个人的名义前来把国籍证明交给了他。在被剥夺了四十年国籍、四十年被禁止出版、不得不离开祖国之后，现在终于有了一种象征性的“回归”。此时，米兰已经九十岁了。

从一个国籍到另一个国籍，我想起了一桩轶事。那是在一九八一年。七月一日，在时任文化部长雅克·朗[①]的建议下，刚在五月的大选中成为共和国总统的弗朗索瓦·密特朗授予昆德拉法国国籍。入籍仪式在爱丽舍宫举行。

昆德拉感到很幸福。“法国成为我作品的祖国”，在演讲中他宣称，影射的是他的作品在捷克斯洛伐克被禁，却能在法国出版的事实。因此，他总结说：“在某种程度上，我是追随着我的作品。”

密特朗和昆德拉彼此欣赏。他们对欧洲怀抱同样的信念，都崇尚欧洲文化。仪式过后，在弗朗索瓦兹·萨冈家里举办了一场小型聚会。密特朗请昆德拉在书上题词签名。作家坐着，手中拿着钢笔，这时薇拉捕捉到了他惶恐的眼神。

于是，她靠近他，在他耳边轻语：“是两个 t 和两个 r。”②

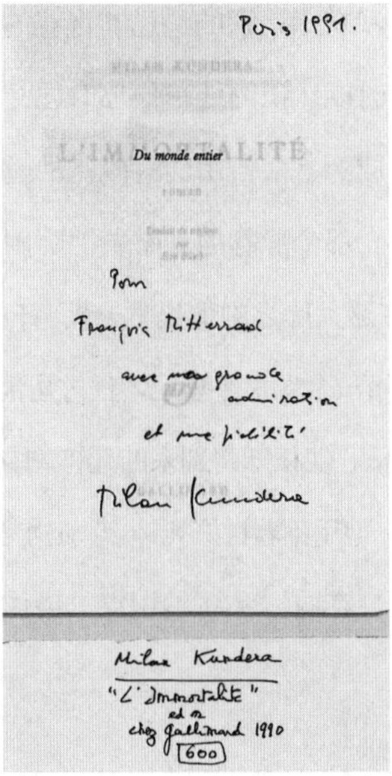

米兰·昆德拉在《不朽》的样书上给密特朗的题词签名

① Jack Lang（1939— ），法国政治家，曾在密特朗总统以及希拉克总统时期担任过文化部长、教育部长、新闻发言人等职。

② 指的是密特朗的姓氏 Mitterrand 中有两个 t 和两个 r。

“最后阶段”的自由

我经常在想，我有幸认识的是已非青春的米兰。我是在他生命最后三分之一的时期认识的他。他那时已经发誓对媒体保持沉默。在他生命中最成熟、最自由的时段，他越来越像《生活在别处》中的那个学者。那个静静地观察着“喧闹的”年轻人的老学者：“他突然明白在这大厅之中他是唯一拥有自由的人，因为他已经上了年纪；只有当一个人上了年纪，他才可能对身边的人、对公众、对未来无所顾忌。他和即将到来的死神朝夕相伴，而死神既没有眼睛也没有耳朵，他用不着讨好死神。”此处若有插图应该是：伦勃朗和毕加索，布鲁克纳[①]和雅纳切克，创作《赋格的艺术》的巴赫。

吸烟的米兰

① Anton Bruckner（1824—1896），奥地利作曲家、管风琴演奏家。

深入到一个笑话的黑色深处

对于《慢》的作者—叙事者，薇拉——他的妻子——说他经常说“要写一部通篇没有一句正经话的小说。一部逗你一乐的大傻话。我担心这个时刻已经到来了”，她对他说：“要小心。”（小心那些不怀好意的“狼”，他们不理解他，正在转弯的地方等着他。）

一部“通篇没有一句正经话的小说”：这正是昆德拉对他最后一部虚构作品《庆祝无意义》的定义。就好像有一条埋在地下的线将《慢》（一九九五年）与《庆祝无意义》（二〇一四年）联系起来。就好像，在这二十年的时间之线上，昆德拉——读者也和他一起——一直在剥离所有的重。就只剩下一片羽毛，天使的或是鹧鸪的，在书页中飞旋，在普遍的荒诞之上滑翔。

深入到一个笑话的黑色深处。

——《帷幕》

2014年，《庆祝无意义》

翻开“白色系列”里的这一本，我很高兴发现了他的题词。

在书的结尾处，我一笔一划记录下了这段回忆，也许是在挂掉电话后不久：“二〇一四年四月一日，米兰八十五岁生日，他从勒图凯打电话来，关于新出的这本书，他对我说：‘我从一个玩笑开始，用一个玩笑结束。’”

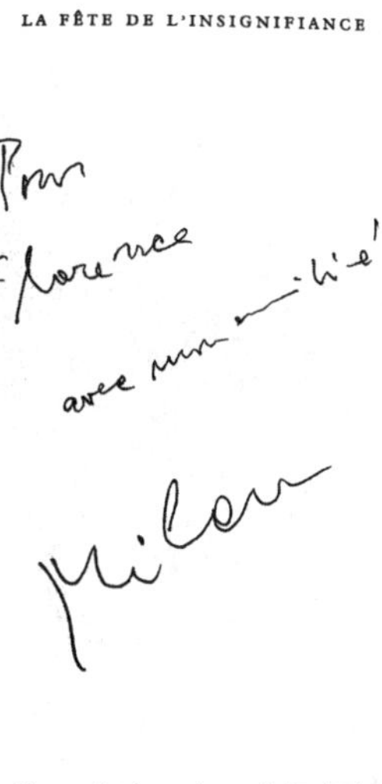

翻开“白色系列”里的这一本，我很高兴发现了他的题词

在所有他的“玩笑”中，他知道这将会是最后一个。

在《庆祝无意义》里，他的人物达德洛也讨厌过生日。在医生（医生很快要告诉他，他得了非常严重的病）的候诊室里，他有了一个绝妙的想法：

> （他）内心有个抖抖索索的声音在说个不停，三星期后，他将同时庆祝他那么遥远的生日和那么逼近的死期；他将庆祝这个双节日。

作为存在本质的无意义

在一部关于米兰·昆德拉的电影——《从玩笑到无意义》(二〇二一年)——中，导演米洛斯拉夫·施密德马耶安排了西尔维娅·里赫特罗娃上镜，在里赫特罗娃看来，《庆祝无意义》是米兰·昆德拉最重要的一部作品：最辉煌的高潮。

米兰·昆德拉为《庆祝无意义》封面所作的画

“是的，”我问她的时候，她很明确地说，“我觉得那是他作品整体的一面镜子。作品整体是宏大的、复杂的，镜子很小巧，看起来也很简单，但是它让我们看见本质，没有任何伪装。”

重读这部作品，的确，它将昆德拉所有的大主题压缩在一起。从A到Z（或者说几乎所有的大主题，读者自己可以补充），我们很容易就能够整理出一个便携的小词库。

友谊：“在我这个无信仰者的词汇里，只有一个词是神圣的，那就是友谊。”

玩笑：“他周围已经没有人知道什么是笑话。就是因为这个……一个新的伟大历史时期正在宣告它的到来。”

名人：“我才瞧不起我们那些名字给马路冠名的大人物。他们的出名是来自他们的野心、他们的虚荣、他们的谎言、他们的残酷。”

谨慎：“他追求成功但是又怕招人嫉妒；他喜欢受人欣赏却又远离崇拜者……他的谨言慎行变成了对孤独的爱。”

自由：“拉蒙……继续在这座天才的公园里闲逛；这些天才谦逊不张扬，四周是和气冷淡的散步者，大约觉得自由自在很惬意；没有人停下来看一看他们的面孔或是读一读墓碑基座上的铭文。这份冷淡让拉蒙感受到平静与安慰。”

死亡（或木偶）：“死的人变成死了很久的死人，没有人再记得他们，他们消失在虚无中；只有几个人，极少数极少数几个人，还让他们的名字留在记忆中，但是由于失去了真正的见证人、真实的回忆，他们也变成了木偶……”

遗忘：“斯大林这个名字，她可能隐约听说过……”

笑：“他的笑既孤独又快活，在大厅里飘荡很长时间。”

严肃：“我们很久以来就明白世界是不可能推翻的，不可能改造的，也是不可能阻挡其不幸的进展的。只有一种可能的抵挡：不必认真对待。”

好心情（甚至是黑格尔所说的无穷的好心情）：“只是从无穷的好心情的高度你才能观察到你脚下人类的永久的愚蠢，从而发笑。”

我们能够这样继续下去，把缺失的字母补上。千万别忘了I，当然。大写的I，“无意义”（Insignifiance）的I。

> 无意义，我的朋友，这是生存的本质。它到处、永远跟我们形影不离。甚至出现在无人可以看见它的地方：在恐怖时，在血腥斗争时，在大苦大难时。这经常需要勇气在惨烈的条件下把它认出来，直呼其名。然而不但要把它认出来，还应该爱它——这个无意义，应该学习去爱它……呼吸吧，达德洛，我的朋友，呼吸我们周围的无意义，它是智慧的钥匙，它是好心情的钥匙。

向薇拉致敬：
“这个女人真了不起！”

好心情，是薇拉，好心情，力量。在《庆祝无意义》中，有这样一句话总是很触动我：“您不会相信，她几乎是很开心！我很欣赏她！那种力量！……”

我知道，亲爱的米兰，不应该将任何具有传记性质的东西与你的作品联系起来。然而，当你谈起拉弗朗克，这个故事里仅有的几个女性人物之一——拉弗朗克刚失去她的丈夫，但她成功地在社交场合表现出若无其事，实际上当天早晨她还握着丈夫苍白的手——我却不由自主地在字里行间读出对薇拉的敬意。

> 您不会相信，她几乎是很开心！我欣赏她！那种力量！那种生命之爱！哭红了眼睛还照样笑！而我们大家都知道她多么爱他！她为此受了多少苦啊！这个女人真了不起！

1969 年，薇拉·昆德拉代表捷克电视台在芬兰

撕毁自己作品的作家

二〇二二年六月六日。马丁和我再一次造访雷卡米埃大街。薇拉在敞开的门边等我们。如此坚强却又如此脆弱。一根随时都可能折断的树枝。她在生病的丈夫身边已经日复一日地守了四年。她睡不着。米兰夜里总是会惊醒，呼唤所有在他们共同的生活中他为她起的昵称。

马丁自豪地挥舞着我们买的最后一盒温泉饼，她最喜欢的点心，这让她露出了笑容。就像是个游戏，每次去看望他们，我们都会带一盒上次去捷克时买回来的点心。点心来自奥洛穆茨，是香草口味的。她微笑着，就好像马丁从帽子里变出了一只兔子。什么？还有一盒？怎么可能呢？

薇拉说："在我小的时候，十三岁左右，爸爸可能犯了教育上最大的一个错误。他把我领到图书馆，对我说：'你瞧，从这里到那里，你都可以读。但是从这里到那里，不可以读。'我于是立刻冲向了不可以读的书架。我选的书是在家里偷偷读的。用手电筒，躲在被子下面读。我没读懂，但是我从中学会了很多粗话。那本书是《长夜行》。"

米兰穿着黑色运动衫，外面是一件黑色羽绒背心。很优雅。总是那么优雅。他面前有几本书：大江健三郎，加缪，一些我不知道是什么的捷克语的书，还有一本斯洛伐克语的书，他精心地撕掉了开头和结尾的几页。

“他撕所有的书，包括他自己的书。这本是斯洛伐克语的《庆祝无意义》。全部毁掉了。就好像他想要报复什么一样。这本也是，大江，撕了。都撕了，除了一本，他每次都会避开。是加缪的。《反抗的人》。这本书坚持了下来。抵抗住了。”

写作，或许对于米兰·昆德拉来说也是如此？深入到一个笑话的黑色深处。然后，当一切都结束的时候，就撕毁一切？

一切都将被撕毁，一切都将被遗忘……

这张是新拍的吗？在公寓进门处的一个橱子上，薇拉贴了一张别人寄来的相片。照片是在圣马丁运河旁拍的。墙上的涂鸦用了昆德拉的话："一切都将被遗忘……"有人还补充了一句："谋杀者万岁？"薇拉说："这简直像是一幅绘画了，你们不觉得吗?"

遗忘……撕毁自己的作品。文字恒留。哪怕是应该留下的也终将被摧毁、撕毁、碾碎、撕裂，变成纸屑，化作在无意义的盛大节日中洒落的纸雨。靠近点，夫人们，先生们，巨轮从未停下。永远的诱惑。但是我写这些，是出于愤怒，而我不应该这样。在米兰那里，在薇拉那里，我从来没有听到过一点犬儒主义，一点冷嘲热讽。

白天来照顾的护士雅米拉和我们打了声招呼，"再见，"我仿佛从中听到了一点祈求的意味，"早点再来，这里几乎没有人来。拉基斯（普罗吉迪斯）经常住在马涅，阿兰（芬基尔克劳）病了。四年里，几乎没有人来。"

2022 年，笔记，巴黎

我又一次翻阅起当时准备起草这本书、思考要写点什么的时候记的笔记。一张有十一条的清单。

一、把它设计成一次昆德拉作品的文学漫步。去布尔诺、布拉格、摩拉维亚和波希米亚。约见认识他的人。循着他的足迹。追忆，与文学一起（不：不是与文学并排，而是与文学一起，他对存在的追索与对文学的追索交织在一起……），下列内容应该都要提到。

二、音乐，音乐，音乐！

三、绘画（从培根到布贺勒）；画（当罗伯托·卡拉索——阿德尔菲出版社的老板——第一个采用他的画作为他作品的封面时，他非常高兴）。

四、女人、诱惑、情色，但也有男人之间的友谊，许多男人之间的高品质的友谊，勾勒出他友谊的风景。谈谈他对友谊的忠诚。

五、他欢悦的忧伤，是的，但还有他对生活，对日复一日真正的生活的热爱，美丽岛的磨坊，充满魅力的旅店，马提尼克钻石海滩，配方至今还保密的冰爵酒，还有他的热爱，夫妻二人对大自然的热爱，勒图凯，雷卡米埃大街的鸟儿，蛙池餐馆的青蛙，他们深刻的泛神论。

六、他的灰色地带。不要试图去揭开这一切。出于尊重。因为这无济于事：是“看门人热衷嚼的舌根”，就像薇拉一直说的那样。

必须像他一样逆流而行。这个可恶的时代，什么都想看见，什么都想知道。（要表明米兰·昆德拉可以成为一个榜样，他在这一点上完全是一个反时代的、另一个时代的人。）

七、更应该谈论他感受的方式，这是一个什么都懂的人，对什么都很感兴趣，他深深地浸润在世界文学、电影、音乐、戏剧、绘画、艺术史以及艺术本身之中……更应该谈论他如何感受到欧洲智慧的式微，对文化的抛弃，对艺术的渴求日渐减退，丑陋泛滥，对美的遗忘——他比任何人都更早感受到，而且深入骨髓，天知道这对他而言是不是一种痛苦。

八、重点描述普遍的遗忘——对东欧的遗忘，对历史的遗忘——覆盖了一切的遗忘，只剩下一个深受最糟糕的魔鬼折磨、迷茫而野蛮的欧洲。（“昆德拉，或毁灭的小说”，弗朗索瓦·里卡尔总是说。）

九、勾勒一个事实上不是任何主义者的人的时代之旅。他不愿把自己关在任何牢笼里，只是说：“我是一个小说家。”他追求的是创作者的自由和小说的智慧。他愿意这样说：我不知道，我不评判。

十、落入幻觉、梦、反讽、恶作剧、玩笑……他身上一直有这样一种欢悦的轻。这与他伟大的人性是相辅相成的。描述一种存在的方式。谨慎、谦虚、简单。他关于存在的哲学——很少见，很珍贵，甚至是颠覆性的。

在河堤上

十一、每次翻开他的作品，都让你产生一读再读、再读、再读的愿望，讲述这种震撼（冲击你的纯粹的智慧）。

一个非常庞大的计划，在清单下方，我加了第十二条：

十二、想一想，当他高大的影子不复存在时，我们该怎么办。

但是这一条，我最终划去了。

2022年，一股强大的气息，不协和而忧伤

今天，伯努瓦·迪特尔特给我发来一段米兰作曲的乐谱。对我来说乐谱很难读懂，但是钢琴家卡米耶·艾尔·巴沙为我弹了一遍，然后她如此评价道：“一个用五声音阶方式组成的简短动机贯穿这段曲子的始终，就像一首童谣，循环往复。为这首最低限度派旋律伴奏的左手处在另一个调性上，慢慢地加强（渐强，音符越来越密集），赋予这个重复了九次的动机一股强大的气息，它渐渐减弱，直至两种声音的界面、两组平行的五声音阶结合在一起。”

“对一个简单的动机的重复是他的老师帕维尔·哈斯音乐的特点。在更广泛的层面上，我们能够感受到民族音乐的灵感，用了简短的调式旋律。他用了全音阶调式，与抒情的乐句、不协和的和音以及忧伤的气氛融合在一起。”

我不敢说我都懂了。我想到了雅纳切克，想到了他的《在荆棘丛生的小路上》。我不敢说我都懂了，但是我记住了不协和和忧伤。

还有一股强大的气息。

完成这首曲子时，米兰只有十四岁。

完成这首曲子的时候，米兰只有 14 岁……

2022年，1分21秒的绝对幸福

二〇二二年九月二日，周五。

马丁在鲁特西亚饭店对面。他给薇拉打电话：“我在楼下了，能上来吗？”薇拉声音哽咽：“太可怕了。我觉得自己快不行了。天塌了。你根本想不到。都结束了。”“那我能上来吗？”“是的，上来吧，我没精力告诉你密码了。蒂多（门卫）去给你开门。”到了三楼，楼梯间的门像以往那样虚掩着。薇拉倒在马丁怀里，泣不成声。

“我再也坚持不下去了。他不说话了。没有任何反应。他不在了。”

米兰躺在床上，目光迷茫。在他的桌上，是他撕毁的书。但是他的眼睛还能聚焦在来访者身上。目光中闪过一丝好奇，或者亲密。薇拉和我们说到夏天的恐怖。热浪。孤独。几乎没有人来看他们。和护士之间永远难以亲近。还有失语。

马丁告诉她，今天他带来了一个惊喜，说着他拿出手机。他带来了米兰十四岁时作的曲子的钢琴弹奏录音。薇拉开始时不能相信。手机音量没调好，几乎没能听到什么。她试着自己调大音量。马丁将音量开到最大。突然，音符绽放了出来，重复的主题，忧伤的，仿佛来自远方。就好像手机连通了过去，连通了捷克、布尔诺和他的童年。

从词源上来说就是这个。Télé-phone。来自远方的声音。

米兰转过头。他的脸上浮现出微笑。这个片段一共一分二十一秒。我们再从头播放。这一次，我们把手机贴近作家、作曲家的耳朵。他的眼睛亮了起来。他的笑容更加灿烂。和以前一样的笑容。他被迷住了。他的眼神示意他还要听。于是我们又放了第三遍。这个片段演奏到三分之二的时候，出现了一簇尖锐的音符。完全是雅纳切克的风格。很好听，是吗？真的很好听。不像是年轻时的作品。他的忧伤已经非常成熟。马丁把这一切解释给米兰听，米兰似乎表示同意。这是和哑巴的一次对话。“这是你写的。你那时十四岁。是卡米耶演奏的。我们觉得它很美。你的天赋真是非同一般。”米兰好像都听进去了。他的目光几乎是欢快的。甚至薇拉也觉得是这样。她不再说他听不见，他的灵魂已经不在了。她注定要同意这一点的。祈求奇迹发生。马丁将这个片段转到她的手机上。薇拉已经在问了：

“但是有三个其他的片段呢。他没有都录下来吗？”

“目前只有这一个。这是第一个。我感觉这段曲子是第一次被演奏，是吗？”

“是的，是的，第一次。你拯救了我的生命！”薇拉对马丁说，“谢谢，谢谢，谢谢！”

记忆、音乐与死亡

这纯属偶然。不久之后，萨拉，一位神经科学家朋友，向我解释了我们知觉记忆的工作机制。我向他讲述了米兰全神贯注的那一刻。他会不会觉得很困扰，对这种记忆与遗忘之间的竞赛，而这位作家作品的主题恰恰就是这些？就好像艺术家用自己的生活来展示自己的思想？

“还记得《玩笑》中那句著名的话吗？”他说，“‘一切都将被遗忘’。”

我们谈论死亡，谈论“一次不算数”。

“死亡让人感到烦恼的地方，”他对我说，“是我们只能死一次，而‘一次不算数’。当你第一次做什么事情的时候，从来不会有自如的感觉，但是如果你能够重复……我们不能死上好几次真是遗憾，否则死亡就不会是那么可怕的经历了。”

“但是在《不能承受的生命之轻》中，‘一次不算数’更多是用在生活上的。”我提醒萨拉。一次不算数，因为生活就是草稿，从来没有“誊清”的版本。

他指出了我的错误：

“在昆德拉的笔下，这句话同样适用于死亡。这是我三十年前读到的文字，至今仍然记得很清楚。”

我想起了“不解之词”，想到阅读时所得到的启示。

有多少人对米兰·昆德拉的一句话、一个词、一处发现铭记终生？

2021年，旅行日志：布尔诺，路德维克·昆德拉广场

薇拉正在整理路德维克·昆德拉的档案，尤其是他关于贝多芬奏鸣曲的那几大本笔记。“一项宏大的工作，但是未能完成，”她指出，“有一天，他的妻子米拉达从市场回来，开始和他讲述某件无关紧要的小事。他塞住了耳朵，因为他当时正在写这本书，不愿意分散精力。”

她和他说话的时候，他竟然堵上了耳朵：这让她抓狂。他们俩开始撕打在一起。薇拉不得不叫来米兰才将他们俩分开（当时在布尔诺，米兰他们住在父母家）。

薇拉继续说：“路德维克堵住了耳朵，想要推进这本书的写作。他知道自己时日无多。现在好了，这些笔记也许能够出版。我正准备把它们寄回捷克。以前我为一个昆德拉工作，现在我有两个昆德拉。”

1983—2022年，俄国，一个反西方的存在

薇拉拍照发给我最近一部米兰作品的译本，《一个被劫持的西方或中欧的悲剧》，刚刚在希腊赫斯提亚出版社出版。

一个被劫持的西方，是一个被东方吞并、吸收、化为虚无的西方。

在昆德拉看来，这一劫持发生在俄国对波希米亚实施劫掠之时。一如既往，引导他做出如此推理的并非政治，而是艺术和文化。然而，讲到文化史，他解释道："东欧，就是有其特殊历史、根植于拜占庭世界的俄国。"波希米亚——和波兰、匈牙利还有奥地利一样——从来没有真正成为东欧的一部分。恰恰相反：

> 从最初起，他们就参与了西欧文明伟大的冒险，如哥特文化、文艺复兴、宗教改革——运动的摇篮确切地说就在这一地区。现代文化的最伟大的脉搏正是在中欧跳动：心理分析、结构主义、十二音技术、巴托克音乐、卡夫卡和穆齐尔的小说新美学等。战后中欧被俄国文明吞并（或者至少是其主要部分），致使西方文化失去了中心。那是我们这个世纪西

方历史上最意义重大的事件，我们因此不能排除中欧的末日标志着整个欧洲末日的开始的可能。①

“正是在西方的东部边界，比在其他任何地方更让人看清俄国是反西方的。”②

四十年后，在俄乌冲突加剧之际，这一文本的现时意义尤其深刻和突出。

---

① 译文引自蒋道超译《行话：一个作家和他的同行及其作品》，上海译文出版社，2020年。

② 参见米兰·昆德拉《一个被劫持的西方或中欧的悲剧》。

给游移不定的年轻艺术家的建议

立志写作。这样的话似乎是远古时代才说的。进入写作就好像跨入修道院一般。毫无用处？很久以前，米兰·昆德拉已经明白，“对艺术的需求的终结”。那天，有个狂妄自大的年轻人在巴黎的一场晚宴上夸夸其谈，说到费里尼最新一部电影的“失败”。“这天晚上，”昆德拉说，“我感受到了我从前在布拉格从未感受到的一件事情：‘对艺术的需求’的终结。”

几十年过去，这看起来只是小事一桩，但是有趣的是昆德拉延伸这个问题的方式。昆德拉不再是从大众的角度，而是从艺术家的角度提出这个问题。“当一个男人或一个女人喜欢做的事情与他所处的时代并不同步时，会发生什么？如果克里斯托弗·哥伦布生活在今天，他会不会成为一家旅行社的经理？莎士比亚会为好莱坞写作吗？”一切都必须继续下去，仅此而已。在我身边有很多真诚而充满才华的年轻人——女导演、剧作家、音乐家——他们活得很艰难。我建议他们读一读《不朽》。这样能帮助他们继续走下去。坚持自己的存在。不用把自己、把周围的世界看得太重。

身着粗毛线衫的米兰

与无意义嬉戏

与西尔维娅·里赫特罗娃简短的邮件交流。

我认为，能够微笑面对一切，尤其是面对自身的存在，就是在普遍的无意义中默许自己存在的无意义。在虚空之中，发现一种美与安宁的形式。她则认为无意义更是“轻盈而欢快的自由”的源泉。“因为，”她说，“我们可以与无意义嬉戏，当我们看到虚无被提升到星球的维度时，可以觉得很好玩。或者正相反：看到伟大的事物接近于无，可以觉得很好玩。”

“然而，”她补充道，“如果我们反过来，完全颠倒过来说，其实意思也是一样：必须‘在普遍的意义之中默认自己存在的意义’。我觉得这个游戏真是令人着迷。”

2022年秋，当书重新变成南瓜

“你从没想过离去吗?”

“想过,”塔米娜说,“我非常渴望离去，可是去哪儿呢?”

“到一个凡事凡物像微风一样轻飘的地方。到一个凡事凡物都没有重量的地方。到一个没有愧疚感的地方。”

“是的,”塔米娜梦呓一般说道,“到一个凡事凡物都没有重量的地方。”

——《笑忘录》

事物不再有任何重量的地方。还有词语。还有撕毁的书，以及《不朽》中撕毁的家庭照片，《无知》中撕毁的报纸。Vanitas vanitatis。无与空的盛宴。

今天来了一辆卡车，门口的纸箱在等着被搬走。方向：布尔诺国立图书馆。

在薇拉的组织下，米兰所有的书都将被搬到布尔诺。多亏了她，所有的书，差不多有五十多种语言，一部分的档案和通信，还有他的私人图书馆，都将安放在这座“米兰·昆德拉图书馆”中。

二〇二一年，托马斯·库比切克曾经带我参观过这里，当时图书馆尚在筹备中。

在雷卡米埃大街公寓的入口，两面墙的书架都空了。六十年，写作、思想、创作、文化、思考、怀疑、辛勤劳作的一生，曾经堆积在这里。

这份空，薇拉为之颤抖。为了消除这份空，她调皮地在光秃秃的书架上摆了小南瓜、芋头和亮闪闪的印度醋栗，这些都是他们在卢森堡公园闲逛的时候——就像拉蒙、夏尔、凯列班和达德洛一样——喜欢捡的东西。她喜欢感受这些东西在口袋深处的形状，如此光滑，如此温柔。

生时的终结

好吧，摩拉维亚的方向。这是个非同寻常的名字，从中我们能够听到米兰·昆德拉作品中所包含的绝望、活力、恶毒与玩笑。

摩拉维亚，一切从这里出发离开，一切又都回到这里。

布尔诺，2023年4月1日

四月一日，周六，他九十四岁生日这天，在布尔诺库尼科娃街六十五号，万众期待已久的米兰·昆德拉图书馆落成。这个热情洋溢的地方挂满了米兰的画作，这天来了很多人。当中有捷克文化部长马丁·巴克萨，还有布尔诺市长玛尔凯塔·万科娃。安托万·伽里玛前来向“一个罕见的存在”表达至高无上的敬意。至于法国驻捷克大使，亚历克斯·迪泰特，则对他所谓的“昆德拉之家”的诞生表示祝贺：一座图书馆也是欧洲的一个十字路口，在这里会产生思想的碰撞，“昆德拉之家”也会接受作家、译者和研究者的驻访项目……

当雅纳切克著名的四重奏——这是专门“为薇拉、米兰和他的父亲”献上的——《私信》的第一乐章响起，情感被烘托至高潮。

这个仪式是一部作品最高潮的部分。但它也是团聚的象征。“昆德拉之家”，家，domu……米兰·昆德拉回家了。

于是，非常奇怪，尽管雅纳切克这部支离破碎的作品中充满了紧张与裂痕，一切却在突然之间融为一体。

如微风般轻盈

今天，在一个我专门用来收藏米兰寄来的画作的小袋子里，我找到了这个。

一个很奇怪的人的侧影，扭曲、变形、滑稽、好笑，在地球仪上晃动着，踮起足尖，努力保持平衡。

她在跳舞。

或许在鞠躬。

她在笑。

大笑。

在她摆动的手臂上，米兰写道：“弗洛朗斯，马丁，再见！”

“弗洛朗斯，马丁，再见！”

致　谢

显然，如果米兰·昆德拉第一次没有答应我见面的请求，如果他没有从他那端微微敞开他内心世界的门，如果他不是带着玩笑的心情接受我竟然想写他的念头，并且从未给我浇冷水，这本书就不会问世。在我的工作快结束的时候，我经常想起这个日本的小故事，有一个鸟仙子躲开众人的目光，拔下自己的羽毛编织了一件华丽的衣服，一旦她完成了工作，她便消失了。米兰·昆德拉很信任我，他认为我不会刻意对作品和作家加以区分。生活在别处吗？在他的作品之外，没有别处。

感谢薇拉·昆德拉，她是这次冒险不可或缺的一部分。同样，没有她，这本书也不会存在。并不仅仅是因为她的慷慨和信任，为我打开了她的档案、地址簿、相簿，而且远程指导我的摩拉维亚之旅，在深更半夜给我发那些好笑的或未必确实的信息。除此之外，更是因为她是一个非同寻常的人，她是作者和他的作品之间真正的纽带。如果不喜爱薇拉，我们就没有办法真正理解昆德拉。希望除了我对她的感谢，她在这本书里能够读到对她真正的、深沉的爱和我诚挚的欣赏。“这个女人真了不起！”米兰·昆德拉在

《庆祝无意义》中写道。这里也一样，没有比这再贴切的话了。

还要感谢安托万·伽里玛在这项不可能完成的工作中所给予我的无私信任。如果没有他持续的关注与鼓励，我可能永远也无法完成。我理解了当年在铁幕之下，从秘密寻找第一份手稿开始，出版者与作者之间这份特殊、强烈的关系，从未间断，并且代代传承下去。

感谢马丁·赫希，这个来自亚布洛内茨的小伙子一直支持我，让我发现了被称为“波希米亚天堂”的地方，它的珠子、音乐、幽默、山峰和岩石。我希望我们有一天还能一边听着雅纳切克的《卡佳·卡巴诺娃》，一边穿越马林巴德的森林。

正是在写这本书的过程中，我收集了很多作家的证言，他们或老或少，有的知名，有的不太知名，然而有一点是共同的，那就是对米兰·昆德拉都怀有无尽的热爱，虽然原因各不相同。我要感谢在的里雅斯特的克劳迪奥·马格里斯，在伦敦的亚当·瑟尔维尔，在纽约的诺曼·马内阿，在罗马的卡特琳娜·邦维奇尼，在哈瓦那的莱昂纳多·帕杜拉……以及其他很多人。在此向所有人一并致谢。其中最让人感动的是年轻的埃卢瓦·奥杜安－鲁佐，他曾经告诉我，他的第一部小说才出版，他就迫不及待地交给了昆德拉公寓所在大楼的看门人。这几乎是一种条件反射，只是把书送过去，没有什么额外的期待，仅仅是为了表达自己的感谢，然后，充满幸福地颤栗着离开。

感谢用千万种可能的不同方式帮助我完成工作的人：米洛斯

拉夫·巴拉什季克、阿尔弗雷德·布伦德尔和玛丽亚·马伊诺、罗蒂卡和马克·克雷蓬夫妇、吉勒·杜阿梅尔、亚历克斯·杜特尔特、伯努瓦·迪特尔特、卡米耶·艾尔·巴沙、萨拉·艾尔·麦斯蒂卡维、克拉拉·费尔南德斯、阿兰·芬基尔克劳、米歇尔·弗莱施曼、伊日·赫尼立察、米歇尔·勒茹瓦约、安娜·卡雷尼诺娃、乔治·基耶日曼、吕克·勒维、诺拉·奥布特洛夫、弗朗索瓦·里卡尔、西尔维娅·里赫特罗娃、皮埃尔·里古洛、弗洛朗斯·萨拉努夫、菲利普·桑兹、米洛斯拉夫·斯米德马耶和帕维尔·斯米德马耶、米洛斯·什捷德龙、卡雷尔·施泰戈瓦德、米兰·乌德、雅洛斯拉夫·瓦尼奥斯……

最后要感谢托马斯·库比切克，摩拉维亚国立图书馆的馆长，他先是在布尔诺无与伦比的“昆德拉图书馆”、之后又在布拉格的驻访写作之家热情接待了我。

伽里玛出版社向蒙帕纳斯剧院致以诚挚的谢意，感谢允许复制尼古拉·布里昂松执导的《雅克和他的主人》的戏剧海报。

图片版权

P.6 露·拉姆，《生活在别处》© ADAGP，Paris，2023.
Photo © Martin Hirsch.

P.8 最后一次一个字母一个字母地落下他的名字，米兰·昆德拉签名© Milan Kundera.
Photo © Florence Noiville.

P.13 雅纳切克，《摩拉维亚民歌钢琴曲》封面。
Photo © Florence Noiville.

P.26 布尔诺的莱奥什·雅纳切克雕像。
Photo © Florence Noiville.

P.35 路德维克·昆德拉演奏会节目单，1912年11月19日，昆德拉档案。
Photo © Florence Noiville.

P.35 身着军装的路德维克，昆德拉档案。

P.38 布尔诺，普基诺娃街6号，米兰·昆德拉青少年时代的家。
Photo © Martin Hirsch.

P.39 米拉达和路德维克，米兰的父母，昆德拉档案。

P.44 莱奥什·雅纳切克在学生的簇拥下，路德维克·昆德拉和帕维尔·哈斯也在，昆德拉档案。

P.47 米兰·昆德拉献给帕维尔·哈斯的诗。

P.50 布尔诺，比斯库普斯卡广场。
Photo © Florence Noiville.

P.54 布尔诺，雅纳切克音乐艺术学院的门面。

Photo © Florence Noiville.

P.62 置于钢琴之上的米兰・昆德拉的手。

Photo © Florence Noiville.

P.71 1953年，他出版了第一部诗集《人：一座广阔的花园》，1955年，他又出版了《最后的五月》，捷克语版本封面，昆德拉档案。

Photos © Florence Noiville.

P.78 布拉格查理大学。

Photo © Florence Noiville.

P.94 布拉格电影学院。

Photo © Florence Noiville.

P.97 布拉格电影学院，安娜・卡列尼娜和卡雷尔·施泰戈瓦德。

Photo © Florence Noiville.

P.101 米洛斯·福尔曼和米兰・昆德拉（美丽岛，1976年）。

Photo © Sveeva VIGEVENO / GAMMA-RAPHO（détail）.

P.106 米兰·昆德拉为《好笑的爱》封面所作的画，伽里玛出版社Folio版封面© Milan Kundera.

P.108 米兰·昆德拉为《好笑的爱》英文版所作的画，费伯与费伯出版社版封面© Milan Kundera.

P.112 布拉格，巴托洛缪街1号。

Photo © Florence Noiville.

P.115 1950年，青年时代的小说家肖像。

Photo © Abraham Pisarek / Ullstein-Bild via Getty Images.

P.118 1967年6月，捷克斯洛伐克作家大会上的昆德拉

Photo © Jovan Dezort / AP / SIPA.

P.122 薇拉·赫拉班科娃，昆德拉档案。

P.127 1973年，薇拉和米兰在布拉格。

Photo © AFP.

P.131 1968年8月21日晨，6时，薇拉·赫拉班科娃与同事伊日·什韦科夫斯基一起播报苏联入侵捷克斯洛伐克的消息，昆德拉档案。

P.135 米兰·昆德拉为《玩笑》英文版所作的画，哈珀柯林斯出版社版封面© Milan Kundera.

P.145 《艾米丽》，米兰·昆德拉所作的画© Milan Kundera.

P.154 一大清早，查理大桥上行人寥寥……

Photo © Florence Noiville.

P.155 纳斯特鲁斯街，Ústav pro studium totalitnich reŽimů，即“存放共产主义时期档案的地方”就坐落在这条街上，现在，档案已经对公众开放。

Photo © Florence Noiville.

P.156 国家安全局Elitar一号卷档案袋封面，捷克斯洛伐克国家安全局档案，布拉格。

Photo © Florence Noiville.

P.157 国家安全局档案袋里的照片，米兰、薇拉和一个名叫乔治·吉比安的文学教授在一起，捷克斯洛伐克国家安全局档案，布拉格。

Photo © Florence Noiville.

P.158 和乔治·吉比安在一起，捷克斯洛伐克国家安全局档案，布拉格。

Photos © Florence Noiville.

P.160 国家安全局监视记录，捷克斯洛伐克国家安全局档案，布拉格。

Photo © Florence Noiville.

P.166 国家安全局的卷宗。上面有薇拉和米兰的名字，同时还有克洛德·伽里玛和路德维克·昆德拉，捷克斯洛伐克国家安全局档案，布拉格。

Photo © Florence Noiville.

P.171 薇拉赠送的灵摆。

Photo © Florence Noiville.

P.178 《雅克和他的主人》海报，尼古拉·布里昂松导演，蒙帕纳斯剧院，2022年，由蒙帕纳斯剧院授权使用。

P.181　米兰·昆德拉为《雅克和他的主人》所作的画，伽里玛出版社Folio版封面© Milan Kundera.

P.187　1974年10月17日，“米兰感到害怕的一天”，谈话记录，捷克斯洛伐克国家安全局档案，布拉格。

Photo © Florence Noiville.

P.192　新犹太公墓的入口和弗兰茨·卡夫卡的墓。

Photos © Florence Noiville.

P.195　米兰·昆德拉为《生活在别处》封面所作的画，伽里玛出版社Folio版封面© Milan Kundera.

P.201　《马》，大卫·切尔尼雕塑作品，布拉格，卢切尔纳宫。

Photo © Florence Noiville.

P.210　厌女症患者昆德拉？米兰·昆德拉水彩画© Milan Kundera.

P.228　马林巴德的明信片。

Photo © Hubertl / Wikimedia Commons.

P.232　昆德拉为《告别圆舞曲》的封面所作的画，伽里玛出版社Folio版封面© Milan Kundera.

P.238　1991年，克洛德·伽里玛离世的时候，昆德拉写给柯莱特·杜阿梅尔，出版家的第二任妻子的一封信，私人收藏。

Photo © Florence Noiville.

P.240　1975年2月25日，柯莱特·杜阿梅尔写给米兰·昆德拉的信。

Photo © Florence Noiville.

P.242　在草坪上。

Photo © AFP.

P.247　“第二天早晨，太阳把我照醒的时候，我明白了，那些大窗户是朝东开的，朝布拉格的方向。”昆德拉档案。

P.251　劳洛克马里亚，布里克磨坊。

Photo © Inventaire général (Bretagne)，Marie-Madeleine Tugore.

P.252　照片上，我们看到他们聚集在磨坊脚下，在躺椅上晒太阳，福尔曼手里拿着一张纸……昆德拉档案。

P.254 德拉贝克“叔叔”和薇拉的父亲，昆德拉档案。

P.255 1976年夏天，米兰、薇拉和米拉达在卡纳克，昆德拉档案。

P.261 《俄耳甫斯》，米兰·昆德拉所作的画，昆德拉档案。
Photo © Florence Noivie.

P.267 这些可笑的鸟人……米兰·昆德拉所作的画，昆德拉档案。
Photo © Florence Noivie.

P.268 1977年，米兰和薇拉在雷恩的第一所公寓。他们俩头上是“朋友墙”，挂满了他们留在身后前尘往事里的朋友的照片。昆德拉档案。

P.269 拇指和食指之间的眼睛，昆德拉档案。
Photo © Florence Noiville.

P.270 在雷恩，给薇拉画的第一幅画，米兰·昆德拉，昆德拉档案.
Photo © Florence Noiville.

P.273 薇拉和米兰在雷恩的公寓里，昆德拉档案。

P.277 超现实主义对昆德拉影响深远……米兰·昆德拉所作的画，昆德拉档案。
Photo © Florence Noiville.

P.279 1977年9月12日，米兰·昆德拉写给吉勒·杜阿梅尔的信，私人收藏© Milan Kundera.

P.286 米兰·昆德拉为《笑忘录》所作的画，伽里玛出版社Folio版封面© Milan Kundera.

P.293 与菲利普·罗斯的合影。
Photo © Vera Kundera.

P.294 康涅狄格州，1980年代，与维罗妮卡·金恩和菲利普·罗斯的合影。
Photo © Vera Kundera.

P.295 与菲利普·罗斯的合影。
Photo © Vera Kundera.

P.298 米兰·昆德拉为《不能承受的生命之轻》所作的画，伽里玛出版社Folio版封面© Milan Kundera.

P.299 1969年，米兰·昆德拉在花神咖啡馆前。
Photo © Chochola/SIPA.

P.302 1981年7月，与让-皮埃尔·费伊一起走出爱丽舍宫。
Photo © Étienne MONTES/GAMMA-RAPHO.

P.303 和让·达尼埃尔一起。薇拉说："瞧这两只好斗的公鸡，两个人都觉得自己有理。让总是有点自以为是，米兰不完全是这样。"
昆德拉档案。

P.304 和卡洛斯·富恩特斯及其妻子西尔维娅·莱慕斯在一起，昆德拉档案。

P.305 和欧仁·尤内斯库在一起。薇拉说："尤内斯库住在蒙帕纳斯附近，和我们家距离不远。有时，我会在街头遇到他，看到他步履踉跄，醉意蹒跚。于是，我便挽起他的胳膊，对他说：'来吧，欧仁，我们回家。罗迪卡在等我呢。'"
Photo © Louis Monier / GAMMA - RAPHO.

P.308 《玩笑》第一版法译本的第136至137页上昆德拉所做的修改，昆德拉档案。

P.311 《玩笑》第一版法译本的第180至181页上昆德拉所做的修改，昆德拉档案。

P.313 1984年，在贝尔纳·皮沃的《顿呼》节目现场，昆德拉努力回避摄影师的镜头。
Photo © Sophie Bassouls/Sygma via Getty Images.

P.318 米兰·昆德拉为《不朽》所作的画，伽里玛出版社Folio版封面© Milan Kundera.

P.321 米兰·昆德拉给弗洛朗斯·努瓦维尔及其丈夫马丁·赫希的题词© Milan Kundera.

P.330 给弗洛朗斯·努瓦维尔的题词，在一幅米兰·昆德拉为《身份》的德译本作的画上，费舍尔出版社版封面© Milan Kundera.

P.343 米兰·昆德拉为《慢》的封面所作的画，伽里玛出版社Folio版封面© Milan Kundera.

P.349 为什么米兰和薇拉在马提尼克的这些画面会让我感到十分惊讶

呢？昆德拉档案。

Photo © Florence Noiville.

P.356 米兰·昆德拉为《无知》的封面所作的画，伽里玛出版社Folio版封面© Milan Kundera.

P.363 米兰·昆德拉在《不朽》的样书上给密特朗的题词签名，私人收藏© Milan Kundera.

Photo © Florence Noiville.

P.365 吸烟的米兰，Droits réservés.

P.367 翻开“白色系列”里的这一本，我很高兴发现了他的题词。© Milan Kundera.

Photo © Florence Noiville.

P.369 米兰·昆德拉为《庆祝无意义》封面所作的画，伽里玛出版社Folio版封面© Milan Kundera.

P.373 1969年，薇拉·昆德拉代表捷克电视台在芬兰，昆德拉档案。

P.379 在河堤上，昆德拉档案。

Photo © Vera Kundera.

P.381 完成这首曲子的时候，米兰只有14岁……私人收藏© Milan Kundera.

P.390 身着粗毛线衫的米兰，昆德拉档案。

Photo © Vera Kundera.

P.397 “弗洛朗斯，马丁，再见！”米兰·昆德拉所作的画，弗洛朗斯·努瓦维尔私人收藏© Milan Kundera.

Florence Noiville
Milan Kundera.
«Écrire，quelle drôle d'idée!»

图字：09-2023-1181 号

图书在版编目（CIP）数据

写作，多么古怪的想法！/（法）弗洛朗斯·努瓦维尔（Florence Noiville）著；袁筱一译 . -- 上海：上海译文出版社，2025. 6. -- ISBN 978-7-5327-9844-5

Ⅰ. I565. 55

中国国家版本馆 CIP 数据核字第 2025QB3732 号

写作，多么古怪的想法！
Milan Kundera.
«Écrire，quelle drôle d'idée!»

Florence Noiville
弗洛朗斯·努瓦维尔 著
袁筱一 译

出版统筹 赵武平
责任编辑 张 鑫
装帧设计 张擎天

上海译文出版社有限公司出版、发行
网址：www.yiwen.com.cn
201101 上海市闵行区号景路 159 弄 B 座
上海景条印刷有限公司印刷

开本 890×1240 1/32 印张 13.25 插页 2 字数 124,000
2025 年 6 月第 1 版 2025 年 6 月第 1 次印刷

ISBN 978-7-5327-9844-5
定价：88.00 元